http://www.bbulmedia.com

BBULMEDIA

차가운 손

Frozen Hand

차가운 손

1판 1쇄 찍음 2007년 5월 7일
1판 1쇄 펴냄 2007년 5월 9일

지은이 | 조례진
펴낸이 | 정 필
펴낸곳 | 도서출판 뿔미디어

출판등록 | 2002년 9월 11일 (제1081-1-132호)
주소 | 부천시 원미구 상3동 533-3 아트프라자 503호 (우)420-861
전화 | 032)651-6513 / 팩시밀리 032)651-6094
E-mail | BBULMEDIA@paran.com

값 9,000원

ISBN 978-89-5849-465-2 03810

조례진 장편 소설

차가운 손

Frozen Hand

rlet
ㅏ렛

contents

프롤로그

순전히 우연이었다. 그와 그녀의 손이 닿은 것은.

"아, 저기……."

스치듯 그의 손에 손이 닿은 그녀는 다소 놀란 눈치였다. 그리고 자신의 손을 살짝 매만져 보는 걸 보니, 그의 손에 깃든 비정상적인 온도가 의심스러운 듯했다. 하지만 그는 평소와 조금도 다름없이, 회색빛 안개가 짙게 드리운 도시를 연상시키는 무감각한 표정을 유지하고 있을 뿐, 아무런 말이 없었다.

그녀는 주저하며 입술을 달싹였다.

"손이…… 차시네요."

그는 순간 피식 웃을 뻔했다. 힘겹게 하는 말이 고작 그런 것이란 말인가.

그는 그녀가 사실 바보가 아닐까 싶어졌다. 처음 만났을 때부터 입 안에 뭔가를 담고 있는 양 우물거리는 꼴을 보고 의심해 오긴 했지만, 지금은 우습다 못해 조소가 터져 나올 듯했다.

게다가 그녀는 명색이 여러 여류작가와 여성 최초의 국회의원 등 수많은 여성인재를 배출한 명문여대를 나오지 않았던가. 그럼에도 쩔쩔매며 한다는 말이 참 같잖지도 않았다.

"아아."

하지만 그는 그 말을 하는 대신 의미심장한 어조만을 길게 흘렸다. 그리고 뼈대가 희미하게 불거져 있는 자신의 손을 바라보았다.

유려한 손가락이 피아노 선율 속을 유영하는 피아니스트의 것처럼 섬세하면서도 야무진 강쇠를 내려치는 대장장이의 것처럼 힘 있어 보였다. 하지만 자신의 손을 바라보는 그의 눈은 지독히 시니컬했다.

그는 다소 뻣뻣하게 굳은 손을 쥐었다 폈다 하며 입매를 나른하게 말아 올렸다.

서서히 강직한 입매가 녹아가자, 화사한 박꽃 잎 위에 한 방울의 벚꽃 물을 떨어트린 듯 그녀의 볼에 옅은 홍조가 퍼졌다.

"다들 시체 같다고 하더군."

별다른 사심은 없는 목소리였다. 하지만 그의 손에 깃든, 정말 시체처럼 차가운 온도를 느낀 그녀는 그냥 그렇구나 하고 넘어갈 수가 없었다.

"저…… 손을 한 번만 잡아 봐도 될까요?"

늘 그렇듯 표정을 내보이진 않았지만 그는 꽤 의외라는 눈치였다. 그도 그럴 것이, 그와 그녀가 집안어른들의 주도 하에 약혼한 지 3년이나 되었지만 그녀는 단 한 번도 요구나 의견을 제시한 적이 없었고, 인공온실 속에 피어있는 꽃처럼 계속 침묵을 유지해 왔기 때문이었다.

하지만 다른 건 다 둘째 치고 그는 일단 선선히 그러라고 허락했다. 그러자 그녀는 그의 손을 살포시 그러쥐었다.

물감이 번져가는 것처럼 느껴지는 보드랍고 따스한 촉감.

"전 다른 사람보다 온도가 조금 높은 편인데 당신은 낮네요."

그녀의 조근 조근한 목소리에서 마치 난향(蘭香)이 나는 것 같았다. 그래서일까, 그는 녹차를 마시고 난 듯 입 안에 떨떠름하면서도 소나무향처럼 은은한 향이 퍼져가는 것을 느꼈다. 그것은 썩 마음에 들지 않지만 꼭 다시 한 번 맛보고 싶게 만드는 그런 향기였다.

"그래서 그런가, 차가우니까 기분이 좋은걸요."

그녀는 빙긋이 웃었다. 그가 빤히 쳐다보고만 있자 부담스러워진 듯 수줍게 시선을 내리깔긴 했지만, 가을 강가의 갈대처럼 드리워지는 속눈썹에서도 고요하고 청아한 향이 나는 듯했다.

그는 그녀가 어떤 여자인지 알고 있었다.

그녀는 어린 아들의 목을 조르며 같이 죽자고 말했던 그의 어머니와 같은 여자였다. 성격적인 면이나 외모적인 면이 같다는 뜻은 아니었다. 언뜻 보기에는 그 어떤 모습도 비슷하지 않았다. 하지만 분명 어딘가가 비슷했다. 첫눈에 보고 그런 생각을 했을 정도니까.

그렇기 때문에 그는 이 여자는 안 된다는 걸 아주 잘 알고 있었다. 철혈 같은 이성이 이 여자는 자신에게 맞지 않는다고 강력하게 의견을 피력했다. 하지만 때로 사람의 마음이란 참 같잖지도 않은 것이어서, 안 되는 것일수록 더 될 수밖에 없기도 했다. 그렇지만 그는 사랑 같은 한시적인 것에 휘둘릴 마음이 없었다.

그가 사랑을 믿지 않거나, 전면적으로 부정하는 것은 또 아니었다. 그의 불우한 과거지사나 냉소적이고 거침없는 성격을 보면 사랑부터 부정하고 나올 법했지만, 그거야 일반론일 뿐이고 그는 애정이 어떤 것이며 얼마나 가슴을 충만하게 하는지, 모르지 않았다.

성격상 가슴이 터질 듯 열렬하고 격정적인 사랑을 바라는 건 아니지만, 사랑이라는 게 다가온다면 받아들일 준비는 되어 있었다. 하지만 적어도 이 여자는 아니었다. 그렇지만 이 여자일 수밖에 없다는 사실을 잘 아는 만큼, 그는 약간의 모험을 해보기로 했다.

그에게 애정이 어떤 것인지 알려준 그의 할아버지가 항시 하는 말. Enjoy if can' t avoid. 피할 수 없다면 즐겨라.

비록 아무것도 모르는 그녀는 즐길 수 없겠지만, 그는 아주 고된 기다림이라도 충분히 즐겨볼 준비가 되어 있었다. 그래서 그는 동의했다. 그들의 약혼이 4년, 정확히는 3년 7개월이 되던 날, 그에게라면 심장이라도 내어줄 것처럼 굴던 그녀가 해쓱하게 질린 낯빛으로 했던 말에.

"파혼…… 해 주세요."

그렇게 그들은 끝이 났다. 아니, 그녀를 포함해 세상 모두가 끝났다고 믿었지만 끝난 것은 없었다. 그 무엇도. 그녀 역시 그것을 알기까지는 오랜 시간이 걸리지 않았다.

제1장

싸한 바람이 귓가를 쓸어갔다.

귓가로 늘어진 머리카락이 일렁일렁 손짓하는 듯한 바람결에 아스라이 흔들리고, 낮게 드리워진 그녀의 속눈썹이 꽃술처럼 파르르 떨려왔다.

밤거리는 온통 빛의 향연으로 가득 차 있었다. 사람들은 모두 어디로 가는지 무지개 끝의 황금단지를 찾아가는 것처럼 기쁨에 상기된 얼굴로 그녀를 스쳐 지나갔고, 밤알과 밤송이처럼 서로를 끌어안은 연인들은 말할 것도 없었다.

부드러운 크림색 코트를 꼭 여미고 걸어가던 그녀는 강줄기처럼 흘러가는 사람들 사이에서 문득 멈춰 섰다. 그리고 지나가는 사람들을 하나하나 바라보았다.

세상을 살면서 근심걱정 하나 없는 사람이 어디 있겠느냐만, 적어도 지금만큼은 모두 즐거워 보였다. 아주 반가운 사람을 만나러 가는 듯이. 하지만 반가운 사람을 만나러 가면서도 그녀의 얼굴에는 좀체 웃음기가 떠오르지 않았다. 오히려 세상의 모든 근심걱정을 짊어지고 있는 듯 수심이 가득했다.

그녀는 까마득한 단애(斷崖)에서 앞으로 나아가길 주저하듯 한참이고 그 자리에 동상처럼 서 있다가, 이내 한 걸음 내딛었다. 도보에 부딪히는 하이힐이 또각 하며 제법 매서운 소리를 퍼트렸다. 그 소리를 기점으로 그녀의 걸음이 좀 더 급해졌다.

언제나 기다리는 걸 싫어하는 사람이었다. 기다리는 걸 싫어하다 못해 상대가 자신보다 늦게 나오면 뒤도 안 돌아보고 가는 사람이었다. 정작 그 자신은 약속 시간에 30분 이상 늦은 적도 있긴 하지만, 행여 그가 바람을 맞힌다고 해도 불평할 수 있는 사람은 없었다. 굳이 그럴 수 있는 사람이 있다면 그와 그녀를 소개시켜 주었던 그의 할아버지 김석용 회장뿐이었다.

그를 향해 가는 그녀의 걸음이 저도 모르게 빨라지기 시작했다.

그랜드 칼튼 호텔 1101호. 그와 만나기로 한 장소였다.

처음에 1101호로 오라는 말을 들었을 때, 그녀는 상황의 심각성도 잊고 살짝 웃어 버렸다. 묘하게 전자적이고 일률적인 1101라는 숫자가 영락없이 그를 떠올리게 했기 때문이었다.

밤의 품속에서 더욱 화려하게 빛나는 그랜드 칼튼의 로비로 들어서자, 대 화랑처럼 높은 천장과 로비의 중간에 위용을 자랑하고 있는 대리석 분수가 가장 먼저 눈에 띄었다.

로비는 술탄의 하렘이 부럽지 않을 만큼 황금색으로 번쩍거리고 있었고, 분수에 흐르는 물마저 찬란한 조명 빛을 받아 황금색으로 빛났다. 그리고 동장군(冬將軍)이 기승을 부리는 이 겨울철 날씨가 다 거짓말이라는 듯 에덴의 동산처럼 훈훈한 공기가 감돌고 있었다.

황금 무궁화를 5개나 달고 있는 대한민국 최고의 호텔. 웬만한 이가 아니고서야 누구나 조금은 주눅이 들 터인데, 태경은 주변 풍경 따위 눈에 들어오지 않는 듯했다. 오히려 분주하게 오고가는 사람들 사이에 다시 한 번 멈춰 서서, 그들의 흐름을 무심하게 흘려보내었다.

시계를 확인하자, 만나기로 한 저녁 9시에서 3분이 지나 있었다. 당장 뛰어가야 하겠지만 뻑뻑해진 다리가 도무지 말을 듣지 않았다. 다리에 촛농을 부어서 굳혀 놓은 것만 같았다.

그것은 코끝이 알싸해질 정도로 추운 날씨 때문이 아니라, 심리적 갈등 때문이라는 걸 태경은 알고 있었다. 조금만 더 늦으면 정말 가버릴 텐데 하는 불안과 이미 그냥 가버렸길 바라는 이율배반적인 소망이 마음속에서 첨예하게 대립했다.

몇몇 사람들이 그런 태경을 흘긋 훔쳐보았다. 추위 때문에 발갛게 상기된 도홧빛 뺨이나 오목조목 꾸며 놓은 듯한 미모가 타인의 시선을 잡아끌기에 충분한 탓이었다.

뽀얗게 서리가 낀 손목시계를 한참 내려다보던 태경은 이내 결심한 듯 팔을 내렸다. 그리고 황금빛 물결이 흘러내리는 듯한 색으로 칠해져 있는 엘리베이터에 올라타자, 분홍색 일색의 유니폼을 입은 엘리베이터 걸이 싱긋 웃으며 물었다.

"몇 층까지 가십니까?"

"5층."

태경보다 앞서 엘리베이터에 올라탄 남자가 무뚝뚝하게 대답했다. 그러자 엘리베이터 걸은 태경의 의사를 묻듯 그녀를 바라보았다.

태경은 입술을 꼭 한 번 깨물었다가 힘겹게 목소리를 쥐어짰다.

"11층."

여자 혼자 스위트룸이 있는 11층으로 가는 게 이상했던지, 남자가 묘한 눈길로 태경을 바라보았다. 하지만 곧 자신의 일이 아니라고 생각한 듯 금세 신경을 거두었다.

두 명, 아니 엘리베이터 걸까지 포함해서 세 명을 태운 엘리베이터가 물 흐르듯 소리도 없이 위로 솟구치기 시작했다. 그럴수록 점차 잠들지 않는 불야성이 멀어지고, 웅장한 마천루의 끝이 가까워져 갔다.

엘리베이터가 위로 올라갈수록 태경은 아드레날린이 과도하게 분비되어 마천루를 뚫고 하늘 위까지 치솟을 듯한 기분이 들었다.

대체 얼마 만에 그를 만나는 걸까. 한성 건설 창업식 때가 마지막이었으니 몇 달 정도 되었는데, 한 몇 년 만에 다시 만나는 것 같았다. 하긴 단둘이서만 보는 건 몇 년 만이었다. 사실 앞으로는 절대 둘이서만 만날 일이 없을 거라고 생각했다. 불과 며칠 전까지만 해도.

김시혁, 그는 아주 차가운 손을 가진 남자였다. 그에 대해 떠올리면 죽은 사람만큼이나 냉하던 그의 손이 가장 먼저 기억났다.

우연히 그의 손에 손이 닿았을 때, 단순히 차갑다는 정도가 아니라 거의 비인간적인 온도에 태경이 깜짝 놀라자, 그는 잘생긴 입매를 비릿하게 말아 올렸다. 그리고 시체 같다는 소리를 자주 듣는다고 말했다.

그 웃음은 평소의 그보다 지독하게 시니컬했다. 하지만 태경은 그의 손이 기분 나쁘지 않았다. 그 차가운 손이 뜨거운 피부를 쓸어내려가는 느낌이란 어떤 걸까…… 궁금했다.

순간 태경은 엘리베이터 안이 너무 더운 것이 아닌가 하고 주변을 둘러보았다. 몸 안쪽에서부터 느껴지는 열기에 립스틱을 바른 입술이 열리고 '하아—' 더운 숨결이 작게 흘러나왔다. 그것은 절로 남자의 가슴에 열풍을 불러일으킬 듯한 숨소리라, 함께 엘리베이터에 타고 있던 남자가 작게 '흠흠' 하는 소리를 내뱉었다. 그리고 5층에 닿자마자 부리나케 엘리베이터에서 내려갔다.

하지만 태경은 별달리 여기지 않고 그저 코트의 앞섶만 만지작거렸다. 코트의 부드러운 옷감에 쓸리는 손톱은 바로 어제 네일 숍에서 투명하게 손질해둔 후였다.

그때, '띵—' 하는 소리와 함께 엘리베이터가 11층에 도착했다. 심장이 쿵덕쿵덕 사납게도 뛰어댔다. 원래 이렇게 부산스러운 성격이 아닌데도.

"무슨 문제라도 있으십니까?"

엘리베이터 걸은 태경이 내리지 않고 굳은 듯 서 있기만 하자 의아하게 물었다. 그제야 태경은 아무것도 아니라며 고개만 살짝 흔들고 엘리베이터와 복도가 맞닿은 경계선을 넘어갔다. 넘어선

안 될지도 모르는 경계선을.

등 뒤에서 엘리베이터 문이 스르륵 닫히자, 복도에는 물속에 잠긴 듯한 침묵만이 감돌았다. 오로지 카펫에 하이힐이 마찰하는 소리와 태경의 옷자락이 스치는 소리밖에 들리지 않았다.

위험하게 느껴질 정도로 낮은 적막이 감돌고 있는 복도를 지나 태경은 1101호 앞에 섰다. 은연한 조명 빛을 받은 1101호 글자가 스산한 황금빛으로 번득거리고 있었다.

태경은 크림색 코트를 벗어서 팔에 걸치고, 검은색 가죽 클러치 백을 더 꾹 쥐었다. 그러고도 태경은 한참 후에야 문을 노크할 수 있었다. 그때 시간은 약속 시간으로부터 정확히 14분이나 지나 있었다. 그가 미치거나 세상이 미치지 않은 이상에야 절대 기다리고 있을 리 없는 시간이었다.

'그냥 가버렸길. 그리고 차라리 나중에 약속도 지키지 않는 여자라고 화를 내길.'

그러나 그런 소망에도 소용없이, 그가 미친 것인지 세상이 미친 것인지 안에서 목소리가 들려왔다. 달칵, 지옥의 수문 같은 문이 열리는 소리와 함께.

"들어와."

심장이 굉음 소리를 내며 배까지 쿵 하고 내려앉았다. 하지만 그가 아직 기다리고 있다는 걸 확인한 이상, 더는 주저하고 있을 시간이 없었다. 태경은 희미하게 떨리는 손으로 문을 열었다. 그리고 현관에서 하이힐을 벗고 스타킹만 신은 발로 카펫에 발을 디뎠다.

모든 감각이 소머즈가 부럽지 않을 정도로 곤두서 있기 때문인지 발바닥을 스치는 카펫의 느낌에도 짜르르 소름이 돋았다.

태경은 소리 없이 굵은 침을 삼키며 그가 있을 만한 곳으로 걸어갔다. 머지않은 곳에서 모든 신경 줄을 요동치게 하는 그의 강렬한 존재감이 느껴졌다.

문을 열어주고 어느새 그쪽으로 갔는지, 소파에 푹 파묻히듯 앉아 있는 그의 뒷모습이 보였다. 얼핏 보기로는 지그시 눈을 감고 있는 것 같았다. 입고 있는 건 흰색 와이셔츠와 짙은 남색의 스프라이트 양복바지뿐이었고, 양복상의와 검은 코트는 다른 쪽 소파의 등받이에 대충 걸쳐져 있었다. 그리고 조각한 듯한 옆선을 살짝 가리는 머리카락은 예전에 만났을 때보다 길어 있었다.

오랜만인데도 얼굴 한 번 보여주지 않는 그의 행동에 태경의 눈빛이 일렁이며 깊어졌다.

'예전과 같구나. 하긴, 바뀌었을 리가 없겠지…….'

잘그락. 태경이 옆 탁자 위에 클러치 백을 올려놓자, 클러치 백에 장식된 짧은 사슬이 묵직한 쇳소리를 퍼트렸다.

태경은 자신의 코트를 붙박이 옷장 안에 넣고 아무렇지도 않은 척 그의 양복상의 쪽으로 다가갔다.

"제대로 걸어 두시는 편이 좋아요."

태경이 그의 양복상의와 코트를 주워들어 옷장으로 가자, 그의 시선이 그녀의 뒤태에 끈질기게 따라붙었다. 태경도 그것을 느꼈지만 굳이 고개를 돌려 그와 시선을 마주치지는 않았다. 얼굴을 보여주지 않는 그가 섭섭하긴 했으나 아직은 그와 마주할 용기가 나지 않았다.

"왔군."

문득 그가 말했다.

30dB(데시벨)의 가만한 바리톤. 성대 깊숙이에서 우려내지듯 나오는 중후한 목소리에 태경은 등허리에 은밀한 감각이 관통하는 듯했다. 그에 가슴이 저절로 부풀어 올랐다. 하지만 태경은 애써 평정을 가장하고 옷장에서 옷걸이를 꺼내 들었다.

"제가 부탁드린 거니까요."

잠깐의 침묵 후에 돌아온 그의 대답에는 언뜻 조소가 섞여 있었다.

"15분이나 늦어 놓고 말은 잘 하는군."

그 잠깐의 침묵 동안 손목시계를 내려다본 모양이었다.

"정확히는 14분인 걸로 아는데요."

태경은 눈을 질끈 감은 것과 달리 무심한 뒷모습과 함께 대답했다. 그러자 피식 바람이 빠지듯 웃는 소리가 들려왔다.

기분이 나쁜 것 같지는 않았다. 다행이었다.

태경은 일단 순순히 사과했다.

"늦어서 죄송해요."

하지만 곧 태경은 곤란해졌다. 옷을 걸고 나니 할 일이 없어졌기 때문이었다. 계속 옷장 앞에서 서성거릴 수는 없지만 그렇다고 그의 곁에 가서 앉을 수도 없는 노릇이었다. 그래서 일단 그 자리에 서서 고민하고 있는데, 그가 일어나서 다가오는 소리가 들려왔다. 심장이 미친 듯이 질주하기 시작했다.

다가오지 마.

아직 준비가 되어 있지 않아.

하지만 언제나 그렇듯 그는 자비를 모르는 폭군이었다. 어색하게 서 있는 태경의 속마음을 눈치 챘음이 분명한데, 조금도 개의치 않고 서로의 열기가 느껴질 정도로 가까이 다가왔다. 그리고 밤에만 피는 박꽃처럼 뽀얀 태경의 목덜미를 빤히 내려다보다가, 손을 뻗었다.

그의 손이 핀을 훔쳐가자마자 핀 하나로 억압되어 있던 머리카락들이 날개를 펼쳐 올렸다. 그리고 검고 윤기 어린 폭포가 되어 그녀의 가녀린 어깨 위로 차르르 쏟아졌다. 도나우 강처럼 물결치고 나일 강처럼 풍요로운 머리카락이 그의 시야를 어지럽혔다.

그의 유려한 손가락이 머리카락을 파고들어 왔다. 그리고 목덜미에 닿았다. 그 얼음장처럼 차갑고 차가운 손이. 피부의 모든 솜털이 바싹 일어나는 듯한 소름이 태경의 전신을 내달렸다.

그의 손은 여전히 차가웠다. 비정상적으로 서늘했고, 얼음조각을 한참 쥐고 있었던 것처럼 뜨거운 혈액의 순환이 전혀 느껴지지 않았다.

차갑고 메마른 손이 목덜미를 쓸어가고, 귓불 아래까지 지분거렸다. 너무도 은밀한 손길에 태경은 자기도 모르게 가슴을 들썩이며 큰 숨을 들이켜 쉬었다. 눈물까지 핑 돌았다. 하지만 태경은 온몸이 짜릿해진다는 걸 그에게 들키고 싶지 않아 잠시간 숨을 멈추었다.

그는 한 번도 그녀를 이렇게 만져 준 적이 없었다. 4년이나 함께했는데도 그 흔한 키스 한 번 하지 않았고, 그냥저냥 아는 여동생도 이보다는 더 살갗을 마주치겠다 싶을 만큼 철저히 그녀를 멀리했다. 2여 년 전에 파혼한 후로는 단둘이서 만나는 것도 처음이었다.

오랜만이라고 인사조차 하지 않은 건 그녀 역시 하지 않았으니 그렇다 쳐도, 태경은 이 갑작스러운 진행을 따라가기가 힘들었다. 하지만 태경이 그러거나 말거나 시혁의 손은 폭포 사이에서 헤엄치는 물고기처럼 연신 검은 물길 속을 헤엄쳐 다녔다. 태경과 약혼했었던 지난 4년간 그저 보기만 해온 머리카락의 감촉이 꽤 마음에 드는 모양이었다.

여인의 나신을 애무하듯 쓸어내리고, 때로는 손끝에 빙글빙글 말아 보기도 했다. 마치 제 것을 다루듯 전혀 거리낌이 없는 손길이었다. 그녀의 남편조차 이렇게는 만진 적이 없었다. 아주 관능적으로…… 끈질기게…… 핥는 듯이.

"후회하지 않을 자신이 있는 건가?"

태경이 앞만 보고 선 채 말이 없자, 시혁이 그녀의 머리카락 끝에 입술을 대고 물었다. 나직한 숨이 머리카락을 타고 두피 안으로 침범하기라도 했는지 태경은 뇌가 전율하는 듯했다.

"무슨 후회 말이죠?"

다행히 목소리는 떨지 않고 낼 수 있었다. 그러자 시혁이 손끝에서 빙글빙글 말고 있던 그녀의 머리카락을 놓았고, 그의 손끝에서 탄력 있는 머리카락이 탁 튕겨져 내렸다.

시혁은 그녀의 어깨를 감싸 쥐듯 쥐고 돌려 태경이 자신을 바라보게 했다. 서서히 돌아오는 태경의 얼굴은 4년간 늘 보아왔던 대로 어렴풋이 떨리고 있었다. 마치 그를 두려워하는 것처럼.

"너무 기대했던 건지도 모르겠군."

그래, 이런 부탁을 했다고 네가 조금이라도 변하길 바란 것부터가 무리한 일이었겠지.

시혁은 속으로만 읊조렸다. 하지만 태경은 웬 뜬금없는 말이냐는 듯 의아한 표정을 지을 따름이었다.

"이곳에 온 걸 후회하지 않을 자신이 있나?"

태경의 눈에 깨달음의 빛이 스쳤다. 하지만 곧 짙은 수심의 그림자가 아름다운 얼굴 위로 드리워졌다.

이곳에 온 걸 후회하지 않을 자신이 있느냐고? 애석하게도 태경의 대답은 '모르겠다'였다. 어쩌자고 그에게 이런 부탁을 했을까. 하지만 곧 태경은 야무진 입술을 꼭 다물었다.

적어도 자신이 선택한 일이라면, 그를 원해서 이 자리에 있는 거라면, 작아지지는 말자.

"후회하지 않아요."

태경은 당당하게 그를 마주 보았다. 2년, 그리고 4년 전과 달리.

"호오."

주눅 들지 않으려는 태경의 눈빛에 그는 고개를 살짝 젖히며 감탄성을 흘렸다.

자를 때가 된 그의 머리카락은 의외로 찰랑찰랑해서, 반듯한 이마 위로 옅은 그림자를 드리웠다. 그리고 동양인 같지 않게 높게

경사진 콧대와 칼날처럼 베일 듯이 단정해 언뜻 보면 결벽증 환자 같기도 한 얼굴선, 단단한 턱과 살짝 치켜 올라간 입매. 모두가 공통적으로 생각하는 거지만 그는 상당히 오만하면서도 귀족적인 외모를 지니고 있었다.

36.5도보다 1도 더 낮을 것 같은 피부와 서늘한 눈매 가운데 장식되어 있는 듯한 눈동자.

그는 지나치게 성적인 매력을 발산하는 남자였다. 긴 손가락에서, 유려하게 흘러내리는 턱 선에서, 가만히 움직이는 입술에서 지나친 관능이 묻어나오고, 냉소를 담고 있으면서도 어딘지 우수에 젖은 듯한 눈동자는 구유(九幽)의 토광처럼 여자를 빠져 들게 했다.

사실 그것은 그다지 이채로울 것 없이 평범한 검은색 눈동자였지만, 그의 눈에는 특별한 마력이 있었다. 이성을 빨아들이는 자력이나 성별을 막론하고 끌어당기는 인력(人力), 공기를 지배하는 중력 같은 것까지도…… 그래서 그가 화를 내면 모두가 설설 기듯했고, 그가 웃으면 모두 진심으로 함박 웃을 듯했다.

혹자는 그것을 두고 제왕의 품격이라 했다. 또 다른 호사가는 전횡적이라 했지만, 거부할 수 없게 만든다는 것만은 분명했다.

"아주."

짧은 침묵 후에 그는 입을 열었다.

공기는 그의 존재감에 짓눌린 듯 무거웠고, 점차 가까워지는 그의 몸 때문에 태경은 갈수록 숨을 쉬기가 힘들었다.

"아주 조금은……."

그는 일부러 띄엄띄엄 말하며 태경의 턱 선을 나른하게 훑었다.

그리고 그녀가 입고 있는 블라우스의 차이나 칼라에 손을 대었다.

"더 기대해도 되겠군."

그는 여전히 알 수 없는 말을 했다. 하지만 태경이 뭐라고 말하기도 전이었다.

톡, 톡, 토옥.

그의 손이 하나하나 감질나게 단추를 풀어가자, 그 소리가 청진기를 통한 것처럼 크게 태경의 고막을 울려왔다. 심장은 벌써부터 너무 빠르게 뛰어 갈비뼈가 저릿저릿할 지경이었다. 그러나 그는 변함없이 느긋한 손길로 단추를 풀어내리다가, 태경의 치마가 하이웨스트라 가슴 밑으로는 단추가 보이지 않자 그쯤에서 그만두고 슥 블라우스를 젖혔다.

태경은 훅 숨을 들이켜 쉬었다. 블라우스가 젖혀지며 하얀 레이스 브래지어와 어렴풋한 가슴의 둔덕이 남자의 눈앞에 오롯이 드러났기 때문이었다. 그에 태경은 저도 모르게 가슴을 가릴 뻔했지만, 가까스로 아무렇지 않은 척 서서 그의 시선을 버텨냈다. 하지만 남자는 거기서 만족하지 않았다. 타이트하게 붙어 몸의 굴곡을 내보이는 하이웨스트 치마 위로 그녀의 다리와 엉덩이를 가만히 쓸어 올리더니, 이내 가슴에 도착했다.

얇은 레이스 천 위로 그의 차가운 손이 고스란히 느껴지자, 이번에 태경은 눈에 띄게 움찔했다. 그러나 시혁은 일부러 그러는 건지 별다른 반응 없이 브래지어 중간에 자리 잡고 있는 여밈을 가볍게 풀러냈다.

단단하게 조여져 있던 브래지어는 당기는 힘이 풀리자마자 옆으로 튕기듯 치워졌다. 동시에 어둠 속에서도 어슴푸레하게 빛날 것처럼 뽀얀 젖무덤이 자태를 드러내었다. 작은 모양새가 예쁜 유두는 앞으로 일어날 일을 아는 듯 벌써부터 수줍게 고개를 내밀고 있었고, 젖무덤은 제법 크기가 있으면서도 들꽃처럼 소박하게 자리 잡은 모습이 퍽이나 고왔다. 화려하고 아름다운 장미 꽃송이라기보다는 한적한 초원에 핀 민들레 꽃송이 같았다.

시혁은 왠지 조금 더 괴롭혀 주고 싶은 기분에 그녀의 가슴을 살짝이나마 가리고 있던 브래지어를 모두 치워냈다. 그리고 가슴을 아래쪽에서 그러쥐듯 살짝 쥐어 보자, 쿵쾅쿵쾅 여린 피부를 뚫고 튀어나올 듯한 심장의 질주가 여실히 전해져 왔다. 하지만 태경은 지지 않겠다는 듯 시혁의 시선을 피하지 않았다. 그 시선에 시혁도 점차 교감신경의 활동이 활발해지기 시작했다.

가만히 피부 위로 미끄러지던 그의 손끝이 가슴의 정점에 닿았다. 그러자 가슴의 정점이 그의 손길을 애타게 기다려온 것처럼 펄쩍 뛰어올랐다. 그리고 그의 손가락이 유두의 모양을 가늠하듯 그 주위를 살살 배회하자 금방 태경의 입술 사이에서 가쁜 숨이 쏟아졌다. 평정을 위장해야 한다고 생각하면서도 다리 사이에 숨은 늪지가 금세 얼얼해지고 광대뼈 부근이 발갛게 달아올랐다.

'숨 막혀…….'

겨우겨우 자세를 유지하고는 있지만, 가슴 끝이 간지러워서 미칠 것 같았다. 좀 더 강하게, 좀 더 확실하게 만져 줬으면 했다.

문득 시혁의 손이 멈추었다. 얼떨떨해진 태경은 그를 보았다가, 다른 건 모두 그대로 있는데 가슴만 드러내 놓고 있는 자신의 모양새가 상당히 우습다는 걸 깨달았다.

아무리 그녀라도 몰려드는 부끄러움을 참을 수 없어 급히 옷을 여미려는데, 그가 먼저 그녀의 팔목을 잡았다.

"무슨……."

그는 무표정했다. 하지만 곧 다른 손으로 넥타이를 지익 잡아당겨 풀더니, 고집스러운 입매를 사악하게 말아 올렸다.

"그럼, 시작해 볼까?"

그의 손에서 스르륵 넥타이가 떨어져 내렸다. 마치 게임의 시작을 알리듯.

"하룻밤이란 아주 짧은 시간이니까 말이야."

하룻밤의 정사.

그것만이 둘에게 허락된 전부였다.

제2장

첫눈에 반한다는 일이 정말 존재할까?

6년 전 그날까지만 해도 태경은 첫눈에 반한다는 이야기를 믿지 않았다. 설사 첫눈에 반하는 일이 있다고 할지언정, 첫눈에 반한다는 건 상대의 외모에 혹하는 게 아니냐고 다소 시니컬하게 생각해 왔다. 하지만 전통적으로 좋은 집에서 자란 그녀는 감정을 흔히 표현하는 타입이 아니었고, 가정교육에 의해 차분하고 조신한 성격으로 자라났기 때문에 그런 생각을 소리 내어 말해 본 적은 없었다. 남의 의견에 반박하는 것은 정숙한 여인이 할 만한 일이 아니었기 때문이었다.

조선시대의 양반가를 그대로 옮겨온 듯 보수적이었던 태경의 본가는 늘 그녀에게 조용하라, 말하지 마라, 반박하지 마라, 주장하지 마라, 울지 마라, 웃지 마라, 세뇌하듯 되뇌고 또 되뇌었다. 여자라면 그저 있는 듯 없는 듯 남편만을 잘 내조하면 된다는 게 집안어른들의 생각이었다.

어려서부터 그런 교육을 받아온 태경은 그렇게 자라났고, 어느새 있는 듯 없는 듯 굳어진 자신의 모습에 별다른 의심을 가지지 않았다. 그러고 보면 어렸을 때의 가정환경이 한 인간의 성장사에 얼마나 큰 영향을 미치는지 확실하게 알 수 있는 케이스였다.

역시 별다른 의심 없이 어른들의 명령을 따라 나간 선 자리에서, 태경은 그를 만났다.

김시혁, 그는 'H&J의 폭군' 으로 유명한 남자였다.

그 이름의 의미는 밑바닥에서부터 시작해 H&J를 대기업 반열에 올려놓은 김석용 회장의 손자가 그이며, '몬스터' 라고 불릴 만큼 거대한 계열사의 2대 회장이라는 것이었다. 그리고 '윤태경' 이라는 이름은 그의 집안에 다소 부족한 '전통' 을 줄 이름이었다. 그것은 이를 테면 부유한 상인과 가난한 귀족이 결혼하는 것과 같은 일이었다.

선 자리에서도 무뚝뚝하게 앉아 있는 그에게는 특별한 광채가 있었다. 지식의 빛이라 해도 좋을 것이고, 잘생긴 얼굴로부터 나는 빛이라 해도 좋을 것이고, 지배자급 특유의 존재감으로부터 나는 빛이라 해도 좋았을 것이다. 어쨌거나 그에겐 빛이 있었고, 그 빛이 태경의 눈 안으로 눈부시게 뛰어들었다.

그날부터 태경은 생각을 달리 하게 되었다. 첫눈에 반하는 건 외모뿐만 아니라 외모를 포함해 상대의 모든 것에 끌리는 거라고. 눈가에 살짝 잡히는 주름이나, 가만히 움직이는 울대, 심지어 종이에 베인 듯 손가락 끝에 난 작은 생채기, 냉담한 시선에도 말이다.

그 한 번의 만남으로 두 사람은 결혼이 기정사실화된 약혼을 했고, 그게 바로 4년 동안이었다. 정확히 3년 7개월이지만, 태경의 나이가 스물여섯일 때 공표하여 그녀가 서른 살 때 먼저 파혼을 제안하며 파경을 맞았다. 그리고 얼마 후 태경은 버진 로드를 걸어가 공식적으로 다른 남자의 아내가 되었다. 그런데 결혼생활 2년의 끝에 태경은 이곳에 있었다. 모든 것의 원점이 되었던 자리에.

쏴아아아아…….

샤워기의 물길이 태경의 정수리로 쏟아져 내렸다. 피부를 훑어가는 물의 폭포는 이토록 뜨겁기만 한데, 태경의 가슴은 선득하게 가라앉아 갔다.

곧 태경의 젖은 입술에 진한 자조가 묻어났다. 6년 동안의 이야기를 대략적으로 함축하니 단 몇 마디밖에 되지 않는다는 게 참으로 우스웠다.

4년이나 그의 약혼녀였지만, 진정한 의미에서 그의 여자가 된 적은 없었다. 그 흔한 키스조차 없었다. 손은 어쩌다 실수로 닿을 때뿐이었고, 양가 어른들의 시선 때문에 한 달에 한 번 만나 저녁식사나 하고 헤어진 것이 그와의 전부였다. 그만큼 담백하고 건조한 스테디가 또 없을 정도였다.

그는 누가 보기에도 태경을 좋아하지 않았다. 아니, 외려 가끔씩은 은근한 혐오가 깔린 눈으로 바라보았다. 실제로 그는 태경에게 대놓고 말한 적도 있었다.

[널 보면 화가 나.]

태경은 고개를 들어 얼굴 전면으로 뜨거운 샤워를 맞았다.

하지만 후회는 하지 않을 생각이었다. 그와 파혼을 하자마자 계속 좋아해 왔다며 청혼하는 남자를 받아들인 건 자신이었고, 이혼을 선택한 것도 자신이었으며, 그에게 '하룻밤의 정사' 라는 위험천만한 제안을 한 것도 자신이니까.

하지만 그란 남자가 하룻밤의 정사에 동의한 건 참으로 의외였다. 전화로 하룻밤만 함께 해달라고 부탁했을 때 한동안 말이 없긴 했지만, 무슨 심중이었는지 곧 동의했다. 먼저 파혼하자고 말했던 전 약혼녀의 위험한 부탁에 말이다.

그렇다고 그가 성적으로 청렴결백한 것만은 아니었다. 그는 종종 다른 여자를 만났고, 그들과 성적으로 깊어졌던 걸 태경은 알고 있었다. 하지만 태경은 일부러 모른 척하고 아무런 말도 하지 않았다. 보아도 장님, 들어도 귀머거리, 말하고 싶어도 벙어리, 태경이 알기에 좋은 여자란 그런 것이기 때문이었다.

그에게 좋은 여자가 되고 싶었지만, 결코 견디기 쉬운 일은 아니었다. 심장이 조각조각 헤쳐지는 것 같은 질투에, 친상(親喪)을 당한 것처럼 쏟아져 내리는 오열에, 가슴에 두껍게 쌓여가는 한(恨)에, 종종 살인욕구가 치밀 정도로 격한 소유욕과 독점욕에, 욕실에서 샤워기를 크게 틀어놓고 입을 틀어막은 채 욱욱 눈물을 씹어 삼켰다.

4년이 지나자, 밤마다 하루일과처럼 반복되는 일에 태경은 너무도 지쳐 있었다. 더는 견딜 수가 없었다. 무 자르듯 끝낼 수 있을 정도로 알팍한 게 네 사랑이었냐고 지탄한다면 할 말이 없지만, 편하고 싶었다. 그 어떤 힘든 일도 그에게 사랑받지 못해 고통스러운 것보다는 나았다. 그래서 그와의 관계를 먼저 끊어냈다.

파혼 이후, 4년 동안 인생의 모든 감정을 소모해 버린 듯 예전보다 더욱 건조해져 버렸을 정도니 그녀의 심장이 얼마나 넝마가 되었을지 알 만했다.

"후…… 그만해야지."

태경은 빨갛게 익어 버린 피부를 보며 중얼거렸다. 살짝 어지러워지기도 했지만, 아무래도 그를 더 기다리게 해서는 안 될 것 같았다. 집에서 씻고 오긴 했지만 샤워부터 하겠다고 들어와서 벌써 30분 가까이 있었으니 지금도 충분히 오래 기다리게 한 셈이었다.

샤워부스의 유리문을 열고 수건을 손에 쥐는데, 달칵 하는 소리가 들려왔다. 순간 태경은 펄쩍 뛰어오를 듯 놀라고 말았다. 지금 문을 열고 들어올 사람이라고는 한 사람뿐인데, 설마 그가 샤워실로 따라오랴 싶어 문을 잠그지 않았던 게 기억났다.

태경은 허겁지겁 수건으로 자신의 몸을 감싸려 했다. 하지만 마음이 조급해져 잘 되질 않았다.

"샤워하러 가서 익사했나?"

여자가 벌거벗고 있는 욕실에 난입한 남자는 고개를 삐딱하게 젓히며 물었다. 예상대로 '기다림'이라는 행위 자체에 다소 불쾌해진 듯했다.

"그, 금방 나갈게요."

화들짝 고개를 든 태경은 얼굴을 붉히며 저도 모르게 목소리를 떨었다. 그리고 수건으로 급히 몸을 감쌌다. 방금 전에는 해보라는 듯 그의 손에 가슴을 내어맡기기도 했지만, 홀딱 벗은 채로 그를 마주하자니 얼굴에 절로 열기가 끓어올랐다.

그런데 시혁은 나가기는커녕 그녀를 예리한 시선으로 주시할 뿐이었다. 정확히는 부연 유리문 너머로 보이는, 쭉쭉 뻗은 팔다리와 매끄럽게 굴곡진 나신을. 그러더니 이내 와이셔츠를 벗기 시작했다.

태경의 눈이 튀어나올 것처럼 휘둥그레졌다.

"기다리는데 소질이 없는 건 알고 있잖아?"

시혁은 뭘 그리 호들갑이냐는 듯 무심하게 말했다.

아직 끄지 않은 샤워기에서 쏟아져 내리는 물줄기가 시끄럽게 바닥을 두드렸지만, 태경에게 그의 목소리는 그 어떤 소리보다 뚜렷하게 들려왔다.

"다 했어요. 옷만 입으면……."

"어차피 벗을 거니까 굳이 입지 않아도 괜찮아."

적나라한 말에 태경이 작게 날숨을 들이켜는 사이, 시혁은 훽 와이셔츠를 벗어내고 벨트에 손을 대었다. 잠깐 움찔한 태경은 새하얀 조명이 탐욕스럽게 핥아대는 그의 상체를 홀린 듯이 바라보았다.

그의 피부는 웬만한 여자 못지않게 부드러워 보였지만 몸의 강인함으로는 그 어떤 남자도 상대가 되지 않을 듯했다. 탄탄한 어깨와 날렵한 허리, 이상적인 역삼각형으로 늘씬하게 빠진 상체가 너무도 아름다워 보였다. 하지만 음악과 춤이 없는 무성(無聲)의 스트립쇼를 보고 있던 태경은 휙 고개를 돌려버리고 말았다. 그의 벨트가 끌러지고 바지가 내려가는 부분부터는 도저히 보고 있을 수가 없었다. 그러자 시혁이 짧게 피식 웃는 소리가 들려왔다.

철컹.

곧 묵직하고도 날카로운 금속성이 욕실 안에 울려 퍼졌다. 벨트가 바닥과 부딪히는 소리에 태경은 소리 없이 굵은 침을 삼켰다. 하지만 손목시계를 끄르는 소리가 들려왔을 때는 참지 못하고 말했다.

"씻으실 거라면 먼저 나가서 기다리……."

태경의 말은 끝을 맺지 못했다. 태경이 고개를 들지 못하고 있는 새 샤워부스 안으로 들어온 그가 그녀의 턱을 잡아 돌렸기 때문이었다. 와락 잡아먹히듯이 그의 시선과 마주하자, 태경은 아예 언어라는 것 자체를 잊어버렸다.

"쉿."

그는 비밀 이야기라도 하는 것처럼 나지막하게 속삭였다.

"밤은 짧다고 이야기했잖아?"

하룻밤의 꿈. 그래, 이것은 내일 아침 동이 터오는 동시에 사라져 버릴 하룻밤만의 마법이었다.

넓은 샤워부스 안에 선 그는 태경이 보고 있거나 말거나 샤워타월에 거품을 내어 몸을 닦았다. 흔히들 위엄이란 옷 위에 입는 거라고 말하지만, 그는 피부 자체에 위엄을 감싸고 있는 듯 전라의 몸으로도 당당했다.

태경이 이러지도 못하고 저러지도 못하고 있는 새에 대충 몸을 닦아낸 시혁은 얼떨떨한 표정으로 서 있는 그녀를 보고 또 피식 웃었다.

별로 잘 웃는 사람이 아니었는데, 오늘은 꽤 웃음이 잦았다. 무슨 기분 좋은 일이라도 있는 걸까.

태경은 그의 입술이 다가오는 장면을 바라보았다. 하지만 그가 키스할 거라고는 추호도 생각지 않았기에 그저 멍하니 보고만 있었다. 때문에 그의 입술이 도장을 찍듯 살며시 와 닿았을 때는, 동공까지 확장되어 시린 조명 빛을 가득 흡수했다.

"시……."

그의 이름을 부르려고 했지만, 입이 벌어진 틈을 노리고 강하게 와 닿는 입술이 모든 걸 앗아가 버렸다. 동시에 용암이 울컥 밀고 들어오듯 뜨겁고 뭉클한 무언가가 입 안으로 파고들었다.

태경은 눈을 질끈 감았다. 허리를 와락 끌어당긴 차가운 손이 느껴지지 않을 정도로 입 쪽에, 밀착한 그의 몸에 신경이 쏟아졌다.

태경은 저도 모르게 도망치듯 주춤거리며 한쪽 팔을 내저었다. 금방 물기에 젖은 욕실 벽이 손바닥에 와 닿고, 그에게 밀려 등까지 벽에 기대게 되었다. 이제 샤워기 물은 태경에게가 아니고 시혁의 등으로 거칠게 쏟아져 내렸다.

그는 아주 뜨거운 키스를 할 줄 알았다. 서늘한 모습이 언제냐는 듯, 활활 타오르는 장작불처럼 역동적이고 뿜어져 나오는 마그마처럼 격한 키스를. 그라면 키스 따위 비위생적이라고 할 줄 알았는데, 그는 입맞춤만으로 모든 환희를 보여줄 듯 깊고 진한 키스를 퍼부었다.

한 손은 태경의 허리를, 다른 손으로는 그녀의 얼굴을 감싸 쥐고 본을 뜨듯 치열을 샅샅이 훑었다. 그리고 입천장을 끈질기게 쓸고, 혼이라도 빨아갈 듯 혀를 사납게 핥아 올리고, 입 안을 진득하게 유린했다.

태경은 욕실에 낀 수증기가 자신의 뇌에도 끼어 버린 듯 정신이 급격하게 아득해져 갔다. 시야 앞은 온통 몽롱해지고 빙글빙글 돌아 정신을 차릴 수가 없었다. 가슴까지 파도치듯 울렁거려 딱 롤러코스터를 타는 기분이 이런 건가 싶었다.

다른 여자에게도 이런 키스를 해주었을까. 얼음 속의 불꽃처럼 활활 타오르는 몸으로 그녀들을 품에 안고, 광야를 질주하는 말처럼 밤의 초원을 내달렸을까…….

태경은 울컥 치미는 기분에 와락 그를 끌어안았다. 길게 뻗은 팔로 그의 목을 감싸 안아 조르듯 매달렸다. 언젠가 꼭 한 번 해보고 싶었던 대로. 그러자 왜인지 그가 희미하게 웃는 것 같았다.

차박차박, 물기가 밟히는 피부를 쓸어 올린 그의 손이 태경의 가슴을 우악스레 쥐었다. 하지만 아프다기보다 짜릿한 고통에 태경은 목을 젖히고 신음했다. 그러자 그가 서로의 몸이 밀착한 틈에 끼어 흘러내리지 못하고 있던 수건을 살짝 젖혀 내리고, 감춰진 유실을 찾아 모양을 덧그렸다. 그리고 좀 더 강하고 자극적으로 매만졌다. 얇은 물의 장막에 감싸인 유두가 아프도록 저릿저릿 울려왔다.

"하, 하읏……."

신음을 막아주고 있던 그의 입술이 떠나자마자 태경의 입에서 가녀린 신음이 쏟아져 내렸다. 막을 새도 없이 성대 안쪽에서 끓어오른 목소리가 욕실 안을 카랑카랑하게 울렸다.

"시혁 씨……."

그는 말없이 그녀의 귓불을 핥으며 그곳에 아롱지듯 매달려있던 물방울들을 들이마시고, 미끄러지듯 내려가 하얀 목덜미를 와락 물었다.

뭉툭한 이가 피부를 뜯어먹을 듯 박혀오는 느낌에 태경은 어금니를 악물었다.

"아파?"

그가 묻자, 꼭 감겨 있던 태경의 눈꺼풀이 작게 열리고 흐릿해진 까만 눈동자가 모습을 드러내었다.

"예……?"

태경은 시혁이 그렇게 묻는 의미를 전혀 이해하지 못한 것 같았다. 그러자 시혁은 선연한 잇자국이 남아 있는 그녀의 목덜미를 지분거리며 재차 물었다.

"아프냐고."

"아……."

"아프면 아프다고 말해."

태경은 아직까지도 그가 하는 말의 요지를 이해하지 못했다. 언뜻 들으면 그가 태경을 위해 주는 것 같은 말이었지만, 그는 상대를 배려하는 마음에 그런 말을 할 만한 남자가 아니었다. 실제로도 배려하는 마음에 그런 말을 한 것 같지는 않았다.

그것도 그렇지만, 대답하기도 전에 시혁이 어깨를 이로 마사지하듯 꾹꾹 물어와 태경은 할 말을 도로 삼켜 버리고 말았다. 시혁은 태경의 팔을 살짝 들어 올리더니, 이로는 어깨를 끝까지 물고 핥으며 손은 겨드랑이와 그곳에서 이어지는 가슴까지 쉼 없이 자극했다.

"읏."

정신을 차릴 틈조차 주지 않는 손길에 태경은 머리가 어지러웠다. 그와 키스 한 번 한 적 없던 상황이 바로 30분 전인데, 지금은 서로 전라의 몸으로 거리낄 것 없이 탐하고 있다니.

남자와 여자의 거리는 이토록 멀고도 가까운 것이었다. 멀면 한없이 멀지만, 가깝고자 하면 한없이 가까운 그런 거리.

문득 시혁이 태경을 돌려세웠다. 그러자 두 사람 틈새에 끼어 있던 수건이 떨어지며 철퍽! 무겁고 질척한 소리를 퍼트렸다.

시혁이 수건을 아무렇게나 밟으며 태경을 끌어당기자 그의 가슴에 그녀의 등이 닿았다. 그리고 어느새 이렇게나 흥분했는지 무섭도록 딱딱해져 있는 그의 남근이 그녀의 허벅지 사이에 들어왔다. 매끈한 선단이 미끄러지듯 허벅지 사이로 들어오고, 부드럽고도 단단한 기둥이 여린 살을 쓸었다.

"자, 잠깐……."

너무도 당혹스러운 감촉에 태경이 본능적으로 바르작거리자, 시혁은 강철 같은 팔로 그녀를 더욱 단단히 옭아매었다.

"잠깐이라는 건 없어."

태경은 머릿속에 수증기가 끼고, 그는 목에 수증기가 낀 모양이었다. 중후하니 철학적으로까지 들렸던 목소리가 부옇게 흐려져 꽉 억눌려 있었다. 자랑스럽게 솟아오른 남근만 해도 그렇지만, 그 역시 명백한 욕정을 느끼고 있다는 증거였다.

태경은 혼란스러워졌다. 서로 '하룻밤의 정사'에 동의하긴 했으나 그가 자신의 몸에 달아오르리라고는 예상치 못한 탓이었다.

그는 언제나 서늘한 얼굴로 태경을 보았고, 시선은 부서질 듯 건조하기까지 해 그의 마력적인 눈 안에 그녀를 향한 욕정은 어디에도 없었다. 그것이 여성으로서의 태경을 더더욱 비참하게 만들었는데, 지금은 달랐다. 칼칼한 목소리가 피부를 헤치고 파고드는 것 같은 정도라 그란 남자가 이토록 맹렬하게, 부지불식간에 달아오를 수 있었던가 신기했다.

"아…… 거, 거긴……."

양손으로 태경의 가슴을 떡 주무르듯 주물 거리던 그의 손이 피부 위에 길을 그리며 아래로 내려갔다. 그리고 아무도 밟지 않은 태초의 숲처럼 이슬로 촉촉이 젖어 있는 검은 덤불을 지나, 파르라니 젖어든 꽃잎을 찾아내었다.

"아!"

그의 탄탄한 허벅지가 다리 사이로 파고들어와 공간을 확보하고, 그의 손가락이 꽃잎 속의 암술을 문질렀다. 태경은 목을 길게 젖히고 지지대를 찾아 그의 팔뚝을 꽉 그러쥐었다.

안개가 낀 것처럼 온통 부옇게 변한 욕실 안에 여자의 할딱임이 퍼져나갔다. 밀착한 몸 사이에 흘러내린 물도 풀처럼 끈적끈적하게 느껴졌다.

"감도가 좋아."

그가 귓가에 허스키하게 읊조렸다. 그 목소리가 귓바퀴를 돌다가 속으로 스르륵 스며드는 듯해 태경은 더더욱 신음했다.

여자는 청각이 더 발달해 있다더니, 정답인 것 같았다. 하지만 그의 손은 공기라는 매질(媒質)을 타고 오는 소리보다 더욱 자극적으로 태경을 달아오르게 했다.

뾰족하게 솟아오른 암술을 문지르던 손가락이 뱀처럼 기민하게 내려와 장막을 살짝 벌렸다. 그리고 미끄러운 액체로 젖어 있는 안으로 침범해 들어와 그 안의 자극점을 아프지 않게 긁었다.

"아, 안…… 안 돼……."

태경은 자신이 무슨 말을 하는지도 모르고 아무런 말이나 내뱉어댔다. 하지만 저도 모르게 내뱉고만 '안 돼' 라는 말이 사실은 '돼' 라는 걸 그녀도 인지하고 있었다.

한동안 묵직한 가슴을 쥐고 있던 손이 아래로 내려가 한쪽 허벅지를 들어 올렸다. 이미 은밀한 곳에 담가진 손가락의 움직임을 더욱 자유롭게 하려는 듯.

파들파들 떨리는 태경의 허벅지가 열리며 움직일 수 있는 공간이 커지자, 그의 한 손가락이 더욱 안으로 파고들었다. 그 느낌에 태경의 아랫배에 절로 힘이 들어가고 여성도 그의 손가락을 꽉 옭죄었다.

시혁은 살짝 미간을 찡그렸다.

"좁군."

무례하게 파고든 이물질을 강하게 조인 여성은 도통 풀릴 줄을 몰랐다. 그저 가녀리게 떨리면서도 강단 있게 남자의 손가락을 꼭 물고 있었다.

"긴장하지 말고 힘을 풀어."

그가 다시 귓가에 속삭였다.

물속에서 허우적거리다가 겨우 뭍으로 끌어올려진 것처럼 할딱거리던 태경은 시간이 지나자 점차 꽉 닫힌 골반에 힘을 풀기 시작했다. 시혁도 손가락을 죄는 힘이 느슨해진 것을 느낀 듯, 그녀의 몸을 더 자신에게로 끌어당겨 고정하고 다시 가슴을 소유했다.

빳빳해진 유두와 질펀해진 여성이 동시에 공격당하자 태경은 주저앉아 버릴 것만 같았다. 하지만 그는 자비가 없었다. 이제 총공격을 가하듯 애무하는 것뿐만 아니라 아까보다 허스키해진 목소리로 무리한 요구까지 하기 시작했다.

"어떻게 해주길 원해?"

가슴을 자극하던 손도, 여성을 쓸던 손도 모두 멈춰 있었다. 그저 여성 안에 손가락을 담고 있을 뿐, 그녀에게 스스로 요구하라 말했다. 아프면 아프다고 말하라 일렀을 때처럼 무언가 기대하는 듯한 어조로.

"바라는 대로 말해 봐."

움찔, 태경의 어깨가 떨렸다.

그것은 태경에게 있어 무엇보다 어려운 요구였다. 원하는 걸 말하라는 건. 그녀는 원하는 게 있어도 말해서는 안 되었고, 무엇이든 다른 이가 알아차리고 해줄 때까지 벙어리 노릇을 하는 게 당연했다. 그녀가 자신의 뜻을 강력히 피력한 것은 단 두 번, 시혁에게 파혼을 요청할 때가 처음이었고 하룻밤만 함께 해달라고 부탁했을 때가 마지막이었다.
"그, 그건……."
만져 줘. 지금보다 정신을 차릴 수 없을 정도로 애무하고, 강하게 나를 소유해 줘. 한 번도 느끼지 못했던 여성으로서의 환희를 느끼게 해줘.
"어떻게든……."
하지만 그 말은 목구멍에 쩍 눌어붙은 듯 결코 소리가 되어 나가지 않았다. 그렇지만 이렇게 말하는 것만으로도 태경에게는 큰 일이었다. 하지만 시혁은 적당히 타협할 생각이 없는지 유두의 끝을 감질나게 살살 만질 뿐, 재차 요구했다.
"정확히 말해. 뭘 어떻게 해주길 바라는지."
심술궂을뿐더러 고약한 요구에 태경의 눈에 눈물이 핑 돌았다. 온몸이 강렬한 쾌감을 원하며 바싹 곤두서 있어 그런 말에도 가슴이 무너질 듯했다.
"말해."
시혁은 명령하듯 으르렁거렸다.
"안……."
태경은 어수룩하게 목소리를 떨었다.
"크게."
"안, 안아 줘요……."
"크게 말해."
태경은 질끈 눈을 감았다.
"안아 줘요……!"

"그거야."

지나친 긴장으로 새된 목소리가 새어져 나갔지만, 그는 흡족한 듯 중얼거리고 태경을 욕실 벽에 밀어붙였다. 그리고 그녀의 허벅지를 바싹 들어 올리고, 그녀의 안으로 단번에 뚫고 들어갔다. 마침내 자리를 찾은 충족감에 드물게 그의 입에서 억눌린 신음이 흘러나왔다.

자궁 끝까지 닿을 것처럼 쑤욱 밀려들어 오는 거물. 하지만 그의 남근이 거침없이 뚫고 들어오자, 얇은 막이 파열되는 느낌에 태경은 드디어 그와 하나가 되었다는 환희보다 고통을 먼저 느꼈다.

"……!"

제3장

태경이 어깨와 고개를 확 움츠리며 저도 모르게 날카로운 비명을 내지르자, 시혁의 몸도 움찔 굳었다. 떨어져 있던 두 조각이 합일점을 찾은 데서 오는 기쁨의 탄성이라기엔 그녀의 비명이 심상치가 않았다. 꼬챙이에 뚫린 동물처럼 어깨를 덜덜 떠는 것하며, 욕정의 열기와 뜨거운 공기에 상기된 피부가 무색하도록 사색이 된 얼굴을 보니 순수한 고통만을 느끼고 있는 것 같았다.

"설마."

시혁은 의심의 말을 흘리며 재빨리 그녀의 안에서 빠져나왔다. 그러자 와인 병의 코르크가 빠진 듯 질척한 액체가 흘러내리며 들큼한 물 내음이 만연한 가운데 비릿한 피 냄새가 코끝을 간질였다.

시혁의 눈이 언뜻 크게 뜨였다.

겨우겨우 양발을 바닥에 디디고 선 그녀의 하얀 허벅지에 한 줄기의 붉은 액체가 길을 그리고 있었다. 그리고 매끄러운 다리를 타고 흐른 핏줄기가 그녀의 발치에 둥그렇게 고이고, 이내 물에 희석되어 묽어지며 하수구 안으로 스며들었다.

"농담이겠지."

시혁은 그답지 않게 멍하니 중얼거렸다.

"처녀라고?"

하지만 창백하게 질린 그녀의 얼굴은 농담이 아니라는 걸 확실히 대변하고 있었다.

태경은 입술을 깨물었다. 처녀막이 파열되는 감각이 끔찍하다는 이야기는 그녀 역시 여러 번 들어왔지만, 그가 앞서 주었던 환희가 모두 달아나 버릴 정도로 고통스러울 줄은 몰랐다. 하지만 자신이 아직 처녀라는 게 기쁘기보다 충격인 듯한 그의 표정이 더욱 고통스러웠다.

그는 자신이 다른 남자의 것이 되는 게 당연하다 생각하고 있었던 것이리라.

"결혼하지 않았었나?"

그는 이 상황이 도통 이해되지 않는 듯 물었다. 하지만 그것은 태경에게 질문한다기보다 독백하는 듯한 어조였다. 태경이 다른 남자와 결혼했었다는 걸 그가 착각했을 리는 없기 때문이었다. 왜냐하면 태경의 남편이 된 남자는 다름 아닌 그의 친구였으니까.

"그 사람과는……."

꼭 깨문 태경의 입술이 더욱 뭉그러졌다.

"한 번도 관계한 적 없어요."

해답이 나오자, 그는 입 안으로 어떤 말을 사납게 짓씹었다. 그리고 수건을 꺼내 들었다. 다행히 그가 거칠게 중얼거린 말은 태경과 그녀의 남편이 정상적인 성생활을 하지 않았다는 사실에 대한 게 아니라, 그녀가 처녀라는 걸 모르고 단번에 파고든 자신을 향한 것인 듯했다.

"가만히 있어."

물에 적신 수건을 하반신에 대어오는 그의 행동에 놀라 태경이 움찔 몸을 물리자, 시혁은 그녀의 허벅지를 꽉 잡고 낮게 말했다. 그리고 그가 새롭게 보일 만큼 세심한 손길로 피를 모두 닦아낸 후, 빨간 혈흔이 꽃의 진물처럼 묻어난 수건을 대충 내팽개쳤다.

그 후에 그에게 끌려 샤워부스에서 나왔지만, 태경은 여성이 찌릿하고 쓰라려져 주춤하고 말았다. 그러자 시혁은 낮은 한숨과 함께 젖은 머리를 쓸어 올리더니, 큰 수건으로 그녀를 감싸고 단번에 안아 올렸다. 갑작스레 몸이 허공에 붕 뜨는 느낌에 태경은 날숨을 들이켰다.

"저 무거워요."

태경은 터프한 남성미라기보다 절제된 남성미 쪽이 강했던 시혁의 터프한 행동에 놀라 내려달라는 듯 작게 바동거렸다. 하지만 시혁은 꿈쩍도 하지 않고 그녀를 안아 든 채 욕실을 나섰다.

"허리 나갈지도 몰라요."

태경이 그렇게 반박했을 때야 시혁은 흘긋 그녀를 내려다보았다. 은연하게 가라앉은 조명 빛을 받은 그의 까만 눈이 묘하게 빛났다.

"네가 바르작거리지만 않으면 괜찮아."

머쓱해진 태경은 입을 다물었다. 실제로 태경을 안아 든 그는 그다지 힘들어 보이지 않았다.

물이 뚝뚝 떨어지는데도 불구하고 태경을 큰 침대에 내려놓은 시혁은 그녀의 위에 올라타며 말했다.

"다시 하지."

잠깐 제자리를 찾은 듯했던 태경의 심장이 다시 맹렬하게 뛰기 시작했다. 마치 앞으로 10년간 뛸 에너지를 모두 오늘 밤에 써버리려는 듯.

시혁은 포장을 벗기듯 그녀의 몸에 둘러진 수건을 치워냈다. 그러자 아련한 주황 조명 아래 농밀하게 여문 여인의 나신이 하얗게 피어났다. 서른둘의 나이가 무색하도록 탄력 있는 피부와 탱탱한 가슴이 남자를 유혹하듯 매끄러운 빛을 발했다.

그녀의 나이 스물여섯 살, 그의 나이 스물여덟 살, 청아한 물소리가 들려오는 고급 요정(料亭)에서 두 사람은 처음 만났다.

그때 태경은 온실에서 고이 자란 화초처럼 유약한 아름다움을 풍기고 있었다. 그때의 태경은 꽃이라기보다 덜 자란 화초라는 편이 맞았다. 그런데 이제 그녀의 육체는 그때까지만 해도 얼핏 남아 있던 풋풋한 태가 전혀 보이지 않을 정도로 더없이 농염해져 있었다.

개화기를 맞은 꽃처럼 함빡 농익은 여체를 보고 있노라니, 왜 몇몇 사람들이 여자의 서른 살 나이를 찬양하는지 알 듯도 했다.

고개를 내린 시혁은 살포시 젖은 그녀의 귓불을 깨물었다. 그러자 그녀의 고개가 본능적으로 모로 꺾이며 그에게 좀 더 편한 자리를 내어 주었다. 시혁은 그런 그녀를 칭찬하듯 양손으로 살집이 풍만한 가슴을 감싸 쥐었다. 그리고 여전히 꼿꼿한 유두를 손톱으로 긁어내리고 문지르며 엄지와 검지 사이에 끼워 꾹꾹 잡아당기기도 했다. 그러면서 은근히 그녀의 다리 사이로 들어가 자리를 잡았다. 동시에 허벅지를 이용해 그녀의 다리를 양쪽으로 밀어냈다.

"하윽……."

그녀의 입에서 억눌린 신음을 끌어내는 것은 오랜 시간이 걸리지 않았다. 쭉 뻗은 목덜미를 질척하게 핥으며 쇄골을 이로 깨무는 등, 하얀 설원 위에 열락의 꽃을 피우며 젖무덤 끝의 작은 알맹이를 입 안에 머금자 그녀의 신음이 조금 더 짙어졌다. 시혁의 입이 유륜 채로 빨아들이자 더욱 색향 어린 목소리를 아낌없이 흘려내었다.

쪽쪽, 발간 유실을 게걸스럽게 빨아들이는 소리에 태경은 절로 허리가 휘고 하반신이 더욱 그에게 밀착했다. 그리고 아까 얼핏 느꼈던 전율을 갈구하듯 그의 허리와 다리에 정신없이 허벅지를 쓸어댔다.

부드럽고 말랑한 허벅지가 피부를 쓸어오자 시혁은 더욱 자극받은 듯 애무에 박차를 가했다. 팽팽하게 부풀어 오른 가슴을 한입에 먹어버릴 듯 깨물고, 핥고, 잘근잘근 씹기까지 했다. 그리고 태경의 정신이 아득해졌을 무렵, 입술을 그녀의 피부 위에 미끄러트리며 아직 희미하게 피 냄새가 묻어 있는 고지까지 나아갔다.

"아?"

바로 누운 태경은 혼몽한 와중에도 음모를 스치는 부드러운 질감을 느끼고 짧은 외마디를 흘렸다. 그리고 그 질감이 꽃잎의 아래쪽에 느껴지자 저도 모르게 퉁기듯 벌떡 일어서려 했다.

"시혁 씨!"

"쉿."

너무도 은밀한 부분에 뜨거운 숨이 훅 와 닿자 태경의 몸은 다시 무너지고 말았다. 그는 태경의 몸이 무너지기 무섭게 움직임을 재개했다.

적적한 꽃잎을 아래쪽에서부터 느른하게 핥고, 뾰족하게 세운 혀로 장막을 벌리고 들어가 가장 윗부분의 핵심까지 쪽 빨아 올렸다.

"잠깐, 이건…… 하윽……."

태경은 양손이 새하얗게 질릴 정도로 시트를 부여잡았다. 시혁은 그녀가 바르작거리지 못하도록 벌어진 그녀의 다리를 더욱 단단하게 고정했다. 그리고 고개를 살짝 젖히고, 꽃술이 가득 흘러나와 미끌미끌하게 젖은 꽃잎을 맛보며 옅게 웃었다.

"피 맛이 좀 나는군."

몹시 노골적인 말에도 태경이 할 수 있는 일이라고는 손이 덜덜 떨릴 만큼 시트를 꽉 그러쥐는 것뿐이었다. 가쁜 숨이 목 끝까지 차오르고 피부가 반점이라도 돋을 것처럼 붉어져 갔지만, 시혁은 멈추지 않았다.

그의 혀가 좁게 닫혔다 다시 크게 벌어지며 더운 열기를 뿜어내는 장막의 안과 밖을 종횡무진 훑어댔다. 그리고 마치 감주(甘酒)라도 마시는 것처럼 아주 달게 그녀의 꽃술을 핥아마셨다. 그 탐욕스러운 입심은 꽃술을 한 방울도 남김없이 받아 마시려는 듯 한동안 계속 되었다.

태경은 머릿속에서 심벌즈가 쾅쾅 울리는 듯했고, 시야는 현기증이 이는 것처럼 빙글빙글 돌아댔다. 하지만 가슴을 주무르는 손길에, 핵심을 핥아 올리는 혀에, 곧 참을 수 없는 전율이 전신을 내달렸다. 그리고 누가 불을 킨 것도 아닐 텐데, 갑자기 눈앞이 밝아졌다.

환한 빛이 한순간 강렬한 태양빛처럼 쏟아지고, 다이아몬드 더스트가 눈앞에 휘날리는 것처럼 일렁이는 반짝임이 일어났다. 하지만 절정에 오르려는 순간, 모든 애무가 멈추었다. 바싹 긴장해 있던 태경의 몸도 슬며시 아래로 꺼져 내렸다.

몸을 일으킨 시혁이 묘한 웃음과 함께 말했다.

"마셔도 마셔도 계속 나와."

멍하니 그를 바라보다가 그 말뜻을 이해한 순간, 태경은 얼굴이 당장 불타오를 것처럼 확 붉어졌다. 그래서 무어라 하려고 했지만, 그가 그녀의 다리를 활짝 벌린 게 먼저였다.

너무도 뜨겁고 단단한 남근이 타액과 애액으로 녹진녹진해진 여성에 와 닿았다. 동시에 가볍게 문질러졌다. 미치도록 야한 느낌에 태경은 목을 젖히며 신음했다.

애액이 묻은 선단이 장막을 벌리고 슬그머니 안으로 고개를 들이밀었다. 그러자 장막이 다소 빠근하게 벌어지는 느낌과 함께 미끈한 액체가 더욱 진하게 배어났다.

온 정신이 몽롱한 느낌에 태경은 미처 깨닫지 못했다. 그가 콘돔을 끼지 않고 진입하고 있다는 걸.

그는 감질날 만큼 서서히 안으로 들어왔고, 이내 퍼즐이 맞춰지듯 완벽하게 자리를 잡았다. 하지만 아까처럼 비명이 절로 나올 만큼 아프지는 않았다. 골반이 빠듯하게 벌어지는 느낌을 제외하면 조금 불편한 이물감만이 있을 뿐, 못 참을 정도는 아니었다.

"아프진 않나?"

시혁은 할딱이듯 가녀리게 수축운동을 반복하는 여성을 느끼며 허스키하게 물었다.

"아프지…… 않아요."

태경이 파르르 떨리는 목소리로 말하자 그는 시험 삼아 살짝 움직여 보았다. 내벽이 쓸리는 느낌에 태경의 입술이 꾹 닫히긴 했지만 크게 고통스럽지는 않은 듯했다.

그 순간, 그가 움직이기 시작했다. 허리를 힘차게 튕기며 벌써부터 러너즈 하이[1)]에 오른 마라토너처럼 거침없이 달렸다.

"아앗……!"

질퍽하게 치고 들어오는 감각에 태경의 허리가 포물선을 그리며 휘었다. 시혁은 그에 더욱 탄력을 받은 듯 가장 깊은 곳까지 전진

---

1)러너즈 하이(Runner' s high): 일정한 리듬으로 반복되는 유산소운동에 의해 체내에 베타엔 돌핀이 생성되면서 느껴지는 도취감.

했다가 가장 바깥 자리까지 후퇴하기를 반복했다.

아까는 혀를 깨물어 버릴 것처럼 고통스럽기만 했는데, 태경은 신기하게도 금세 해일처럼 거대한 환희가 밀려들었다. 목이 꺾이며 큰 교성이 발작적으로 튀어나가고, 그가 치고 들어올 때마다 본능처럼 여성이 수축되었다. 처음에는 엇박자로 빗나가기도 했지만, 반복운동이 계속 되자 점차 역동적인 리듬감을 타고 규칙적으로 움직여 갔다.

시야가 요동치는 가운데 태경은 그의 입술을 보았다. 윤곽이 뚜렷한 입술은 무언가를 참는 것처럼 꾹 다물려 있었다.

'키스…… 키스하고 싶어…….'

태경은 눈을 감았다. 그의 입술이 닿으면 억눌려 있던 영혼이라도 해방될 듯한데, 그런 말을 할 수 있을 리가 없었다. 태경은 간곡한 소망을 가슴속에 접어 넣고 그가 주는 감각에만 몰두했다.

"하! 아……!"

이제는 민망할 만큼 큰 교성을 참아야겠다는 생각도 없었다. 그저 그가 나갈 때는 모든 것이 끌려 나갈 듯했고, 그가 들어올 때는 하늘 위까지 치솟을 듯했다.

덜컹덜컹 흔들리는 시야에 희미하게 비춰오는 그는 이마에 힘줄이 돋아날 정도로 이를 악 깨물고 있었다. 태경이 타고난 요부처럼 그를 조여오자 붓끝처럼 민감한 남근의 끝을 타격하는 사정감을 참기가 힘든 모양이었다. 욕정에 어두워진 그의 눈은 이제 아예 어둠을 집어삼킨 듯 까맣게 변해 있었다.

문득 그는 잠깐 움직임을 멈추더니, 한계까지 벌어져 있는 태경의 다리를 번쩍 들어 올렸다. 순간 양다리가 그의 손에 의해 기저귀를 가는 아이처럼 들어 올려져, 태경은 작게 몸을 틀었다. 하지만 우악스러운 그의 손아귀 힘에서 벗어날 수는 없었다.

반항 한 번 하지 못하고 양다리가 그의 어깨에 걸쳐지자, 그는 다시 움직였다. 태경을 거의 반으로 접은 채 그녀 안의 더 깊은 곳으로 가고자 했다. 실제로도 자궁 입구까지 닿아오는 것만 같았다. 그럼에도 태경은 제발 더 안으로 오라는 간절한 애원이 입에서 폭발해 나갈 듯했다. 더 이상 깊어질 것이 없는데도.

"제발…… 제발!"

태경은 비명 같은 소리를 내지르며 팔을 젖혀 시트를 거의 쥐어뜯었다.

"넌…… 정말…… 크."

시혁은 무언가 말하려고 시도하더니 거친 외마디와 함께 다시 입을 다물었다. 그리고 모든 에너지를 그녀의 안에 쏟아 부으려는 것처럼 필사적으로 입을 다물고 내달렸다.

먼 곳에서부터 서서히 무언가가 오고 있었다. 전신을 짜릿하게 옥죄며 슬금슬금 기어오듯.

갑자기 그가 사납게 빠져나갔다. 하지만 꽉 차 있던 여성이 텅 빈 느낌에 칭얼거림이 나오기도 전에 그가 태경의 허리를 거의 낚아채듯이 들어 침대 가장자리로 끌고 갔다. 그리고 먼저 바닥에 발을 딛고 그녀의 발도 바닥에 닿게 했다.

"무……슨?"

자신이 누구인지도 잊어버린 듯 태경이 흐리멍덩한 목소리로 묻자, 시혁은 말없이 그녀의 한쪽 무릎을 침대에 닿게 하고 등을 꾹 눌렀다. 그 바람에 태경은 양손을 침대에 짚고, 한 발만 바닥에 댄 채 엎드린 자세를 하게 되었다.

그 자세가 되자마자 시혁이 다시 안으로 꿰뚫고 들어왔다.

"하, 하악. 이런 자세는……."

태경은 마치 짐승이 교미하는 것 같은 자세가 부끄러워 헐떡이며 저항했다. 하지만 이미 그가 다시 움직이고 있었기 때문에 자세를 바꾸기는커녕 방금 말한 말이 무엇이었는지조차 흐릿해져 갔다.

"싫다면…… 말해."

그는 압축기로 짓눌린 것처럼 꽉 잠긴 목소리로 말했다. 오늘 왠지 그는 태경이 자발적으로 요구하고 원하는 것을 거리낌 없이 말하길 바라는 것 같았다. 하지만 애초에 나기를 지배자급으로 태어나 자연스럽게 명령만 하고 살아온 그로서는 도통 어울리지 않는 행동이었다.

태경에게서 돌아오는 대답은 없었다. 싫고 아니고 하기 전에 그녀는 이미 제대로 된 생각이란 자체를 할 수 없는 상태였다. 시혁도 그것을 감안한 듯 더 이상 뭐라고 하지 않았다.

시혁은 아래쪽으로 쏠려 그들의 율동에 따라 출렁이는 태경의 가슴을 양손에 가두었다. 그러자 말랑말랑한 살집이 파도치며 그의 손가락을 튕겨내는 듯했다.

땀에 젖은 살갗이 부딪히며 찰싹찰싹 제법 매서운 소리를 퍼트렸다. 그것은 너무도 음란한 소리라 태경은 귀를 막고 싶어졌지만, 갑자기 서서히 다가오던 무언가가 온몸을 습격했다. 그리고 똬리를 트는 용처럼 그녀의 전신을 꽉 옭죄고 전율스러운 환희를 선사했다. 그에 태경은 긴 교성을 내질렀다.

그것은 곧 시혁에게도 찾아왔다. 세상의 끝을 보는 듯한 엄청난 극치감이 전신을 채찍질했다. 동시에 극한까지 참아온 사정 욕구가 폭발하며 그녀의 안으로 하얗게 뿜어져 나갔다.

"하아…… 하아…… 하……."

시간의 흐름이 멈춘 것처럼 그의 동작이 딱 멎자, 남은 것은 태경의 입에서 부서져 내리는 거친 숨소리뿐이었다.

그는 한참 동안 사정의 여운을 맛보며 가만히 서 있었다. 그녀의 안에서 줄어든 물건도 아직까지 그 안에 담가진 채였다. 그것이 너무도 여실히 느껴져 태경은 작게 몸을 떨었다. 그러자 그가 빠져나가고, 비릿한 냄새와 함께 탈 듯이 뜨거운 액체가 울컥 쏟아져 태경의 허벅지를 질척하게 적셨다.

그 순간, 태경은 머리를 강하게 한 대 맞은 것처럼 이성이 돌아왔다.

태경은 설마하며 자신의 허벅지를 내려다보았다. 어느새 남겼는지 하얀 허벅지에 선연히 남아 있는 붉은 멍 자국 위로 뿌옇고 끈끈한 액체가 음란하게 흘러내리고 있었다. 충격이 태경의 머리를 강타했다.

"설마…… 콘돔, 하지 않았나요?"

아직 정사의 여운이 다 가시지 않아 목소리가 거칠었다.

먼저 침대에 누운 시혁은 그녀를 끌어당기며 덤덤하게 물었다.

"피임약 먹지 않았나?"

그의 힘에 끌려 무너지듯 침대에 앉은 태경은 피임약이 뭔지 모른다는 듯한 눈으로 멍하니 그를 보았다. 물론 피임약을 모르는 건 아니었다. 그의 말이 잠시 이해되지 않은 것뿐이었다.

"난 콘돔을 좋아하지 않아."

태경이 선뜻 대답하지 않는데도 그의 표정은 별로 변화가 없었다.

"설마 피임약을 먹지 않은 건가? 원 나잇 스탠드를 하러 오면서?"

그의 목소리에 언뜻 비웃음이 떠오르자, 뇌의 명령과 관계없이 태경의 입이 저절로 움직였다.

"먹었어요. 단지 당신이 콘돔을 하지 않았다는 게 좀…… 의외여서."

거짓말이었다. 그와 만난다는 것에 정신이 팔려 피임약은 생각도 하지 못했다. 하지만 은연중에 그가 알아서 콘돔을 하겠지, 막연하게 믿었던 것 같기는 했다. 그라면 절대 자신과의 아이를 바라지 않을 테니까.

"뭐."

시혁은 이 화제에 대해 흥미를 잃었는지 애매모호한 소리를 흘리며 몸을 길게 뻗었다. 그러자 방금 전에 정사를 나누었다는 게 믿기지 않을 정도로 어색한 침묵이 내려앉았다. 공기 중에 떠돌고 있는 시큼 탐탐한 향기와 후끈한 열기만이 그들의 정사를 증명해

주었다.

태경은 멍하니 하얗게 젖은 자신의 허벅지를 내려다보았다.

서른두 살. 4년의 약혼과 2년의 결혼을 경험한 후에야 태경은 겨우 여자가 되었다. 그것도 흠모해 마지않던 남자에 의해서. 하지만 허무했다. 살을 섞을 때만은 모든 걸 잊어버렸었지만, 그의 입에서 나온 '원 나잇 스탠드'라는 말이 가슴을 아프게 파헤쳤다. 그러나 별스러울 건 없었다. 오늘 밤이 정말 그와의 마지막이라는 걸 알고 왔고, 태경이 바란 것도 그것이기 때문이었다. 그래도 울렁증이 생긴 듯 파도치는 마음만큼은 어쩔 수가 없었다.

태경은 침착한 생각을 해보려고 애썼다.

'씻고, 나가서…… 사후피임약을 먹고…… 그리고…… 뭘 해야 하지? 아, 그래. 자자. 그냥…… 오늘만은 다 잊고.'

당분간 후유증은 크겠지만, 그에 의해 여자가 된 것만으로 만족하며 이제 모든 일을 마무리 지어야 한다. 그런데 문득 태경의 생각이 가서는 안 될 방향으로 흐르기 시작했다.

'아이라, 그의 아이.'

순간 태경은 부슬부슬 소름이 돋는 듯했다. 하지만 끔찍한 생각을 했을 때에 오는 소름이 아니었다. 환희에 가까운 전율이 들었을 때의 소름이었다.

그의 아이라니, 생각만 해도 가슴이 정신없이 설레었다.

자신보다 그를 닮는다면 좋을 것 같았다. 그의 냉철한 이성과 좋은 유전자만 타고난 듯한 외모, 담대함, 그런 것을. 사내아이라면 그야말로 장군감일 테고 여자아이라면…… 그래, 여자아이라도 장군감 못지않을 듯했다. 그리고 아마 굉장한 미인일 것이다.

'사후피임약을 먹지 않으면……?'

반사적으로 하고 만 생각에 태경은 가슴이 서늘하게 가라앉았다. 지금 일로 임신을 했다는 전제하에, 이제 평생 동안 혼자 살아야 할 몸이니 그의 아이와 함께할 수 있다면 더없이 좋을 테지만, 그의 유전자가 세상 밖으로 유출된 것이 알려지는 날에는 뒷일을 감당하기 힘들 터였다. 아니, 그전에 분노한 그의 손에 끌려 차가운 수술대 위에 눕게 될지도 모르는 일이었다.

'멋대로 그의 아이를 가지겠다니 말도 안 되는 생각이야, 윤태경.'

그런데 조금 이해되지 않는 게 있었다.

그의 씨를 원하는 여자는 많았다. 그가 남편, 혹은 아이 아버지의 이름으로 후원자가 되어 주지 않아도 훌륭한 2세를 원하는 여자라면 그의 씨를 원할 터였다. 다소의 위험을 감수하더라도 2세를 생각한다면 그의 씨는 얻을 만한 가치가 충분한 것이었다.

그리고 그는 금욕적인 성인군자가 아니었다. 그러니 욕구를 해소할 때마다 피임조치를 하지 않는다면, 이미 그의 사생아가 세상 어딘가에 살고 있다고 해도 신기하지 않을 일이었다.

태경이 알고 있는 시혁은 절대 그런 일을 묵과할 남자가 아니었다. 고약한 남성호르몬에 휘둘려 이리저리 씨앗을 뿌리고 다닐 남자도 아니거니와, 모든 일을 스스로 주도해야만 하는 독재자였다. 그 난폭하고 위험한 독재자가 몹시 매력적이라는 게 문제이긴 하지만, 어쨌든 불확실한 확률에 의지해 안일하게 생각할 리 없는 그가 왜 피임조치를 하지 않았을까, 태경은 이해할 수가 없었다.

그때, 그가 부스럭거리며 일어나는 소리가 들리더니 피부가 맞닿았다. 그리고 그의 양손이 스며들 듯 겨드랑이 사이로 파고들어, 남자의 손과 입술에 쓸려 부풀어 오른 가슴을 아래서 위쪽으로 그러쥐었다. 움찔 떨리는 태경의 어깨에는 촉촉한 입술이 내려앉았다.

"무슨 생각을 하고 있지?"

"아, 그냥……."

무슨 말이라도 대답해야겠다 싶어 입술을 떼었지만, 태경은 할 말을 찾을 수가 없었다. 그래서 그냥 일어서려는 듯 몸에 힘을 주었다.

"좀 씻어야겠어요."

하지만 자연스럽게 그녀의 가슴을 지분거리고 있는 그의 팔은 풀리지 않았다. 오히려 무슨 소리냐는 듯 손바닥으로 그녀의 납작한 배를 쓸며 젖어 있는 음모까지 나아갔다.

"아직 오늘 밤은 끝나지 않았어."

오늘 밤은 끝나지 않았다……라, 참 듣기 좋은 말이었다. 웬만하면 평생 동안 오늘 밤이 끝나지 않았으면 좋겠다 싶을 정도로.

"또…… 하려는 건가요?"

피로감 아래 숨어 있는 기대감으로 태경은 목소리가 떨려왔다. 그러자 시혁은 장단을 맞추듯 대답했다.

"많이 남았지."

그 말을 증명하려는 것처럼 시혁의 손이 도톰한 유두를 꼭 꼬집고 잡아당겼다. 그러자 태경의 전신에 아픈 것 같으면서도 짜릿한 감각이 물감 번지듯 화악 퍼져 나갔다. 굳이 표현하자면 그것은 아주 달콤한 통증이었다.

또 가슴 아픈 사념이 태경의 머릿속을 파고들었다. 다른 여자도 그의 손길에 이런 쾌감을 느꼈겠지, 하는.

"부어올랐군. 여기는 아직도 질척질척하고."

귓가의 솜털이 올올이 일어서리만치 그가 나지막하게 속삭였다. 그의 손은 정액과 애액에 젖어 아직 진흙탕처럼 질퍽한 여성을 느릿하게 문지르고 있었다.

태경은 작게 신음했다. 그의 남성에 쓸려 부푼 핵을 매만지는 손길도 그렇지만, 낮은 웃음기가 섞여 있는 목소리가 너무도 음탕하게 들려왔기 때문이었다. 그에 태경은 열기가 화끈거리는 얼굴을 겨우 추스르고 작게 항의했다.

"그런 말은…… 하지 말아요."

문득 침묵이 감돌았다. 그의 손 역시 멈춰 있었다. 갑작스러운 적막에 의아해진 태경은 조심스레 고개를 돌려 보았다. 왜인지 그의 얼굴에는 웃음기가 잦아들어 있었다.

그는 무표정한 얼굴로 물었다.

"왜?"

"예?"

태경은 갑작스러운 변화를 어떻게 해석해야 하는지 알 수 없어 멍하니 반문했다. 그러자 시혁이 딱 잘라 말했다.

"우리는 지금 섹스를 하고 있는 거야. 정상회담 같은 걸 하는 게 아니라고."

아무 생각 없이 했던 말에 그가 정색하자 태경은 당혹스러워졌다.

"부끄러워하는 건가? 섹스에 부끄러움 따위는 필요 없어. 알몸으로 마주하고 있는데, 노골적인 말이 대수인가?"

왠지 그의 말에는 태경을 향한 질책이 깔려 있었다. 그에 태경은 자신이 뭔가 큰 실수를 했는가 싶어 흠칫 위축되었다. 다른 사람이 그런다면 그냥 뭔가 마음에 들지 않으려니 하고 말 텐데, 그를 상대로는 도무지 그게 되질 않았다.

"미안해요. 난 그저……."

사과했지만 아직도 그의 얼굴에는 웃음기가 떠오르지 않았다. 오히려 얼음물 세례를 받은 듯 더더욱 차갑게 가라앉아 갔다.

"뭐가 미안하지?"

태경은 당혹스러운 눈으로 그를 바라보았다. 뭐라고 말해야 할지 알 수가 없었다.

"그냥, 그게……."

"어물어물 말끝 흘리지 마."

그는 큰 실수를 저지른 부하직원 대하듯 날카롭게 덧붙였다.

"멍청해 보이니까."

태경은 꾹 입을 다물었다. 심장 끝에 추를 달아 놓은 듯 가슴이 무거워졌고, 손끝 발끝에 싸한 한기가 몰려들었다. 할 말이 있다면 대놓고 말하는 남자기에 사랑하게 된 것이지만, 그녀도 사람이긴 사람인지 그것이 자신을 향할 때면 수천 개의 바늘이 가슴을 콕콕 찌르듯 아파왔다.

그 누구도 좋아하는 상대에게 쓴말을 듣고 싶지는 않을 테니까.

"내가 밉나?"

뜬금없는 질문에 태경은 푹 수그리고 있던 고개를 들었다. 까맣게 일렁이는 그의 눈이 그녀를 빤히 바라보고 있었다.

"아뇨, 그럴 리가……."

태경은 저도 모르게 본심이 튀어나갔다. 그가 자신을 좋아하지 않을지라도 그에게 자신이 그를 싫어한다는 인상은 주고 싶지 않았다.

시혁은 미묘하게 웃었다.

"넌 거짓말은 하지 않아."

그가 하는 말로는 드물게도 언뜻 들으면 칭찬하는 것 같은 말이었다.

"하지만 그럴 수밖에 없겠지."

그의 미묘한 웃음이 조금 불쾌하게 변했다.

"그 어떤 말도 하지 않는데 거짓말이라고 할 리가 없으니까."

태경은 짧고도 긴 침묵 후에 입을 열었다. 여전히 그의 심중이 뭔지는 알기 힘들었다.

"왜…… 그런 말을 하는 거죠?"

그에게서 대답을 듣기까지는 오랜 시간이 걸리지 않았다. 외려 그는 그 질문을 기다려 왔다는 듯 그녀가 질문하자마자 대답했다.

"길들여진 여자는 딱 질색이거든."

길들여져서 아무런 말도 하지 않고, 보고도 모른 척하고, 자기 주장도 할 줄 모르는 여자 따위 시혁은 딱 질색이었다. 같은 공간 안에서 같은 공기를 마신다는 것 자체가 불쾌할 만큼.

하지만 지금 그와 한 침대에 있는 태경은 딱 그런 여자였다. 누군가는 그의 약혼녀가 참 조신하고 여자답다고 극찬을 아끼지 않았지만 시혁이 제일 싫어하는 세 가지가 있다면 감히 그의 뒤에서 수작을 펼치는 짓거리, 죽은 그의 어머니, 그리고 자기주장도 할 줄 모르는 여자였다.

예상한 대로 태경은 그런 소리를 듣고도 그저 침묵했다. 그러자 시혁은 몸을 일으켰다. 그리고 실오라기 하나 걸치지 않은 알몸으로도 전혀 위축되지 않고 걸어가 그의 넥타이를 주워들었다.

촘촘히 짜인 근육이 춤추듯 요동치는 그의 남자다운 뒷모습과 일거수일투족을 바라보고 있던 태경의 얼굴에 고통스러운 빛이 떠올랐다.

'가려는 걸까…….'

내가 딱 질색이라서? 아량을 베풀듯 함께 지내주기로 한 하룻밤도 더 이상은 싫어져서?

하지만 그는 가지 않았다. 왜인지는 모르겠지만 바닥에 떨어져 있던 넥타이를 들고 다시 태경에게 다가왔다. 태경은 그가 가려고 하지 않는다는 것이 기뻐 저도 모르게 얼굴에 화색이 돌 뻔했다. 그렇지만 애써 기쁨의 빛을 내보이지 않았다. 감정 상태에 따라 제 마음을 밖으로 드러내는 건 천박해 보이기 때문이었다. 정말 그런 건지 알 수는 없지만 태경이 받아온 가정교육에 의하면 그랬다.

태경에게 다시 다가온 시혁은 그녀를 홱 끌어당겼다. 그리고 조금은 우악스럽게 그녀의 눈가를 넥타이로 가려 버렸다.

"무슨!"

제4장

뜻 모를 그의 행동에 식겁한 태경은 얼른 넥타이를 끌어내리려고 했다. 하지만 시혁이 그녀의 양손을 제압하고 침대 위로 깔아버리는 바람에 태경은 눈을 가린 채로 그의 묵직한 무게를 느껴야만 했다.

"가만히."

시혁은 그녀를 어르려는 듯 부드러운 어조로 말했다. 하지만 태경은 그의 다정한 목소리를 처음 듣는데도 불구하고 와락 공포에 사로잡혔다. 눈을 가리다니, 그에게 이상한 성벽(性癖)이라도 있는 걸까? 그러나 처음 관계를 맺을 때는 전혀 그런 낌새가 없었기 때문에 태경은 애써 불안한 생각을 억눌렀다.

"무슨 짓을 하는 거죠?"

간신히 목소리를 떨지 않고 내자, 이번에는 그가 태경의 양손을 위로 올려 한 손으로 압박했다.

"이러지 말아요."

결국은 떨리는 목소리가 새어 나갔다. 비록 손을 묶지는 않았지만 그가 마음만 먹는다면 그녀를 취하는 내내 꼼짝 못하게 할 수도 있기에 태경은 몰아치는 공포를 참기가 힘들었다.

"손까지 묶이고 싶지 않다면 가만히 있어."

그는 팽팽하게 당겨져 올라간 손 때문에 뾰족하게 세워진 태경의 가슴 끝을 느릿느릿 매만지며 위협적으로 말했다.

"협박……하는 건가요?"

문득 왜인지 그가 어렴풋하게 웃는 소리가 들려왔다.

"협박이라는 말도 쓸 줄 아는군."

태경은 그 말 밑에 깔린 의미를 되짚어 보고 있을 겨를이 없었다. 점차 진해지는 그의 손놀림에 절로 피부가 달뜬 빛을 띄워 간다는 것도 그렇지만, 이유를 알 수 없는 그의 행동이 무서웠다.

"이러지 말고 이거 풀어 줘요. 이, 이런 성벽은 없어요."

여전히 태경의 양손을 압박한 채로 입을 그녀의 쇄골로 가져가던 그는 피식 웃었다.

"오해하면 곤란해. 나도 이상한 성벽은 없어. 하지만 지금은 꼭 필요할 것 같아서 말이야."

필요할 것 같다니? 대체 뭐가?

"무슨 말인지 모르겠…… 하읏……."

그가 사과를 깨물듯 덥석 유두를 물어 버리자 태경의 입에서 참을 새도 없이 가녀린 교성이 튀어나갔다. 시야 앞은 온통 어둠뿐이었다. 희미하게 새어 들어오는 불빛이 어둠 속에서 점점이 빛을 밝히고는 있지만 그가 어떤 자세를 취하고 있는지도 보이지 않았다. 오로지 유두 끝에 타액을 가득 묻히고 느른하게 핥아 올리는 그의 혀만이 느껴졌다.

시야가 차단되고 촉감이 극대화된 태경은 그의 능란한 혀 놀림 아래 거의 전율했다.

"잠깐……."

"잠깐이라는 건 없다고 말했잖아?"

찰팍하게 젖은 유두에 그의 숨결이 와 닿자 뜨끈해진 여성이 꽉 조여들었다. 그곳에서 벌써부터 끈적끈적한 꽃물이 배어나는 것이 당혹스러울 정도로 확실히 느껴졌다.

"빠르군."

그랬다. 태경의 반응은 그녀 스스로도 신기할 만큼 빨랐다. 결혼까지 했던 그녀가 아직 처녀인 것만 보아도 알 수 있듯, 태경은 결코 잘 느끼는 편이 아니었다. 아니, 차라리 나무통이 더 느끼겠다 싶을 정도로 불감증 그 자체였다.

자포자기하는 기분으로 그가 아닌 다른 남자, 즉 남편과 시도를 해보기도 했지만 어떻게 해도 그녀는 젖지 않았다. 조금 젖을까 싶으면 예외 없이 섬광처럼 시혁의 얼굴이 머릿속을 스쳤고, 그럼 그녀의 여성은 가뭄이 든 땅처럼 바싹 말라 버렸다.

젖지 않을뿐더러 외부의 침입을 거절하는 것처럼 단호하게 닫힌 그녀의 여성에 막무가내로 파고들 수는 없는 노릇이었다. 때문에 그녀의 남편은 늘 세상이라도 끝난 것처럼 침통한 표정으로 침대에서 내려가고는 했다. 그리고 그런 후에는 항상 다른 방에서 잠을 청했다. 그녀의 남편, 진석은 그럴 때마다 그녀가 누구를 생각하는지 잘 알고 있기 때문이었다.

태경 역시 남편이 자신의 가슴속에 누가 있는지 눈치 채고 있다는 걸 알고 있었다. 진석이 청혼하는 날 내 안에는 당신이 아닌 다른 남자가 있다고 대놓고 말했는데 어떻게 모를 수가 있을까. 그래도 그 남자가 시혁이라고 말하지는 않았지만, 그녀의 마음은 누가 봐도 확실했다.

결혼할 때까지만 해도 태경의 마음을 돌릴 수 있을 거라 자신했던 진석이 그때 느낀 감정은 무엇이었을까? 분노? 좌절감? 다른 남자를 가슴에 안고 그와 함께 버진 로드에 오른 그녀를 향한 혐오?

그런 날이면 태경은 시혁과 함께해도 함께한 것이 아니었던 4년간 그래 왔던 대로 눈물을 씹어 삼켰다. 자신이 너무 바보 같아서. 이런 자신을 가슴에 두고 있는 진석에게 너무나 미안해서. 그럼에도 시혁이 보고 싶어서. 하지만 지금은 과거를 반추할 때가 아니었다. 시혁이 여성에 손을 대어 왔다.

어느새 다시 차가워진 손가락이 파르르 떨리는 장막 가운데를 슥 훑어 내리고 가장 아래쪽에서 안으로 찔러 들어갔다. 태경은 둔탁한 신음을 내었다. 그러자 안을 차지한 그의 손가락이 지체 없이 움직이기 시작했다. 그 움직임은 마치 섹스의 축소판처럼 느껴질 정도로 음탕했다.

"읏, 하앗……."

태경은 스스럼없이 다리를 벌리며 그의 손가락을 더 안으로 환영했다. 그리고 때로 엄지로 여성의 정점을 애무하고 더 깊이 깊이 찔러 들어오는 손가락에 목을 젖히며 환희했다. 그런데 그 순간이었다. 목이 부글부글 끓을 정도로 높게 치솟아 올라갔는데, 갑자기 돌아가던 테이프가 딱 멎듯 그의 손가락이 빠져나갔다.

"시혁 씨……?"

태경은 혼몽한 목소리로 간절하게 그를 불렀다. 그러자 그의 입이 한없이 민감해진 유두를 살짝 빨아 올렸다. 충족감을 빼앗긴 여성이 부르르 요동쳤다.

"이제부터는 네가 하는 거야."

태경은 그를 보려고 했지만, 단단하게 묶인 넥타이가 여전히 그녀의 시야를 가리고 있었다.

"네가 나를 움직이는 거야. 알겠어?"

순간 태경은 온몸이 짜릿해졌다.

그를 움직인다니, 그런 일은 있을 수 없겠지만 모든 걸 주도하는 폭군을 마음대로 움직인다는 건 생각만으로도 쾌감이 밀려들었다.

"알아들었으면 대답해."

자신을 움직이게 하라고 말한 것치고는 그답게 고압적인 어조였다. 그래, 마치 움직이게 하라고 말한다기보다는 조련당하라고 말하는 것 같았다.

"그런 거…… 몰라요."

태경은 부끄러움이 홧홧하게 끓어오르는 목소리로 말했다.

"모르면 이제부터 알아. 어떻게 해주었으면 좋겠다, 네 입으로 말해."

그는 아까 관계를 맺을 때 말했던 것을 기어코 실행하려는 모양이었다. 아프면 아프다고 말하고, 어떻게 해주길 원한다면 원하는 대로 말하라고 했던 것을.

"이러는 건 당신답지 않아요."

아무리 침대에서는 모든 사정이 달라진다고 하지만, 언제나 능동적이고 독재적인 그가 수동적인 입장이 되려는 이유를 이해할 수가 없었다.

"그래, 나답지 않지. 그러니 너도 너답지 않아져봐."

그가 어떤 표정을 짓고 있는지는 알 수 없으나 무슨 말을 해도 마이동풍이었다. 하지만 자신의 뜻을 관철하고 말겠다는 태도는 확실히 그다웠다.

"그런……."

말이 다 끝나기도 전에 그가 다시 여성 안으로 손가락을 자못 난폭하게 들이밀었다. 텅 비어 있던 여성이 채워지는 느낌은 거의 뿌듯할 정도였다.

"흐읏……."

"네 스스로 말하지 않으면 계속 이 상태야. 난 아무것도 하지 않을 거니까."

그런 거, 상상도 해본 적이 없었다. 침대에서 남자를 이리저리 휘두른다니.

하지만 하룻밤의 정사라는 은밀하고도 위험한 상황에서 피어나는 열기가 그녀에게 마법이라도 건 것일까. 안타깝게 살살 만지기만 할 뿐, 결코 그녀가 원하는 것은 주지 않는 그에게 애가 타서일까. 태경의 입에서 아주 작지만 확실한 의사표현이 흘러나왔다.

"만져…… 만져 주세요……."

그가 만족스러운 듯 옅게 웃었다.

"어디를?"

한참이나 주저하고서야 태경은 목구멍에 막혀 있는 말을 필사적으로 끄집어냈다.

"그, 그곳을."

"정확하게 말해."

태경은 거의 돌아버릴 것 같았다. 그가 지펴 놓은 불 때문에 입에서는 계속 헐떡임이 튀어나오는데, 감질나게 내벽을 긁는 손가락 때문에 눈물까지 왈칵 치미는데, 온몸에 옻독이 오른 듯 간지러워서 미칠 것 같은데, 시혁은 집요하게 요구할 뿐이었다. 그녀의 성격을 감안해 타협해 줄 생각 따위는 추호도 없는 듯했다.

"아래를……."

눈을 질끈 감으며 온 힘을 쥐어짜는 듯한 목소리로 말했지만, 시혁은 거기서도 만족하지 않았다.

"아래를 어디? 다리?"

이제 그의 목소리는 확실히 짓궂어져 있었다. 하다 보니 악동 같은 심술기가 치민 듯.

태경은 난생처음으로 오기가 들었다. 그를 원하는 간절함에 머리가 이상해진 모양이다.

"당신의 손이 닿아 있는 곳을 만져 주세요."

여전히 정확한 호칭은 말하지 못했지만 목소리를 떨지 않은 게 신기할 지경이었다.

"잘했어."

그는 진심으로 칭찬하는 듯 말하더니, 자극에 의해 통통하게 부어 있는 곳에 애무를 퍼붓기 시작했다.

마침내 다시 찾아온 충족감에 태경은 몸을 정신없이 비틀었다. 그 동작을 따라 이미 어지럽혀져 있는 시트 위에 여러 겹의 파문이 퍼져 나가고, 여자의 교성이 봇물 터진 듯 하얀 수면 위로 쏟아졌다.

"그리고?"

그는 손가락을 흉포하게 밀어 넣으며 으르렁거리듯 물었다.

"가슴을…… 가슴을……."

태경은 그가 주는 감각에 취해 비명을 내지르듯 외쳤다.

"가슴을 빨아 줘요……!"

태경이 말하는 대로 하겠다는 말이 허언은 아니었는지, 말이 떨어지기 무섭게 그의 입이 가슴을 거의 먹어 버렸다. 찌릿한 통증이 느껴질 만큼 이로 거세게 물고 허기진 사람처럼 탐욕스럽게 빨아 댔다. 태경은 더욱 그의 입 안으로 가려는 듯 본능적으로 가슴을 한껏 내밀었다.

넓은 스위트룸 안에는 여자의 격렬한 신음과 질척거리는 마찰음밖에 없었다.

"여기서 만족하지 마. 요구해. 무엇이든지. 원하는 걸."

그는 쇳소리가 섞인 듯이 들릴 정도로 허스키한 목소리로 재차 말했다.

태경은 자문해 보았다. 원하는 것? 지금 원하는 것이라면 단 한 가지밖에 없었다. 바로 그. 정신이 이상해질 만큼 그를 원했다. 그의 손과 입을 느끼는 것만으로는 부족했다. 허벅지를 아프도록 찔러대는 것을 자신의 안으로 느끼기를 너무도 간절히 원했다.

"와요, 내 안으로. 제발."

어느새 팔이 풀린 걸 깨달은 태경은 그의 목을 감싸 안으며 흐느끼듯 애원했다.

"제발이라고 애원하지 마. 명령해."

시혁은 욕구에 찬 목소리를 성토하는 것처럼 내뱉었다.

"명……령?"

태경은 세상이 샛노랗게 변한 와중에도 그만큼 이질적인 말은 들어 본 적이 없다는 듯 반문했다.

"그래, 나에게."

그것은 변태성욕을 가진 마조히스트들이 고통 어린 쾌락을 바라며 제발 명령해 달라고 애걸복걸하는 것과는 질적으로 달랐다. 마조히스트들처럼 명령을 받음으로 해서 짓밟히고 싶다는 이상심리도 들어 있지 않았다. 그저 명령하라는 명령이었다.

태경은 자신의 몸을 지배한 폭군의 명령에 동조하듯 저도 모르게 외쳤다.

"나를 안아요, 날!"

다리가 활짝 벌어지고 그의 남근이 여성을 가득 차지했다. 전기 충격처럼 자궁을 관통하는 쾌감에 태경은 혼신의 힘을 다해 그의 남근을 옭아매었다. 시혁은 무서울 정도로 꽉 억눌린 신음을 흘렸다.

"말해."

그의 명령이 머릿속에 폭풍처럼 몰아쳤다.

"움직여요. 어서, 어서……."

그때부터 천지가 뒤집히기 시작했다. 태풍이 휘몰아치듯 몸이 뒤흔들리고, 목이 발작적으로 꺾이고, 눈앞이 천둥치는 것처럼 번쩍거렸다.

"더."

시혁은 퍽퍽 거리는 소리가 울려 퍼질 만큼 격렬하게 움직이며 태경의 젖꼭지를 짓씹었다. 그의 몸 아래 짓눌리다시피 한 태경은 쾌감 어린 통증에, 몰아치는 격풍에 새된 비명을 내질렀다. 뇌가 두개골 속에서 데굴데굴 굴러다니는 것만 같았다.

"계속…… 계속……."

"더!"

쾌감 때문인지 시혁은 으름장을 놓듯 격하게 외쳤다. 그러자 태경은 우는 듯한 소리를 흘리며 처음 그와 관계를 맺을 때 원했던 대로 솔직하게 소리쳤다.

"좀 더 안으로…… 깊이…… 좀 더 깊이 와요!"

그렇게 말을 토해낸 순간, 태경은 허리와 다리가 동시에 훽 들어 올려졌다. 잠깐 무슨 일이 일어난 건지 이해가 되지 않았는데, 곧 자신이 앉은 자세로 그를 받아들이고 있다는 걸 깨달았다. 그렇다는 것은 보이지 않아도 뻔했다. 앉은 그의 위에 올라타 있는 것이었다.

태경의 얼굴이 빨갛다 못해 거의 검붉게 달아올랐다. 이건 정말 그녀가 감당할 수 있는 한계를 벗어난 일이었다. 불과 30초 전까지만 해도 조신한 숙녀답지 않게 음란하게 울었지만, 남자를…… 그것도 시혁을 타고 앉다니, 이것만큼은 감당불가였다.

"시, 시혁 씨, 이건…… 도저히…… 감당이 안 돼요."

태경은 시혁이 화를 낼까 더듬더듬 단어를 고르며 필사적으로 저항의 뜻을 밝혔다. 심장이 터져라 달린 것처럼 헐떡거리면서도 열심히 말했지만, 역시 마이동풍이었다.

"네가 원하는 대로 하고 있는 거야."

그러고 보니 자궁 입구에까지 그가 느껴졌다. 태경이 그의 위에 앉음으로 그녀의 무게가 더해지며 끝까지 결합된 것이었다. 태경은 더더욱 얼굴을 붉혔다. 그와 더 이상 남은 사리가 없을 때까지 맞닿고 싶어 무의식중에 한 말이었는데 이런 식으로 행해지는 거라니.

시혁은 칼칼한 목소리로 이죽거리듯 웃었다.

"얼굴이 아주 팥죽색이군."

정말이었다. 보이지는 않지만 얼굴에 온몸의 피가 몰려 있는 것만 같았다.

"누차 말하지만, 부끄러워하지 마. 모든 걸 즐겨. 지금만큼은 모든 게 허락되니까."

그것은 정말 마법의 주문 같았다. '정말?' 하면서 한번쯤 귀를 쫑긋거리게 되는 그런 마법의 주문.

시혁이 등을 비스듬하게 뒤로 기울이자, 다리를 활짝 벌린 채 앉은 태경의 무릎이 침대에 닿았다. 태경은 그가 안에서 꿈틀거리는 느낌에 눈을 감으며 나직하게 신음했다. 이내 자리 잡은 시혁은 발갛게 부어오른 태경의 유두 끝을 가만히 문지르며 말했다.

"이젠 네가 움직여."

유두에서 올라오는 아릿한 통증에 몸을 떨 틈도 없이 태경은 눈을 크게 떴다.

"움직……."

"네가 해."

뭐라고 항의하기도 전에 그가 말을 잘랐다. 태경은 숨 쉬는 것조차 잊어버렸다.

어느덧 방 안에는 고요한 침묵이 감돌고, 그의 존재감만이 아프도록 피부에 스며들었다. 한참을 석화된 듯 앉아 있던 태경이 움직이기 시작한 건 그의 치명적인 존재감에, 찌르는 듯한 시선에, 낮은 숨소리에 도취되어 모든 걸 잊어버렸을 때였다. 그리고 희미한 윤곽 말고는 아무것도 보이지 않는다는 상황 역시 현실을 잊어버리게 했다.

태경은 그의 쪽으로 조금 더 상체를 기울이며 움직이기 시작했다. 처음에는 관찰하듯 퍽이나 소심하게, 그러나 그가 혼탁한 신음을 흘리자 전례 없는 용기가 그녀의 가슴속에 똬리를 틀어 태경은 점차 속도를 높여갔다.

"잘……하고 있어."

욕구에 짓눌린 그의 목소리는 미치도록 섹시하고 관능적이었다.

태경은 양손을 침대에 짚고 정신없이 엉덩이를 들썩였다. 살갗이 맞부딪치는 소리가 천둥처럼 크게 울렸다.

"좀 더."

지칠 줄 모르는 야수가 으르렁거렸다.

"좀 더 빨리."

태경은 능수능란한 코치에게 교육을 받는 마라토너처럼 내달렸다.

"학…… 하악……!"

확고하게 정립되어 있던 세상이 뭉그러지고 있었다. 해일 같은 쾌감이 몰아치고, 뱀 같은 전율이 온몸을 내달리며, 몸 구석구석에서 폭죽이 펑펑 터져 올랐다.

"아아아……!"

환희롭게 부스러지는 시야 앞에 하얀 눈꽃송이 같은 것이 꽃비가 되어 흐드러지게 흩어졌다. 한껏 고개를 젖힌 그녀의 야트막한 광대뼈 위로 뜨거운 눈물이 소리 없이 흘러내렸다.

잠시 세상의 모든 시계가 멈춰 버린 듯 아무런 소리도 없었다. 이내 퉁겨 올랐던 허리가 아래로 주저앉자, 끝까지 치고 들어온 물건이 크게 팽창하며 탈 듯이 뜨거운 액체가 그녀의 윤택한 자궁을 가득 채웠다.

환희, 그것은 환희라고 말할 수밖에 없는 것이었다.

"헉, 허억…… 헉……."

시혁의 몸 위로 무너진 태경은 호흡곤란에 시달리는 것처럼 연신 거친 숨을 뿜어냈다. 그의 가슴도 상하로 계속 들썩이고 있었다. 그리고 족히 10여 분은 흐른 것 같았다. 그가 태경의 눈을 가리고 있던 넥타이를 벗겨냈다.

그의 빨려들 듯한 눈은 블랙홀 따위와 비교도 되지 않을 정도로 깊고 격렬하게 휘몰아치고 있었다. 태경은 넋을 놓고 그의 눈을 멍하니 들여다보았다.

"원하는 건 그게 다인가?"

그의 눈은 무언가 말하라고 무언(無言)으로 격하게 요구하고 있었다. 그에 스스럼없이 이끌린 태경은 몽롱한 눈으로 살짝 젖어 있는 그의 입술을 보았다.

"키스……."

이미 머릿속에는 말할 수 없다는 생각조차도 없었다.

"키스해 주세요……."

이것저것 잴 것도 없이 그의 입술이 와락 와 닿았다. 열정적으로 깊어지는 키스를 느끼며 태경은 생각했다, 이런 게 천국이구나. 하지만 길고 긴 키스의 끝에 그는 말했다.

"아직 끝나지 않았어."

태경은 머리가 아뜩해졌다.

제5장

"흐읏……."

태경은 거의 무너지듯이 침대 위에 엎드렸다.

너무 헐떡거리느라 숨조차 제대로 쉴 수가 없었다. 미친 듯이 박동치는 심장을 견뎌낸 갈비뼈는 아리다 못해 고통스러울 지경이었고, 세상은 계속해서 빙글빙글 돌아댔다.

시혁도 다소 지친 듯 그녀의 옆에 풀썩 누웠다. 하지만 다소 지쳤을 뿐인 그와 달리, 죽은 듯이 누운 태경은 눈꺼풀조차 뜨고 있을 힘이 없었다. 몸은 호되게 뭇매를 맞은 것 같다는 걸 넘어 아예 붙어 있지도 않은 듯했다.

몇 번이나 그를 받아들인 걸까. 몇 번이나 그를 품고 느꼈을까.

확실하지 않았다. 다만 확실한 건, 태경은 희미하게 여명이 밝아올 때까지 그의 품속에서 울었고, 자신의 안에 있는 또 다른 자신을 발견한 것처럼 그의 말에 따라 요구하고 또 요구했다는 것이었다. 자신에게 이런 탕녀 기질이 잠재되어 있다는 사실이 놀라웠다.

나중에는 진심으로 지쳐서 제발 그만하라고 했지만, 시혁은 태경이 첫 경험인데도 불구하고 적당히 하지 않았다. 꼭 쌓아온 한(恨)이라도 있는 사람처럼 모든 욕정을 풀어 놓으려고 했다.

서른네 살이라는 적고도 많은 나이가 믿기지 않을 정도로 엄청난 절륜(絕倫)이었다. 우스갯소리이긴 하지만, 그의 끊길 줄 모르는 에너지는 이런 정력에서 나오는 게 아닌가 싶을 지경이었다.

연속적으로는 아무리 그라도 무리인 듯 잠깐씩 쉬긴 했지만, 할 때마다 새로운 방법과 체위로 그녀를 안았고, 덕분에 태경은 웬만큼 별난 체위가 아니라면 해보지 않은 체위가 없을 정도였다. 바로 어제 저녁에야 처녀 딱지를 뗀 태경이 말이다.

다만 아무리 횟수를 반복해도 변하지 않았던 게 있다면 원하는 걸 말하라는 그의 요구였다. 어떤 체위를 해도 그는 태경이 스스로 요구하길 바랐고, 태경이 말을 하지 않는다면 지체 없이 모든 움직임을 멈추었다. 그럼 태경은 쾌락의 바다 속에서 질식할 듯 허우적거리며 머릿속에 있는 말을 모두 끄집어내었다.

세상에, 남에게 그렇게 많은 요구를 해본 건 정말 처음 있는 일이었다. 그렇게 많은 말을 해본 것도 마찬가지였다. 게다가 상대는 다른 누구도 아닌 시혁이었다.

정말 누가 들으면 경악하기는커녕 심드렁하게 콧방귀나 내뀔 일이었다. 놀라기 전에 믿지도 않을 테니까. 하지만 이건 모두 틀림

없는 사실이었다. 태경은 그를 상대로 목소리가 쉴 정도로 끝없이 요구했고, 그야말로 폭풍 같은 섹스에 이젠 그 어떤 섹스를 해도 시들하게 느껴질 듯했다.

이제야 막 남자를 알게 된 처녀에게 이런 엄청난 걸 가르쳐 놓다니, 그는 참으로 고약했다.

'하긴, 이게 처음이자 마지막일 테니 상관없겠지만.'

태경은 잔뜩 꾸깃꾸깃해져 있는 시트 속에 얼굴을 파묻은 채 자조했다.

그때, 여신(女神)이 걸치는 베일처럼 시린 빛이 방 안으로 새어 들어와 침대 위에 푸른 강줄기를 그렸다. 그리고 흐드러지게 피어난 열락의 꽃을 살포시 덮어 내리는 눈송이처럼, 혹은 힘없는 여체를 보듬어 안는 이불처럼 여명 빛이 그녀의 위로 내려앉았다. 그렇게 정사의 흔적으로 엉망이 된 여체도 금방 청아한 푸른 빛줄기 속에 잠겨갔다.

아련한 빛 속에 잠긴 여체를 바라보던 시혁의 손이 태경의 엉덩이를 살짝 쓸어 올렸다. 태경은 아예 마비가 되어 버린 듯 둔탁해진 엉덩이에 와 닿은 간질거림에 움찔 굳었다.

"시혁 씨, 더 이상은……."

태경은 하도 소리치고 우는 바람에 잔뜩 쉰 목소리로 말했다. 하지만 시혁은 개의치 않고 손으로 그녀의 등뼈를 기민하게 쓸어 올리더니, 그녀의 몸을 부드럽게 돌렸다.

돌려진 태경이 가장 먼저 본 것은 어슴푸레한 빛을 등지고 일렁일렁 깊어지는 초콜릿색 눈동자였다. 그 눈동자는 아주 오래 우려낸 에스프레소처럼 진했고 카카오 초콜릿처럼 쓰고도…… 달콤했다.

태경은 그 눈빛을 받고 있노라니 중탕한 초콜릿 속에서 헤엄치고 있는 듯한 기분이 들었다.

이 남자는 왜 이렇게도 아름다운 걸까. 조금도 다정하지 않은데 왜 이렇게나 원하게 되는 걸까.

그는 그 존재감만으로도 가히 범죄적이었다. 그리고 아름다운 색으로 무장한 채 독을 품고 있는 독사처럼 치명적이고…… 야수처럼 누구도 통제할 수 없는 남자였다.

그는 태경의 젖은 머리카락을 쓸어 올리고 아주 낮게 속삭였다.

"자라."

순간 거짓말처럼 태경의 눈꺼풀이 스르륵 내려앉았다. 그리고 태경은 그의 목소리가 왠지 너무도 다정하게 들린다고 생각하면서 깊고 짙은 어둠 속으로 여행을 떠났다.

일어난 후에 제 발로 걸어 나갈 수나 있을지 얼핏 걱정하며.

태경이 어렴풋하게 잠에서 깨어난 것은 옆에서 부스럭거리는 소리가 들렸을 때였다.

온몸이 둔중하고 쓰라린 느낌에 작게 신음하며 부스스 눈을 뜨자, 아직 확실하지 않은 시야에 검은 인영이 비춰 왔다. 하지만 태경은 쉬이 눈을 뜰 수가 없어 다시 서늘한 시트에 고개를 묻었다.

"깼나?"

느른한 목소리가 들려왔을 때에도 태경은 가만히 눈을 감고 움직임이 없었다.

'진석 씨 목소리가 이렇게 좋았던가……'

같이 아침을 맞이하는 날이 손에 꼽을 정도였다는 건 둘째 치고, 진석의 목소리는 어딘지 조금 소년 같은 중저음이었다. 하지만 지금 들려온 목소리는 너무도 그윽한 바리톤이었다.

그것을 깨달은 순간, 태경은 번개에 맞은 듯 벌떡 몸을 일으켰다. 아니, 일으키려고 했지만 몽둥이로 후려 팬 것 같은 통증에 몸을 움츠리고 신음했다. 엄청난 근육통이 전신을 저릿저릿 울려왔다.

"괜찮나?"

쏟아져 내린 머리카락을 추스를 생각도 하지 못하고 고개를 들자, 시혁이 보였다. 그는 이미 샤워를 마치고 준비를 모두 끝낸 듯 칼처럼 날이 반듯하게 서 있는 하얀 와이셔츠에 남색 스프라이트 양복바지를 입고 있었다. 그리고 막 둔탁한 은빛의 손목시계를 차고 있는 참이었다.

시혁은 태경이 멍한 눈으로 자신을 보고만 있자 손목시계를 마저 채우고 그녀에게 다가왔다. 그리고 해쓱해진 그녀의 볼을 손등으로 나른하게 쓸어내렸다.

그 모든 동작이 패션쇼를 하는 양 빈틈없고 우아했다.

"아직 잠이 덜 깼군."

그는 낮게 웃었다.

아침 햇살을 받은 그는 그야말로 완벽했다. 살짝 젖은 채로 깔끔하게 쓸어 넘긴 머리나, 시원한 향이 나는 피부. 넥타이를 매지 않은 와이셔츠 단추가 두어 개 풀어져 있는데도 바늘 하나조차 파고들 틈이 없어 보였다. 머리를 거의 봉두난발에 가깝게 풀어헤치고 알몸으로 흐트러진 시트 속에 앉아 있는 자신과는 질적으로 다른 듯했다.

그 순간 태경은 경악했다. 자신은 아직도 알몸이었다. 시트는 하반신만을 아슬아슬하게 가리고 있을 뿐, 나쁜 병에 걸린 것처럼 온통 얼룩덜룩한 가슴은 온전히 그의 눈앞에 내놓은 채였다.

태경은 확 얼굴을 붉히며 얼른 시트로 자신의 가슴을 감쌌다.

"씨, 씻을게요."

태경은 태어나서 이렇게 빠르게 행동해 본 적이 없을 만큼 부리나케 욕실로 달려갔다. 물론 하반신에서 올라오는 격한 쓰라림과 힘이 쭉 빠지는 허리 때문에 몇 번 숙녀답지 못하게 넘어질 뻔했지만, 다행히 그가 뭐라고 하기 전에 욕실로 들어갈 수 있었다.

펭귄처럼 엉거주춤한 그녀의 뒷모습을 본 시혁은 그답지 않게 큭큭 웃었다. 하지만 곧 저도 모르게 미소 지은 자신이 이상했던지 의아한 듯 자신의 턱 가를 매만졌다.

"하아……."

욕실 문을 닫은 태경은 폐로부터 긴 한숨을 내쉬었다.

그렇게 한참이나 문에 기대고 있다가 씻어야겠다 싶어져 몸을 움직이는데, 뭔가에 걸린 듯 몸에 두른 시트가 따라오지 않았다. 그래서 의아하게 고개를 돌려 보니, 긴 시트가 문틈에 끼어 있었다. 확 당겨 보았지만 제대로 끼였는지 시트는 줄다리기를 하듯 팽팽하게 당겨질 뿐이었다.

태경은 그냥 시트를 포기하고 나머지도 몸에서 벗겨냈다. 시트를 빼내기 위해서라지만 선뜻 다시 문을 열 용기가 나지 않았다.

아무 생각 없이 큼지막한 욕실 거울 앞으로 다가간 태경은 흠칫 놀랐다. 멀쩡한 정신으로 보는 자신의 몸은 정말 매독에라도 걸린 것 같았다.

흐드러지다 못해 어지럽게 피어 있는 붉은 자국들하며 몸 여기저기에 난 잇자국.

어떤 것들은 민망한 부위에 몰아치듯 새겨져 있었고, 또 어떤 것들은 이미 푸르죽죽한 색으로 변색되어 가고 있었다. 이건 누가 봐도 불타는 밤을 홀딱 지새운 여자의 증거였다.

태경은 그의 손이 닿지 않은 곳이 없는 자신의 몸을 한동안 바라보았다. 그리고 짙은 키스마크를 덧그리듯 손끝으로 가만히 쓸어갔다.

[보여? 날 받아들인 네 그곳이.]

웃음기가 섞인 가만한 바리톤이 귓가에 음란하게 속삭인 말.

간밤에 기억나지 않는 횟수 동안 어느새 정신을 차리니 태경은 환한 불빛이 쏟아져 내리는 욕실에서 그를 받아들이고 있었다. 그것도 지금 태경이 서 있는 바로 이 자리에서 세면대에 손을 짚고.

그가 속삭인 말에 끌려 바라본 거울 너머로는, 온몸이 도홧빛으로 달아오른 여자가 남자를 뒤에서 받아들이며 힘겹게 버티고 서 있었다. 덕분에 둘의 결합이 너무도 확실히 비춰 왔다. 그에 태경은 사람이란 수치심과 부끄러움에 죽을 것 같을 수도 있구나, 하고 생각했다.

"미쳤어."

태경은 멍하니 중얼거렸다.

"이건…… 정상이 아니야."

그 수치심 속에서도 정신이 날아갈 정도로 느끼다니, 정말 정상이 아니었다.

태경은 자신이 아주 긴 꿈을 꾼 게 아닐까 싶어졌다. 너무나 그를 바라는 마음에 멋대로 지어낸 극채색 성적 환상이 아닐까. 하지만 반은 하얗고 반은 빨간 자신의 몸은 아무리 도리질 해보아도 그대로였다.

'꿈이 아니야…….'

하지만 꿈도 언젠가는 깰 때가 있는 법. 그 꿈에서 깨어날 때가 왔다. 꿈에서 깨어나는 일을 피할 수 없다면, 적어도 마지막만은 좋게 장식하자.

결심한 태경은 일단 샤워부스 안으로 들어갔다. 마지막으로 섹스하고 난 후에 잠깐 자다가 그에게 깨워져 비몽사몽간에 함께 샤워를 하긴 했지만, 이대로 그와 마주할 수는 없었다.

그래, 마지막이니까.

샤워를 하고 난 태경은 깊게 심호흡하며 욕실의 문고리를 잡았다. 하지만 그 전에 머리도 다시 한 번 손질하고 옅게 한 화장 역시 괜찮은지 점검해 보았다. 슬그머니 가지고 들어와 입은 옷도 괜찮은지 여러 번 매만졌다. 이미 어제 그를 만나러 오기 전에 햄릿이 죽느냐 사느냐를 고민했던 것처럼 고심한 끝에 고른 옷이긴 했지만.

호랑이 소굴로 들어가는 것처럼 비장한 얼굴로 문을 열고 나가자, 어디선가 커피 향기가 솔솔 풍겨왔다. 음식이 아니고 단순한 커피 향기일 뿐이었는데도 순간 태경의 위장이 요동치기 시작했다. 그러고 보니 무척 허기가 졌다. 일본인 못지않게 굉장히 소식을 하는 편이지만 지금이라면 밥 한 공기를 후딱 비워낼 수도 있을 듯했다.

"이리 와."

욕실에서 나온 태경을 발견한 시혁은 마치 애완동물을 부르는 것 같은 어조로 그녀를 불렀다. 뭐든지 명령하듯이 하는 그 말투는 특유의 입버릇이었다.

시혁은 창가의 테이블에 앉아 있었다. 변함없이 완벽한 모습으로 무뚝뚝한 표정을 한 채 신문을 보고 있는 중이었다. 그의 앞 테이블에는 커피 한 잔이 놓여 있었다. 어느새 룸서비스로 시켜 놓은 모양이었다. 하지만 그는 손을 댈 생각조차 없어 보였고, 커피 잔은 비어 있는 반대쪽 의자 가까이에 놓여 있었다.

"앉아."

시혁은 신문에서 고개조차 들지 않고 말했다.

일단 앉으란 대로 그의 맞은편 자리에 앉긴 했지만, 태경은 이 커피 한 잔이 무엇인지 의아했다. 그러자 시혁이 무덤덤한 목소리로 해답을 알려주었다.

"마셔."

"저 말인가요?"

그제야 시혁의 눈이 흘긋 태경을 향했다.

"또 누가 있나?"

태경은 머쓱하게 입을 다물었다. 그리고 군말 없이 커피를 한 모금 홀짝였다. 알싸하면서도 감미로운 맛이 혀에 가득 퍼지고, 순간 위장 속에 앉은 거지가 더 달라고 아우성을 쳐댔다. 하지만 태경의 성격상 게걸스럽게 커피를 마실 수는 없는 노릇이었고, 그의 앞에서는 더더욱 그럴 수 없었다. 태경은 스스로가 봐도 감질날 정도로 조심히 커피를 들이켰다.

태경은 언제나 아침에 일어나마자 커피를 마시는 버릇이 있었다. 그런데 그가 마치 그 버릇을 알고 있는 것처럼 커피를 준비해주다니, 물론 그가 알고 준비해 주었을 리는 없겠지만 그래도 신기했다.

문득 시혁이 물었다.

"맛있나?"

태경은 그를 보았다.

태경이 알기로 그는 커피를 마시지 않았다. 담배도 피우지 않고, 술 역시 마찬가지였다. 사각 캠퍼스처럼 온통 단조로운 절제의 틀 속에 살고 있는 그의 유일한 유흥거리라면 지난밤처럼 에로틱한 섹스 정도일 것이다.

천성이 그런지 후천적인 생활환경이 그를 그렇게 만들었는지, 그의 생활습관 자체는 무서울 정도로 금욕적이었고, 어느 때는 그가 늘 자신의 자제력을 시험하며 사는 것이 아닌가 싶을 정도였다.

"하긴 맛있겠지."

시혁은 태경이 대답하기도 전에 독백하듯 말했다. 그리고 다시 무심하게 신문으로 시선을 돌리며 덧붙였다.

"마지막 커피니까."

태경의 눈 속에 의문이 피어났다. 마지막 커피? 이걸 마시고 죽을 것도 아닌데 왜 마지막을 운운하는지 알 수 없었다. 그와 마시는 커피가 마지막이라는 걸까?

"무슨 말씀이세요?"

"글쎄."

시혁답지 않게 애매모호한 대답이었다. 하지만 태경은 두 번 묻지 않았다. 대답할 생각이 없어 보이는 사람을 끈질기게 물고 늘어지는 건 그녀의 성격이 아니었다.

태경은 다시 묵묵히 커피를 마시기 시작했다. 시혁도 침묵을 음미하듯 말이 없었다. 그래서 한참 동안 나른한 침묵만이 감도는 가운데, 태경은 느릿느릿 창가로 시선을 던졌다.

햇빛이 화사하게 스며드는 전면창 너머로 보이는 사각의 도시는 무섭도록 맹렬하게 움직이고 있었다. 구불구불 국숫발처럼 늘어져 꼬이고 꼬인 도로, 그 위를 질주하는 차들, 희미한 연기를 뿜어내는 건물, 하늘을 뚫을 듯 솟아오른 마천루.

좀 우스운 말일지도 모르겠지만, 태경은 그와의 하룻밤이 지나면 세상이 변해 있을 줄 알았다. 물론 그럴 리 없다는 걸 알고 있었으나 무언가 변해도 변하지 않을까 막연히 생각했다. 하지만 햇빛은 여전히 햇빛이었고, 그는 여전히 그였으며, 그녀는 여전히 그녀였다.

아무것도 변한 건 없었다.

그 무엇도.

'이제 침착한 얼굴로 인사해야지. 결코 미련은 보이지 말고. 초연하게.'

태경은 재차 스스로를 다그쳤다.

"저……."

그런데 태경이 운을 뗀 순간이었다. 시혁이 탁, 소리 나게 보던 신문을 접더니 자리에서 일어섰다.

"나가지."

선수를 빼앗긴 태경은 얼떨떨하게 그를 올려다보았다. 하지만 시혁은 신경도 쓰지 않고 걸어가 옷장에서 자신의 양복상의와 코트를 꺼내 들었다. 그리고 역시 빈틈없는 동작으로 갖춰 입고, 그녀의 코트까지 꺼내 주었다.

"안 갈 건가?"

매정한 남자. 먼저 인사할 기회도 주지 않다니.

입맛이 썼지만, 태경은 일단 말없이 일어나 그에게서 코트를 받아들었다. 그의 손에 닿지 않도록 최대한 조심하면서. 그리고 받아든 코트를 입는데, 코트를 입을 때까지 기다려 준 그의 목이 왠지 허전해 보여 왜일까 싶어졌다. 그래서 무의식중에 고개를 돌린 순간, 태경은 머지않은 곳에 놓인 쓰레기통의 안을 보고 말았다.

태경의 시선을 따라간 시혁은 야릇하게 웃었다.

"저걸 다시 맬 수는 없더군."

태경은 분홍빛으로 달아오른 뺨을 숨기기 위해 고개를 숙였다.

쓰레기통 안에는 그녀의 눈을 가렸던 그의 넥타이가 버려져 있었다.

"나와."

주춤하고 있는 사이 문을 열고 나간 시혁이 복도에서 그녀를 불렀다. 태경은 미약한 한숨을 내쉬고 백을 들었다. 그리고 꿈이 끝나는 경계선을 넘어갔다.

달칵, 걸어가는 등 뒤로 방문이 닫히는 소리가 너무도 선명하게 들려왔다. 태경의 눈이 미미하게 떨렸다.

꿈은 끝났다.

……라고 생각했다. 그와 함께 로비로 내려왔을 때까지만 해도 그렇게 생각했다. 그가 차에 타라고 했을 때까지도 믿어 의심치 않았다. 하지만 아직 꿈이 끝나지 않은 것인지, 새로운 꿈이 다시 시작되고 있는 것인지, 그녀는 여전히 그와 함께 있었다.

"세상에, 꽃피어야 할 새댁의 피골이 아주 그냥 상접했네."

너스레 좋은 아주머니의 말에 태경은 살짝 얼굴을 붉혔다.

"새댁…… 아닌데요."

후줄근한 앞치마를 걸친 아주머니는 눈을 동그랗게 떴다. 가히 과장된 행동이었지만 그녀의 후덕함이 고스란히 묻어나왔다.

"오마나, 새댁이 아녀? 아주 고운 기 새댁인 줄 알았구먼."

아주머니의 시선이 잠시 맞은편에 과묵하게 앉아 있는 시혁에게 닿았다. 그는 두 여자가 무슨 대화를 나누든 신경 쓰지 않고 메뉴판을 보고 있었다.

"새댁이 아니면 결혼한 지 꽤 되었는가베? 근데 이렇게 점심도 같이 먹으러 오고, 부럽네. 하여간 우리 집 아저씨는 말이야, 총각 때는 기~렇게 나한테 목을 매더니 결혼하는 순간부터 입에 자물쇠를 걸어 잠갔어. 잡은 물고기한테는 떡밥을 주지 않는다더니, 딱 그 짝이라니께?"

주문을 받으러 온 식당 아주머니는 사투리와 표준어가 묘하게 섞인 어투로 연신 입을 놀렸다. 태경이 뭐라고 말할 틈도 주지 않았다. 그저 역동적인 프랑스인 못지않게 몸짓을 섞어가며 일장연설을 해댔다.

"그리고 갱상도 남정네랑 결혼하면 평생 침묵 속에서 살 거라더니, 그 말 틀린 거 하나 없어. 신랑도 보니까 말이 별로 없는 것 같은데 초반에 잡아야 하는 기야, 초반에."

어떻게 들으면 경상도 사투리와 표준어가 섞인 것 같은데 미묘하게 이북 억양도 들어 있고, 전라도 같으면서 어째 제주도 쪽 같기도 했다. 대체 이 아주머니는 어디서 살다 온 건지 궁금할 지경이었다. 한때 모험가를 꿈꾸며 전국 팔도를 유랑이라도 한 걸까?

"신랑도 내가 이런 말 했다고 섭하게 생각 말어. 여자란 섬세하단 말이지. 아, 그랬더니 우리 집 아저씨가 뭐라고 했는지 알아? 결혼한 여자도 여자냐고 하지 않드나! 하! 참! 아니, 그럼 결혼식 날 거시기라도 떼어 놓고 식장에 들어간다는 거야 뭐야!"

늘 좋은 말 고운 말만을 듣고 살아온 태경은 아주머니의 걸쭉한 입담에 애면글면하게 웃었다. 그리고 아주머니의 말이 끊긴 틈을 타 얼른 그녀의 오해를 정정해 주고자 했다.

"저, 결혼한 사이가 아니……."

"뭐 먹을 건지 골라."

불쑥 치고 들어오는 시혁의 말에 태경의 말은 아주머니에게 전해지지 않았다. 태경은 얼떨결에 메뉴판을 받아들었다. 그러자 아주머니가 까르르 웃었다.

"그래도 새댁 신랑은 우리 집 아저씨랑 판이하게 다르네 그려. 우리 집 아저씨는 어쩌다 한번 외식해도 뭐 먹을 건지 물어보지두 않아. 아주 기냥 지 멋대로야."

이제 아주머니의 오해를 정정해 주기는 늦어도 한참 늦은 것 같았다. 태경은 어쩔 수 없이 메뉴판을 내려다보았다가, 아주머니가 재잘거리는 소리도 잊고 열심히 머리를 굴리기 시작했다.

뭘 먹어야 할지 알 수가 없었다. 고춧가루가 들어간 걸 먹으면 이에 끼일지도 모르고, 마늘이 들어간 걸 먹으면 입에서 고약한 냄새가 날 터였다. 하지만 한식 중에 고춧가루와 마늘이 들어가지 않은 음식이 얼마나 된단 말인가! 하필이면 한식당, 그것도 국밥집에 오다니…….

그렇다고 새침 떨며 이런 건 못 먹는다고 하는 내숭 9단은 아니었다. 하지만 그의 앞에서 먹기로 한식은 결코 적절하지 않았다.

태경은 결국 결정하지 못하고 메뉴판을 내려놓았다.

"그냥 아무거나……."

대답했지만, 시혁은 말이 없었다. 아주머니가 무슨 일인가 싶어 어리둥절하게 바라볼 정도로 한동안 입을 다물고 있다가, 뜻 모를 한숨을 작게 내쉬었다. 그리고 메뉴판을 아주머니에게 건네며 주문했다.

"국밥 두 그릇 주시죠."

그의 입에서 나오는 '국밥'이라는 단어가 왜 그렇게 언밸런스하게 들렸는지, 그를 아는 사람이라면 모두 이유를 알 것이다.

아주머니는 메뉴판을 받아들고 쯧쯧 혀를 내찼다.

"새댁, 신랑 뜻에 따르는 것도 좋지만 메뉴 정도는 스스로 골라야 하지 않겄어? 아, 철없는 아줌마가 너무 참견을 하는구먼. 아무튼 쪼메만 기다리게!"

별생각 없이 느끼는 대로 한 말인 듯, 아주머니는 콧노래를 흥얼거리며 부엌 쪽으로 사라졌다. 그 뒤에 남은 태경은 아무런 말도 할 수가 없었다. 그 어떤 노골적인 질책보다 아주머니가 지나가듯 던진 말과 시혁의 알 듯 말 듯한 한숨이 태경을 부끄럽게 만들었기 때문이었다.

한동안 불편한 적막이 감돌았다. 기사식당보다 조금 더 나을 뿐인 국밥집은 점심을 먹으러 온 회사원들로 소란스럽게 북적거렸지만, 두 사람 주위에는 침묵의 장벽이 꽁꽁 둘러져 있었다.

태경은 혼란스러웠다.

아무도 그녀에게 스스로 선택하라고 말한 적이 없었다. 어려서부터 말을 하기 전에 주변이 알아서 해주었고, 몹시 가지고 싶은 것이 있어 밑져야 본전 식으로 졸라보면 항상 혹독한 매질이 돌아왔다. 물론 그렇지 않을 때도 있었고, 혹독한 매질이라고 해봤자 회초리로 종아리를 맞는 정도였지만, 못된 버릇을 어디서 배워 왔냐며 혼쭐이 나곤 했다. 아이들이 으레 그렇듯 뭔가를 가지게 해달라고 말하는 것이 못된 버릇인지는 아직까지 모르겠지만.

진석도 스스로 선택하라 말하지 않았다. 예쁜 인형을 앉혀놓고 인형놀이 하는 것처럼 다정하게 웃으며 이것저것 알아서 해주었고, 외려 태경이 마음대로 하라고 하면 더욱 기뻐했다. 아마 태경이 자신을 전적으로 의지하고 있다고 생각한 모양이었다.

그런데 시혁은 아니었다. 딱히 감정을 내보이진 않았지만, 한숨을 쉬는 것만 보아도 태경의 지금 행동이 불만족스러운 게 분명했다.

'그러고 보니…….'

침대 위에서도 그는 수없이 스스로 요구하라고 하지 않았던가. 그는 자기주장이 강한 여자를 좋아하는 걸까. 부모님을 포함해 집안어른들은 여자가 자기주장이 강하면 비명횡사한다고, 악다구니 있어 보여 여자답지 못하다고 절대 그러지 말라고 했는데.

그럼에도 시혁이 자신을 데리고 밥을 먹으러 온 이유는 뭘까? 이러나저러나 하룻밤을 함께 보낸 여자이긴 하다는 걸까.

"자자자자자~ 둘이 먹다 둘 다 죽어도 모르는 국밥 대령이요~!"

복잡한 생각을 하고 있는 사이, 아주머니가 주문한 음식을 내어왔다. 그리고 뜨겁지도 않은지 뚝배기를 맨손으로 척척 식탁 위에 올려주었다. 순식간에 각자의 앞에 놓인 국밥이 맛깔스러운 김을 뽀얗게 피워 올렸다.

"감사합니다."

시혁이 인사하자, 아주머니는 흐뭇하게 웃었다.

"맛있게들 먹게나."

"잘 먹겠습니다."

태경의 작은 인사에 아주머니는 그녀의 어깨를 탁탁 치며 말했다.

"팍팍 먹어, 팍팍. 그렇게 비썩 곯아가지고야 신랑이 밤마다 얼마나 애가 타겠어. 비썩 곯은 게 아주 멸치대가리 일보 직전이네. 그래도 곱긴 하지만 살이 좀 올라야 애를 쑴풍쑴풍 낳지—!"

"……!"

국물을 한 입 떠먹은 순간, 태경은 왈칵 입을 막았다. 갑자기 정적이 내려앉았다.

"어? 뭐야?"

아주머니는 작게 '읍' 하는 태경을 보고 의구심 깊은 소리를 흘렸다. 고개를 숙인 태경은 미처 보지 못했지만, 시혁도 설마 하는 눈이었다. 아니, 굳이 표현하자면 '설마, 벌써?' 이런 눈빛이었다.

"설마 지금 임신 중인……."

……거야? 라는 말은 나오지 않았다. 아주머니가 말을 다 끝내기도 전에 태경이 '콜록!' 소리를 내뱉으며 기침을 시작한 탓이었다.

태경은 양손으로 입가를 막고 푹 수그린 채 격렬하게 기침해댔다. 그러자 아주머니는 쩝 입맛을 다시며 중얼거렸다.

"사레가 들렸구먼."

애를 쑴풍쑴풍 낳지. 애를 쑴풍쑴풍 낳지. 애를 쑴풍쑴풍 낳지…….

그 말에 뜨거운 국물을 잘못 삼켜 버린 태경은 거의 결핵환자처럼 한참 동안 기침을 토해냈다. 끝까지 참아보려고 했지만 사레가 들린 건 인간의 힘으로는 어쩔 수 없는 일이었다.

정신없이 기침하다가, 불쑥 앞에 내밀어진 물 잔을 받아들어 차가운 물을 마시고 나서야 태경은 기침이 잦아들었다. 하지만 아직도 간헐적인 기침이 목 안을 아프게 쓸어댔고 코와 눈은 벌겋게 달아올라 있었다.

"죄송……해요."

피라도 토해낼 듯이 기침을 해댄 태경은 펑펑 울고 난 사람처럼 코끝을 훌쩍이며 사과했다.

추하게 보이고 싶지 않은 마음에 메뉴도 선뜻 고르지 않았는데, 이런 모습을 보여주다니 속이 상했다. 물을 따라준 김에 자신의 컵에도 물을 붓고 난 시혁의 어이없다는 표정을 보자니 더더욱 그랬다.

"나 참."

곧 시혁의 어이없다는 표정에 피식거리는 웃음이 번져갔다. 기분이 나빠 보이기는커녕 제법 즐거운 모양이었다. 태경은 얼떨떨해졌다. 아주머니는 유쾌한 듯 깔깔 웃었다.

"새댁이 아주 귀엽네. 신랑 복 받았어."

실수로 사레 한 번 들린 게 뭐가 그렇게 귀엽다고? 태경은 이해할 수 없었다.

"뭐."

시혁은 새댁과 신랑이라는 말을 부정하지도 긍정하지도 않았다.

그러자 아주머니는 벙글벙글 웃으며 그녀를 부르는 손님들에게로 갔고, 다시 내려앉은 침묵 속에 시혁은 밥을 먹기 시작했다. 태경도 어쩔 수 없이 숟가락을 들었다. 하지만 왠지 생선가시가 목에 걸려 있는 듯 찝찝한 기분은 지워지지 않았다.

언제나 그 속이 불투명한 사람이긴 했지만, 도대체 그의 심중이 무엇인지 알기가 힘들었다. 그래도 잠시나마 그의 아내로 불릴 수 있다는 것만은 모든 걸 다 잊을 수 있을 정도로 행복했다.

상대의 반응 하나에 울기도 하고 웃기도 하는 것, 그런 게 사랑인 거겠지.

제6장

식사는 조용한 분위기 속에 계속 됐다.

그와 이렇게 마주 앉아 식사를 하고 있자니 태경은 지난 6년간이 모두 거짓말인 것 같았다. 몸이 정신 상태에 민감한 편이라 스트레스를 이기지 못해 임신한 여자처럼 토해댄 것도, 결혼 첫날밤에 욕실에서 혼자 오열한 것도, 왠지 죄책감 어린 진석의 표정을 볼 때마다 그냥 죽을까 하고 충동을 느꼈던 것도.

하지만 태경은 죽을 수가 없었다. 시혁과 한 하늘 아래 살아가는 것마저 포기할 수는 없었기 때문이었다. 그리고 진석과 시혁은 친구였기 때문에 간간이나마 그를 만날 수 있었다. 그래서 생명마저 포기해 버릴까 하는 마음을 다잡고 또 다잡았다.

문득 태경은 생각했다.

어디서부터 잘못된 걸까? 자신을 사랑해 주지 않을 남자를 사랑해 버린 것? 그를 잊고자 하는 도피처를 그의 친구로 삼은 것?

아니, 그건 중요하지 않았다. 중요한 건 자신이 아직도 그를 떨쳐내지 못하고 있다는 점이었다. 떨쳐내기는커녕 시간이 갈수록 그리움이 깊어지고, 그리움이 깊어질수록 애절함이 깊어지고, 애절함이 깊어져 이 자리까지 온 것이 아닌가.

모든 게 판단 미스였다. 사람이란 시간이 지나면 망각하기 마련인 동물이라, 시간이 지나면 잊을 수 있을 거라고 믿었다. 그를 가슴에 안고도 다른 남자가 씌워 주는 면사포를 쓴 것은 변명할 길이 없는 잘못이지만, 진석은 분명 좋은 남편이 되어 줄 테니 자신도 좋은 아내가 되자고 결심했다.

하지만 그게 잘못된 생각이라는 건 결혼식 날 밤에 깨달았다. 혼자가 되자마자 터져 나온 오열에 깨달은 것이다, 자신은 결코 시혁을 떨쳐낼 수 없으리라는 걸. 그리고 그건 정확했다. 2년이 지나도 태경의 가슴 안에는 시혁의 그림자가 둥지를 틀고 있었다.

'시간이 길어진다면 그리움이 되고, 그리움이 짙어진다면 애절함이 되고, 애절함이 깊어진다면…… 뭐가 되는 걸까.'

태경은 정답을 알고 있었다. 애절함이 깊어져 되는 것, 그건 시간이었다. 아니, 소망이라 하는 편이 맞을까. 시간이 되돌려지길 바라는 소망이 되는 것이다. 하지만 시간은 결코 되돌려지지 않는다.

태경은 입맛이 딱 떨어졌다. 그래서 숟가락을 내려놓자, 시혁이 눈을 치켜떴다.

"다 먹은 건가?"

"예."

시혁은 태경 앞에 놓인 뚝배기를 말없이 바라보았다. 국밥은 1/3도 줄어 있지 않았다.

"더 먹어."

"입맛이 별로……."

"먹어."

태경은 당혹감을 감추지 않고 시혁을 보았다. 하지만 시혁은 더 먹지 않으면 사단이라도 낼 듯한 눈빛으로 응수할 따름이었다.

언제인가, 새가 모이를 쪼아 먹듯 깨작거리는 태경을 보고 시혁이 한 번 밥맛 떨어지게 먹지 말라고 한 적이 있기는 했다. 하지만 밥을 먹이지 못해 성화를 부린 적은 없었다. 그런데 지금은 무슨 마음이 동해 서러는지, 그 이유 역시 알 수 없었다.

"옆에 끌어다 앉혀 놓고 떠먹이기 전에 숟가락 다시 들어."

위압적인 명령조에 태경은 하는 수 없이 다시 숟가락을 들었다. 하지만 도저히 입에 떠넣고 싶은 기분이 들지 않았다. 그래서 주저하고만 있자 시혁이 일어나려고 폼을 잡는 게 아닌가.

"먹을게요."

다행히 시혁은 다시 자리에 앉았다.

"반 이상 먹지 않으면 집에 못 가."

태경은 저도 모르게 빤히 그를 바라보았다.

"그건 너무 어린아이 같은 억지예요."

"그러니까 잔말 말고 먹어."

다시 밥을 먹는 시혁의 뚝배기는 거의 바닥이 드러나 있었다.

"하아……."

여전히 한 그릇 가득인 자신의 뚝배기를 보며 한숨을 내쉬자, 시혁이 뜬금없이 말했다.

"네 그 잘난 집에서 가르치지 않던가?"

말투는 조소 같았지만 딱히 비아냥거림이 섞여 있지는 않았다.

"뭘요?"

"밥상머리에서 한숨 쉬지 말라고."

태경은 머뭇머뭇 입을 열었다.

"그건 김 회장님께서 하시는 말씀인가요?"

시혁의 할아버지 김석용 회장은 후덕한 옆집 할아버지 같은 사람이었지만 예의에 있어서는 태경의 집안어른 못지않았다.

문득 태경은 자신을 '아가' 하고 다정하게 불러주던 석용을 떠올렸다.

그는 자신이 손수 손자며느릿감으로 점찍은 태경이 무척 마음에 들었던지, 시혁보다 더 자주 찾아와 밥을 함께 먹곤 했다. 세월의 연륜과 부드러운 카리스마가 가득 묻어나는 손으로 도탑게 태경의 손을 잡고 이런저런 이야기를 들려주기도 했다. 그래서 태경은 생각했다, 이런 분의 손자며느리가 될 수 있다면 바랄 게 없겠다고.

태경과 시혁이 파혼하고도 석용은 그녀를 길거리의 돌멩이쯤으로 취급하지 않았다. 파혼 당시에는 길길이 화를 내긴 했지만, 곧 한숨을 내쉬며 태경에게 말했다.

[그래, 저런 녀석의 아내가 되자니 끔찍하기도 했겠지. 가끔은 할애비인 내가 봐도 무서운 놈이니 말이다.]

말은 그렇게 한다만 석용이 시혁을 끔찍하게 예뻐하는 건 누구나 다 알고 있는 사실이었다. 그런 의미에서 보자면, 야수성이 그대로 살아있는 듯 위험한 남자를 손아래 손자로 귀여워하는 석용이 진정한 강자가 아닐까 싶었다.

[그래도 네가 저 녀석을 잘 내조해 주길 바랐는데…… 그래, 이 할애비가 참 못났지.]

못나셨기는요, 절대 그렇지 않아요. 태경은 아프게 생각했다.

그때 들려온 시혁의 말이 태경을 상념에서 깨어나게 했다.

"그렇지. 귀에 못이 박히도록 하시는 말씀이지. 그나저나 말머리 돌리지 말고 식기 전에 먹지 그래."

태경은 터져 나오려는 한숨을 꾸욱 삼켰다.

"먼저 가볼게요."

태경은 차 문을 열며 작게 인사했다. 하지만 옆자리에 앉은 시혁은 그녀를 흘긋 바라볼 뿐, 대답이 없었다.

태경은 식당에서 나와 택시를 타고 가려고 했지만, 시혁은 부득불 그녀를 데려다 주겠다고 했다. 물론 말로 한 건 아니었다. 그저 묵묵히 그녀의 팔을 끌고 가 차 안으로 밀어 넣었을 따름이었다. 그래서 태경은 어쩔 수 없이 그의 차를 타고 집 앞에 도착했다.

"뵈서…… 반가웠어요."

생각해둔 인사말은 많았지만, 막상 헤어질 때가 오니 아무런 말도 기억나지 않았다. 그저 거래처 상대를 만나고 난 듯 무난한 인사말만이 튀어나왔다. 태경은 자신의 혀를 깨물고 싶었다.

"이 기사님, 감사합니다."

"뭘요, 조심해서 가세요."

약혼녀 시절부터 봐와 시혁보다 가까워진 운전수에게도 잊지 않고 인사하자, 그는 다정하게 인사를 받아 주었다. 하지만 그러고 나서도 시혁은 여전히 대답을 되돌려 주지 않았다. 그래서 인사를 받아줄 생각이 없구나 하고 침통하게 생각한 태경은 그냥 차 문을 열었다. 그리고 밖으로 몸을 내미는데, 차갑고 메마른 손이 그녀의 손목을 잡아왔다. 동시에 무언가를 움켜쥐듯 꽉 쥐었다.

"……?"

의문을 품고 돌아보자, 왜인지 그는 너무도 진지한 표정을 짓고 있었다. 그리고 시혁은 서늘한 손끝으로 태경의 손목 안쪽을 가만히 쓸었다.

태경의 몸이 간밤을 기억하는 듯 전신에 야릇한 감각이 퍼져 나갔다.

그는 가늠하듯 태경의 손목을 쥐고 있더니, 경고조로 말했다.

"커피 마시지 마."

"예?"

하지만 시혁은 두 번 말하지 않았다. 그저 가라는 듯 손짓하고 앞을 바라보았다.

태경이 머뭇거리며 차에서 내리자, 반들반들하게 손질된 검은 차체가 기민하게 사라져 갔다. 그 뒤에 남은 태경은 아직도 차가운 온도가 남아 있는 듯한 자신의 손목을 매만져 보았다.

그의 손은 그토록 차가웠는데, 그의 손이 닿은 손목은 이토록 뜨거웠다.

집 안은 고요했다. 아니, 괴괴한 편이 맞을까. 평온한 침묵이 감돌고 있긴 했지만, 바람이 지나간 가을 들녘처럼 몹시도 쓸쓸했다.

햇빛이 아련하게 잦아드는 거실을 마주하고 선 태경은 망부석처럼 움직임이 없었다.

모든 게 끝나고 나니, 뭘 해야 할지 알 수가 없었다. 꼭 거대한 태풍이 지나가고 난 자리에 우지끈 부러져 있는 나무가 된 느낌이었다.

태경은 긴 한숨을 내쉬었다.

'청소나 할까.'

결벽증 환자의 집처럼 깔끔하게 정리된 집 안은 먼지를 털어낼 것도 없었지만, 일단은 잡생각이 들지 않도록 몸을 움직여야 할 듯했다. 그래서 코트를 벗으려는 순간이었다.

—띵— 동—

벨소리가 길게 울려 퍼졌다. 태경은 흠칫 놀라 현관문 쪽으로 고개를 돌렸다. 어째서인지는 자신도 모르겠지만 벗으려던 코트의 앞자락을 꽉 여미며.

—띵— 동————

벨소리가 다시 울렸다. 마치 안에 있는 거 알고 있으니까 어서 나오라고 말하듯.

태경은 숨소리를 가다듬고 현관문으로 다가갔다. 그리고 조심히 열어젖히자, 시혁보다 시선이 조금 더 아래 있는 남자가 무표정한 얼굴로 서 있었다. 늘 온건적이었던 그답지 않게 무서울 정도로 딱딱한 표정이었다.

그는 인사 한마디 없이 아직 코트를 입은 채인 태경을 머리끝에서 발끝까지 훑어보았다. 낭패스러운 기분이 된 태경은 그가 말하길 기다리지 못하고 머뭇머뭇 입을 열었다.

"무슨…… 일이에요?"

그는 바로 얼마 전까지만 해도 태경에게 '무슨 일이에요?' 라는 말이 아닌 '왔어요?' 라는 인사를 듣던 사람이었다. 하지만 이제는 달랐다.

"오는 길에."

진석은 천천히 말했다.

"시혁이 차가 가는 걸 봤어."

목소리는 의외로 담담했다. 이미 사형선고를 받고 목이 매달릴 날만 기다리고 있었던 사형수처럼.

태경은 무슨 말이든 하려는 듯 입술을 달싹이다가, 이내 다시 다물어 버리고 말았다. 낯선 목소리가 들려온 것은 그때였다.

"아, 여기입니까? 그럼 빨리빨리 하죠. 여! 이쪽이야!"

쾌활하게 기운이 넘치는 목소리는 파란색과 붉은색이 섞인 용역 복장을 한 중년 남자의 것이었다. 그는 일할 준비가 되었다고 말하듯 양손에 면장갑을 끼고 있었고, 그의 외침을 따라 다가온 몇몇의 남자들도 비슷한 차림이었다.

"옮겨야 할 물건들은 이미 말씀드렸죠?"

진석이 말하자, 일꾼 같은 남자들은 껄껄 웃으며 대답했다.

"예이, 걱정 마십시오."

남자들은 진석과 무슨 관계인지 알 수 없는 태경을 흘긋 보고 스쳐 지나 집 안으로 우르르 몰려 들어갔다. 태경은 당혹스러웠지만 그 감정을 내색하지는 않고 잠시 그들을 바라보았다. 그러자 아직 그녀의 앞에 서 있는 진석이 해답을 들려주었다.

"역시 짐이 없으니까 불편해서. 옮겨 가려고."

태경은 가슴이 울렁거렸다. 묵직한 죄책감에 심장이 배까지 서서히 침몰하는 것 같았다.

수심이 짙어지는 태경의 표정을 본 진석이 결론을 내려는 듯 물었다.

"그래…… 같이 있었어?"

이제는 사실적으로도 법적으로도 부부관계가 아니지만, 한때 너무도 은애했던 아내에게 하기엔 상당히 기묘한 질문이었다. 하지만 진석은 여전히 담담했다.

"네."

한참 후에야 태경은 대답했다. 사실 고개를 끄덕이는 것으로 대답을 대신하고 싶었지만, 확실한 목소리로 대답해 주는 것이 그나마 최소한의 예의인 것 같았다.

"밤새?"

"네……."

이삿짐센터의 일꾼들은 이리저리 돌아다니면서 분주하게 웅성거리는데, 진석은 아주 긴 시간 동안 침묵했다. 그리고 오랫동안 침묵한 것에 비해 간결하게 말했다.

"그래, 이제 정말 끝이네."

태경은 대답하지 않았다. 싸한 침묵이 두 사람을 장막처럼 감쌌다. 진석도 한동안 말이 없다가, 이왕 마지막인 거 할 말은 해야겠다는 듯 다시 입을 열었다. 이삿짐센터의 일꾼들이 심각해 보이는 두 사람을 흘긋흘긋 훔쳐보고 있었지만, 별로 개의치 않는 듯했다. 이것으로 태경을 보는 게 정말 마지막이라는 걸 아는 까닭이었다.

"있잖아, 난 널 사랑했어. 그건 자신 있게 이야기할 수 있어. 그래서 아무런 말도 하지 않는…… 그런 조금 답답한 모습까지 사랑했지만, 종종 생각할 때가 있었어."

태경은 죄를 지은 사람처럼 고개를 푹 수그리고 있을 뿐이었다. 아니, 그에게 지울 수 없는 죄를 지은 것은 사실이니 쓴 소리를 듣는다고 해도 할 말이 없었다.

"넌 비겁해."

태경의 어깨가 움찔 굳었다.

"가만히 있으면 중간은 간다는 말이 있긴 하지만, 가끔은 아무 말도 하지 않는 사람이 가장 비겁하다는 거 알아?"

순간 태경의 머릿속에 시혁의 말이 스쳤다.

[넌 거짓말은 하지 않아. 하긴 그럴 수밖에 없겠지. 그 어떤 말도 하지 않는데 거짓말이라고 할 리가 없으니까.]

태경의 입술이 파르르 떨렸다.

"모든 판결을 남에게 떠맡길 뿐이니까. 네가 그렇게 자란 건 이해해. 나한테 비겁한 것도 상관없어. 하지만 태경아."

말 자체는 비난조였지만, 그래도 이름을 부르는 어조만은 다정했다.

"넌 스스로에게만은 비겁하지 말아야 했어."

태경은 눈을 질끈 감았다. 다정한 충고의 말이 그녀를 아프게 채찍질했다.

"뭐…… 다 알고 일부러 흔들리는 네 마음에 파고든 내 잘못도 있지만, 내쳐질 게 무서워 시도조차 하지 않은 네 행동은 너마저 기만한 것과 마찬가지야."

진석은 계속 말했다.

"적어도 이혼하자는 말은 네가 먼저 해야 했어."

변명의 말이 목 끝까지 치밀어 올랐지만, 태경은 내뱉지 않았다. 그에게 더 이상 죄를 질 수는 없었다.

"실제로는 어떻든 최소한 내 위엄을 차려 주려고 했다는 거, 알아. 그러니 내가 먼저 이혼하자는 말을 할 수 있게 해준 거겠지."

진석은 슥 몸을 돌렸다. 더 이상은 태경을 마주 보고 싶지 않은지, 이 대화를 끝으로 짐이 다 나올 때까지 아래에서 기다리려는 모양이었다.

"하지만 이런 판국에 끝까지 좋은 이미지를 주려고 하지 마. 사랑하지만 어쩔 수 없이 헤어지는 경우가 아니라면, 이혼이라는 건 울고불고 욕하고 난리 피우고…… 그런 냉전 끝에야 하는 거잖아? 그렇지 않으면……."

자포자기한 듯한 진석의 목소리가 둔중하게 내려앉았다.

"널 시혁이에게 돌려주기 싫어질 테니까."

이삿짐센터의 남자들이 진석의 물건을 모두 실어나간 집 안은 좀 전까지와 비교 되지 않을 만큼 쓸쓸했다. 이제야말로 괴괴하다는 말이 딱 어울렸다. 하지만 아직 코트도 벗지 않은 태경은 꼼짝하지 않았다.

정말 망부석이 되어 버릴 것 같은 시간이 지났을 때야, 비척비척 소파로 걸어가 무너지듯 털썩 주저앉았다. 엄청난 피로가 몰려들었다. 이대로 눈을 감으면 족히 48시간은 잘 수 있을 것 같았다.

일은 예상외로 간단했다. 두 사람의 이혼서류는 이미 수리되었고, 그 전에 판결을 기다리듯 나가 살던 진석은 둘의 보금자리에서 모든 짐을 가지고 나갔다. 거창하게 결혼식을 하고 정식으로 결혼서류를 국가에 제출하고야 시작되었던 백년가약의 서약이 이토록이나 간단하게 끝날 수 있다니, 조금은 허무했다.

일은 어느 날 진석이 만취해 들어온 다음 날부터 시작되었다. 아마 한 달 전쯤이었던 것 같다.

그날 진석은 술독에 빠졌다 나온 것처럼 거나하게 취해 집으로 귀환했다. 하지만 별로 유별난 일은 아니었다. 진석은 꽤 알아준다 하는 대기업에 근무하고 있었고, 회사생활을 하다 보면 이리저리 술을 마시고 다니는 일은 비일비재한 법이었다. 따라서 진석도 자주 취해서 들어오는 편이었다. 그래도 걱정될 만큼은 아니었는데, 그날은 정말 술이 머리꼭지까지 오른 상태였다.

그 다음 날 아침, 진석은 숙취에 절은 얼굴로 이야기 좀 하자고 했다.

드문 일이었다. 요 몇 달간 두 사람 사이에는 침묵만이 흐르고 있었던 탓이었다. 딱히 결별을 앞둔 여느 부부처럼 냉기가 흐르는 건 아니었지만, 그보다 심각할 정도로 대화 자체가 없었다. 그러니 싸움도, 냉한 기류도 있을 수가 없었다.

진석은 다크서클이 진하게 진 눈으로 말했다.

"시혁이에게 가."

태경은 혼란스러움과 경악에 얼룩진 표정으로 진석을 보았다. 하지만 진석은 그녀가 생각을 정리할 시간을 주려는지 한동안 말이 없었다. 하지만 태경의 머릿속에서는 진석의 난데없는 발언과 금기(禁忌)와 다름없었던 시혁의 이름이 얽혀 오류를 일으켰다. 결국 태경의 전산시스템이 내놓은 결론은 에러 메시지였다.

"무슨 말을 하는 거예요?"

"도박을 하려고 하는 거야. 딱 하룻밤, 딱 하룻밤이면 모든 게 결판나겠지. 더 이상 이렇게는 살고 싶지 않아. 널 확실하게 붙잡고 평범한 부부처럼 살든가, 널 확실하게 놓아주고 다른 여자를 찾든가, 둘 중 하나야. 물론 난 전자를 바라고 있지만 네 마음이 조금도 정리되지 않은 지금으로써는 아니야."

진석은 가슴속에 차곡차곡 쌓아 왔던 말들을 빠르게 토해 냈다.

"난 말이야, 네가 시혁이와 파혼한 걸 알고 나에게도 기회가 왔구나 싶었어. 알고 있겠지만, 시혁이의 약혼녀로 너를 만났을 때부터 좋아했거든. 네가 너무 예뻐서…… 너무 눈부셔서…… 말도 제대로 나오지 않을 정도였어. 그런데 넌 내 친구의 약혼녀였지. 그러니 내가 어떻게 했겠어? 선뜻 포기하지는 못했지만, 선뜻 다가

설 수도 없었지. 그런데 네가 시혁이랑 헤어진 거야. 그때 내 기분이 어땠는지 알아?"

말은 빨랐지만, 몇 달간 계속 감정을 추슬러 온 듯 목소리는 조용했다.

"그래서 청혼을 했어. 그런데 네가 뭐라고 대답했더라? 다른 남자를 좋아하고 있다고 했지. 그때는 그래서 시혁이랑 파혼한 거구나 하고 납득했지만, 네가 좋아하는 남자가 시혁이라는 걸 알기까지는 오래 걸리지 않았어. 남자도 그런 데 있어서는 꽤 민감하거든."

진석은 그때의 감정이 되살아나는지 부산한 머리카락을 거칠게 쓸어 올렸다.

"황당했지. 먼저 파혼하자고 했으면서 사실은 전 약혼자를 사랑하고 있다니! 그때 난 네 머리가 약간 이상한 게 아닌가 싶었어. 가만히만 있었으면 당연히 녀석의 아내가 되었을 테니까. 하지만 그 이유도 곧 알겠더군. 시혁이는 너를 좋아하지 않았고, 넌 내쳐질 게 무서워서 그럴 바에야 먼저 버리려고 한 거였어."

그건 아마 사실이었을 터였다. 시혁을 사랑했지만, 사랑받지 못한 채 홀대당하는 본처처럼 살고 싶지는 않았다. 태경도 여자였다. 사랑받길 원하는 여자.

"그래도 난 괜찮았어. 살 부대끼고 살다 보면 네 마음도 돌아설 거라 믿었어. 떡정이라는 말이 괜히 있는 게 아니잖아? 하, 멍청했지. 네가 시간만 나면 욕실이나 방에 틀어박혀 운 걸 내가 모를까 봐? 그럴 때마다 정말 미치겠더라. 그래도 조금만 더 기다리자, 아직 정리가 덜 되었구나, 애써 다짐했지만 그 상태로 1년이 지나고 나니 널 안을 마음도 사라지더라. 다른 남자 생각하면서 바들바들 떠는 여자를 보고 강간범이 아니고서야 어떻게 마음이 동하겠어?"

그때까지도 태경은 듣고만 있었다. 그러자 진석은 자신이 너무 흥분했다 깨달았는지 목소리를 추스르고 다시 말했다.

"이대로는 안 될 것 같아. 아니, 안 돼. 나도 나 나름대로 결론을 내렸으니까, 너도 너 나름대로 결론을 내려. 시혁이에게 가는 거야. 알겠어?"

순간 태경의 눈에 공포가 스며들었다. 하지만 그 공포가 무엇을 향한 것이었는지는 태경도 알 수 없었다. 이혼을 논하는 진석의 말에 의한 공포는 아니었지만, 그냥 막연히 보는 게 무서웠다.

"완전히 가라는 게 아니야. 너에게 선택권을 주는 거야. 시혁이인지, 나인지. 만약 나라면 시혁이에 대한 감정을 완전히 정리하고, 만약 시혁이라면…… 더는 이렇게 살지 말자. 시혁이에게 가라는 말은 너에게 정리할 시간을 주는 거야. 하룻밤 동안 뭘 할 건지는 둘이 알아서 하겠지. 대화를 하든지, 게임을 하든지, 나와는 죽어도 안 됐던 그 빌어먹을 섹스를 하든지!"

결국 진석은 참지 못하고 성토하듯 울분을 내뱉었다. 점점 높아진 목청에 숨소리는 거칠었고, 흥분으로 피가 몰린 얼굴은 벌겋게 변색되어 있었다.

침통해진 태경은 가만히 대답했다.

"전 시혁 씨에게 먼저 파혼하자고 말했어요. 그는 동의했구요."

그랬다. 서른 살, 완전히 지쳐 버린 태경이 파혼하자고 말하자 시혁은 아주 잠시 가만히 있는가 싶더니 선선히 그러마라고 대답했다. 그때 태경은 세상이 끝난 줄 알았다.

사실은 그를 시험해 보고 싶었던 건지도 모른다. 그가 파혼신청에 동의를 할지, 하지 않을지. 하지만 그는 재고할 가치도 없다는 듯 한마디로 동의했고, 태경은 그가 먼저 가고 난 자리에 혼자 남겨졌다.

그건 거의 공포였다. 진석과 대화할 때 느낀 공포 따위와는 전혀 비교도 안 되는 엄청난 공포. 그러나 시혁은 돌아오지 않았다. 두 사람의 결별선언에 윤가(家)와 김가(家), 양 가(家)가 그야말로 발칵 뒤집혔어도 둘의 시간은 되돌아가지 않았다.

그랬는데, 무슨 염치로 다시 그에게 가라는 걸까.

"그에게 갈 수 있을 리가 없잖아요."

순간 진석의 눈에 얼핏 통증이 지나갔다.

"그건 갈 수만 있다면 가겠다는 말이네."

태경은 다시 입을 다물었다. 그러자 진석은 단언했다.

"갈 수 있어. 나, 어제 시혁이 만나고 왔거든. 오랜만에 둘이서 술 한잔 했지. 녀석은 독채로 퍼마시고도 멀쩡하게 걸어 나갔지만 말이야. 그런 거 보면…… 가끔 생각하곤 했어. 저 녀석은 대체 구성성분이 뭘까, 뭘 먹고 살면 저렇게 되는 걸까 하고. 오랜만에 만났는데도 표정 서늘한 건 여전하고, 당당한 태도도 여전하더라. 그 녀석과 친구가 된 내가 신기해질 정도야. 뭐, 우리 아버지가 국회의원이라 어떻게 연이 닿은 거지만."

진석은 휴 한숨을 내쉬었다.

"좀 삼천포로 빠졌지만, 시혁이도 동의했어. 하지만 네 마음을 말했다거나 하지는 않았어. 그냥…… 하룻밤만 너와 함께 있어 달라고 했지, 사정이 있다고. 녀석은 알겠다고 하더라. 아무것도 묻지 않고. 여전히 징그럽도록 말이 없는 녀석이라니까. 그런 녀석을 사랑하는 너도 신기해."

거기까지 말한 진석은 문득 자신이 어제 입은 양복에서 흰 봉투를 꺼내 들었다. 그리고 테이블 위에 올려놓았다.

"다만 이걸 꺼내서 보여 주긴 했어."

"이건……."

"이혼서류야. 네가 도장만 찍으면 돼."

육중한 침묵이 떨어져 내렸다. 진석은 그 자리에 오랫동안 서 있다가, 다리에 피가 몰려 뻣뻣해졌을 때쯤 몸을 돌렸다.

"만약 시혁이를 선택할 거라면 도장을 찍어. 그리고 네 손으로 제출해. 다른 남자를 생각하며 밤마다 우는 여자 따위, 이제 지긋지긋해."

그로부터 일주일간은 말이 나오기 전과 별다를 바 없는 생활이 계속되었다. 하지만 일주일 뒤 진석은 갑자기 다른 집에 가 있겠다고 했고, 그러니 결정을 하라고 다그쳤다.

진석이 나가고 난 집에 혼자 남은 태경은 꼬박 일주일간을 더 고민했다.

결정해, 결정하라고. 더 이상 진석 씨에게 죄를 짓지 마. 이제 더 이상 지리멸렬하게 굴지 말고 선택해. 평생 이렇게 살 거야? 끝을 내!

그런 생각들이 머릿속에서 미친 듯이 휘몰아쳤다. 덕분에 만성처럼 따라붙은 두통이 떠나질 않았고, 혈액순환이 되지 않는지 수족(手足)은 시혁처럼 갈수록 차가워져 갔다. 그리고 시혁과의 4년처럼 또다시 스트레스에 의한 구토증상이 시작되자, 태경은 결단을 내렸다. 일주일간 아무것도 하지 못하고 고민한 것에 비해 결정을 내리는 건 빨랐다.

그녀가 내린 결론은 이혼이었다.

평생 시혁을 잊을 수 없으리라는 건 일찍이 깨달았다. 그럼에도 선뜻 결정을 내리지 못하고 바보처럼 차일피일 미뤄 오고 있었던 것, 이제라도 진석을 놓아주는 게 최선의 방법이었다. 그래서 두 사람은 함께 법원에 갔고, 상담원과 이야기를 나누고 일주일간의 조정기간을 가진 후에 정식으로 갈라섰다.

그게 끝이었다.

물론 시혁과 파혼했을 때처럼 양 집안어른들은 그렇게 끝내는 인륜지대사가 천하에 어디 있느냐고 분을 터트렸다. 그리고 태경의 집안, 윤가(家)의 경우에는 전혀 말씽이 없는 편이었던 그녀가 재차 사고를 치자 거의 앓아누워 버렸다.

"네가 미쳤지! 미쳤어! 이혼이라고?"

"결혼이 무슨 애들 장난인 줄 알아? 파혼도 제 손으로 하더니, 기어코…… 기어코!"

"아이구! 형수님! 진정하세요!"

"세상에, 이런 법이 어디 있습니까! 세상 어느 천지에 이런 법이 있답니까! 저년 꼴 좀 보소. 뜨신 밥 먹이고 비싼 돈 들여 잘 키워 놨더니 은혜를 원수로 갚아도 유분수지, 하이고! 내가……
내가! 낯짝이 부끄러워서 무슨 얼굴로 세상 사람들을 본답니까."

"형님! 태경이 아버님! 뭐라고 말 좀 해 보세요."

"아, 뭐라고 말을 해! 제 손으로 끝장내고 왔다는데! 이제 나가 죽든지 말든지, 꼴도 보기 싫어! 당장 나가!"

"아이고…… 아이고……!"

태경의 어머니는 대성통곡을 하듯이 주저앉아 비통하게 바닥을 두드려댔고, 태경의 아버지는 버럭 역정을 내었다. 그렇게 한바탕 아수라장이 일고 태경은 한순간에 금지옥엽에서 천덕꾸러기가 되어 버렸지만, 아무런 말도 하지 못했다. 아무리 그래 봤자 이 역시 돌아갈 수는 없는 길이었으니까.

진석과 완전한 타인이 되었다지만 태경은 시혁에게 갈 생각도 없었다. 물론 마음 같아서는 미치도록 가고 싶었다. 하지만 그렇게까지 염치가 없지는 않았다. 그저 이제 평생 혼자 살자, 그 누구에게도 상처주지 말고 홀로 천형을 지자, 그렇게 다짐했다.

처음에는 진심으로 그랬다. 시혁에게 전화를 받기 전까지는.

일의 시비가 있은 후로부터 3주 후 어느 날 시혁에게 전화가 왔고, 그는 가타부타 인사도 없이 물었다.

—이혼했나?

아, 그때의 기분을 어떻게 설명해야 할까. 저절로 눈에 눈물이 핑 돌았다.

태경은 전화상으로도 몹시 그윽한 목소리를 들으며 소리 없이 울었다. 그러자 그는 말했다.

—와.

"무슨……."

—일단 약속을 한 건 한 거니까.

이행되지 않았던 진석과의 약속을 이야기하는 모양이었다.

"아뇨, 그건……."

'들어주지 않으셔도 괜찮아요. 이제 다 끝났으니까요' 라는 말이 다 나오기도 전에 시혁은 단언했다.

—약속은 약속이야.

또 한참 동안 침묵이 이어졌다. 그리고 오랜 후에 태경은 발작적으로 말했다. 그것은 두 번 생각할 틈도 없이 태경의 심장에서 튀어나간 말이었다.

"그럼 하룻밤만 저와 함께 지내 주실 수 있나요?"

—약속이 그것…….

"한 번만 저를 안아 주세요."

난생처음으로 태경은 그의 말을 자르고 말했다. 그러자 드물게도 시혁마저 할 말을 잃은 듯 침묵했다.

단 하룻밤이면 족했다. 더 이상은 바라지도 않았다. 염치도 모르는 여자라고 손가락질 받을지언정, 단 한 번만 여자가…… 그의 여자가 되어 보고 싶었다. 그것만으로도 평생을 아무런 바람 없이 홀로 살아갈 수 있을 것 같았다.

하지만 그는 오랫동안 침묵을 유지했고, 매섭게 뛰던 태경의 심장은 점차 박동 소리를 잃어갔다.

"내키지 않으신다면……."

또 내쳐질 게 무서워 먼저 말을 주워 담으려는 찰나였다.

—그랜드 칼튼 호텔 1101호.

그는 뜬금없이 호텔방 번호를 말했다.

—일주일 뒤 저녁 9시. 그럼 그때 보지.

그는 아무런 질문도 하지 않았다. 그리고 전화는 끊겼다.

태경은 족히 30분 정도 '뚜— 뚜—' 공허한 소리만 내는 수화기를 붙들고 굳은 채 앉아 있었다. 그리고 훈훅한 공기가 가라앉은 거실에서 수화기를 내려놓으며 몇 년 만인지 모를 미소를 희미하게 지었다. 이제 자신에게는 웃을 수 있는 권리도 없겠지만, 그의 말을 곱씹어 보니 왠지 일률적인 1101호라는 숫자가 딱 그 같다고 생각했기 때문이었다.

그렇게 일주일 뒤, 태경은 아침부터 긴장감에 아무것도 먹지 못하고 아주 간단한 요기만 한 채 그랜드 칼튼 호텔로 향했다. 정말 잘 하는 일인가 고민하면서도 설레는 심장을 품고.

그 후로는 그와 엄청난 하룻밤을 지내고, 함께 점심을 먹고, 그의 배웅까지 받으며 집으로 귀환한 것이었다. 하지만 진석이 뭔가를 알고 있는 것처럼 하필 오늘 짐을 가지러 올 줄은 몰랐다. 그래서 결국 한때나마 아내였던 여자가 그녀의 전 약혼자와 하룻밤을 보냈다는 걸 알게 되다니…….

'아니, 차라리 잘 된 일일지도 몰라.'

이제야 진석도 자신을 미워할 수 있게 되었을 테니까.

진석의 말마따나, 끝까지 좋은 이미지로 남으려고 하는 건 그릇된 일이었다. 그나마 실컷 미워하게 해주는 것이 진석을 위한 일일 터였다.

태경은 힘겹게 자리에서 일어섰다. 시혁과 함께 있을 때는 미처 느낄 틈도 없었는데, 격렬한 정사의 여운으로 온몸에서 삐꺼덕 하고 기름칠하지 않은 소리가 들려오는 것만 같았다. 그나마 그 통증이 썩어 버린 것 같은 몸도 아직 살아 있다는 걸 알려주었다.

부엌으로 간 태경은 버릇처럼 커피포트에 물을 올렸다. 정신을 맑게 해주는 카페인이 어느 때보다 절실했다. 그런데 커피포트가 뽀얀 김을 피워 올리는 찰나, 시혁의 마지막 말이 머리를 스쳤다.

[커피 마시지 마.]

잠시 주저하던 태경은 커피포트의 전원을 꺼 버렸다.

왜 그런 말을 했는지는 알 수 없지만, 그가 하지 말라고 했던 것을 하고 싶지는 않았다. 다음 날 아침이 되면 결국 참지 못하고 마실지도 모르겠지만 지금으로써는 아니었다.

태경은 일단 모자란 잠을 채우기 위해 방으로 돌아갔다. 이제야 모든 게 끝났구나 하고 생각하며. 하지만 시혁과 파혼했을 때처럼 전혀 끝나지 않았다는 걸 알기까지는 역시 오랜 시간이 걸리지 않았다.

제7장

언제나 태경은 선택을 한다는 행위가 무서웠다. 사소하게는 저녁에 무슨 반찬을 먹을지 선택하는 것에서 폭넓게는 인생의 기로를 선택하는 것까지, 그렇듯 삶이란 선택의 연속이라지만 선택이 가져올 여파를 생각하면 늘 쉽지 않았다.

선택하지 않아도 되는 집안환경 역시 그에 한몫하긴 했지만, 여태까지의 경험을 반추해 보면 선택이란 항상 태경을 힘들게 했다. 그래서 의식적으로 선택하길 피해온 것인지도 몰랐다. 스스로 선택하지 않았다면 적어도 자신의 선택에 의한 결과가 아니라는 위안을 얻을 수 있으니까.

"세상에……."

그런 태경은 지금 엄청난 선택의 기로에 놓여 있었다. 아니, 이건 엄청나다는 형용사로도 표현이 되지 않았다. 경악스럽다는 말이 맞았다. 숨조차 제대로 쉬어지지 않았다.

"말도…… 말도 안 돼……."

겨우겨우 산소를 흡입한 태경은 경기에 들린 사람처럼 손을 덜덜 떨어댔다. 그러자 그녀의 손에 들린 하얀 막대기 역시 형상이 흐려질 정도로 흔들렸다. 하지만 그 와중에도 하얀 막대기의 작은 동그라미 안에 그려진 선명한 줄 두 개는 사라지지 않았다.

덜그럭!

태경의 손에서 막대기가 떨어져 내려 화장실 바닥에 둔탁하게 부딪혔다. 태경은 막대기가 떨어지거나 말거나 양손으로 얼굴을 왈칵 감싸 쥐었다. 창백하게 질린 태경의 얼굴색은 그야말로 백지장이 부럽지 않았다.

"하느님……."

신음 같은 목소리가 꽉 억눌린 채 새어져 나왔다. 그 신음에는 뚜렷한 울음기가 배어 있었다.

이 역시 한순간의 그릇된 선택이 가져온 결과였다. 감당하기 힘든 인과율. 아니, 선택이라고 할 것까지도 없었다. 단지 한 가지 행동을 깜빡했을 뿐이었다.

"임신…… 임신이라니……."

시혁과 관계 후 사후피임약을 깜빡하고 처방받지 않았을 뿐이었다. 그런데 그것은 엄청난 파장으로 태경에게 돌아왔다. 단 하룻밤으로 시혁의 아이가 뱃속에 자리 잡은 것이었다.

도대체 어떤 선택을 해야 할지, 태경은 눈물부터 솟구쳤다.

시혁과 헤어진 날은 정신이 없어 병원에 가는 걸 깜빡했고, 그 후로는 진석과 살았던 집에서 계속 살 수 없어 일단 집을 내놓고 되는대로 전셋집을 잡아 이사하느라 역시 잊고 있었다. 그러다가 꼬박 3개월이 지난 오늘에야 우연히 약국 앞을 지나다가 깨달았다. 하지만 태경은 곧바로 병원에 가지 않고 대신 약국에서 임신시약을 구매했다.

사후피임약이야 이제 와서 먹어 봤자 소용이 없을 터였다. 하지만 임신시약을 사면서도 임신 가능성을 염두에 둔 것은 절대 아니었다. 그냥 한번 해 보고 싶어졌을 따름이었다. 우스운 마음이겠지만, 이제 임신시약을 사 볼 일이 없을 테니 '그냥 가볍게 한번?' 이런 마음이었다. 그런데 예상은 보기 좋게 빗나갔다.

차라리 임신시약을 사자고 선택하지 않았다면 괜찮았을지도 모른다. 임신이 된 이상 언젠가는 맞닥뜨려야 할 일이겠지만, 당분간은 모른 채 지낼 수 있었을 테니까.

태경은 떨리는 눈으로 까칠한 얼굴을 쓸었다.

보통 이런 일이 있을 수나 있는 걸까? 횟수는 많았지만 단 하룻밤일 뿐이었고, 첫 경험이었다. 배란기도 아니었다. 그런데…… 그런데!

문득 태경의 입에서 그녀답지 않게 차가운 실소가 터져 나왔다.

"중절수술 비용이 얼마더라?"

하지만 그 메마른 웃음은 길게 가지 못했다. 뜨거운 눈물이 볼 위로 긴 줄기를 그리고, 목이 왈칵 메어 왔다.

태경은 필사적으로 배를 감싸 쥐었다.

"죽일 수 있을 리가…… 없잖아……."

자신의 아이다. 그리고 그의 아이다. 다른 누구도 아닌 김시혁의 아이. 너무도 바라서, 너무도 원해서, 단 하룻밤만이라도 가져보고 싶었던 남자의 아이. 감히 누가 죽이라고 말할 수 있을 것인가. 만약 죽이라고 말한다면 태경은 난생처음으로 손톱을 세우고 덤벼들어 줄 용의도 있었다.

저도 모르게 그런 생각을 하고 난 태경은 깜짝 놀랐다. 손톱을 세우고 덤벼들다니, 자신의 안에 있는 줄 몰랐던 독기가 몹시도 생경했다.

이런 게 모성본능이라는 걸까? 상대는 아직 임신시약을 빌리지 않으면 있는지 없는지도 알 수 없는 작은 점일 뿐인데.

"왜 날 택했어. 왜…… 왜…… 그의 아이라도 내게서 태어나봤자 너는 축복받지 못해. 평생 힘들게 살아야 할지도 모른단 말이야. 너를 그렇게 비참하게 만들고 싶지 않아. 하지만…… 내게는 힘이 없어. 널 지켜줄 힘이 없다고…… 아가야, 제발……."

속사정이야 어쨌든 겉으로는 더없이 평탄했던 약혼을 제 손으로 깨고, 바로 결혼하는가 싶었더니 2년 만에 이혼을 한다다가, 이제는 제 입으로 헤어지자 말했던 전 약혼자의 아이를 가졌다.

이만한 촌극이 또 있을까.

이혼으로 인해 거의 척을 지고 있는 상태긴 했지만, 이제 정말 집에서 완전히 내쳐질지도 몰랐다. 하지만 집에서 절연선언을 들을지도 모른다는 건 중요하지 않았다. 태경은 아이를 지키지 못할지도 모른다는 사실이 소름끼치게 무서웠다.

시혁이 알면 어떤 반응을 보일까. 싸늘하게 수술대 위에 누우라고 말할까? 양육비는 알아서 송금해 줄 테니 앞에서 썩 사라지라고 분을 토할까?

어떤 쪽도 아이에게는 위험했다. 그런데 대체 왜 그는 피임을 하지 않은 걸까. 이런 일을 아예 예상하지 못한 건 아닐 텐데.

갑자기 태경은 모든 움직임을 우뚝 멈추었다.

'설마…… 정말 설마지만…… 임신이 되길 바란 걸까?'

그러나 곧 태경은 고개를 세차게 내저었다. 그거야말로 가능성이 없는 일이었다. 그란 남자가 뭣 때문에 자신에게서 아이를 보려고 하겠는가. 그의 아이라면 기꺼이 가지겠다는 우량종 여자들이 지천에 널려 있을 텐데.

아마 그는 마지막으로 태경을 시험해 보고 싶었던 건지도 모른다. 태경이 알아서 잘 처리할지, 하지 않을지. 만약 하지 않는다면 정말 혐오해 주리라 벼르고 있는 건지도. 하지만 아무리 도박사 기질이 다분한 그라고 해도 이런 엄청난 일을 담보로 사소한 시험을 벌일 리는 없었다.

죽든 말든 상관없는 자신을 상대로는 더더욱!

해답 없는 생각들이 얽히고 설키고 꼬이고, 태경의 머릿속은 이제 완전히 과부하 상태였다. 그래서 태경은 원인을 추론하기보다 방법을 강구하기로 했다.

"생각해, 윤태경. 생각해. 어떻게 하면 아이를 지킬 수 있을지. 생각해, 제발."

어느새 거실 소파에 앉은 태경은 손톱을 질끈 깨물며 생각에 생각을 거듭했다. 그런데 그때였다. 현관문의 벨이 울리기 시작했다.

순간, 상황이 상황인지라 태경의 심장이 바닥까지 추락해 내렸다. 하지만 태경은 곧 가슴을 진정시켰다. 이제 그녀에게 찾아올 사람이라고 해 봤자 신문구독 권유자나 보험설계사뿐이기 때문이었다.

탕탕탕.

이제 방문자는 감질나는 벨을 포기하고 성마르게 문을 두드리기 시작했다. 어지간히 성질이 급한 방문자인 듯했다. 태경은 하는 수 없이 자리에서 일어나 현관문을 열었다.

"강도면 어쩌려고 누군지 확인도 하지 않고 문을 여는 거지?"

태경은 그대로 얼어붙었다. 눈은 최대로 확장되고, 호흡하는 기도마저 동결되었다. 너무 놀라면 비명도 나오지 않는다더니, 지금 태경에게는 그 말이 딱 맞았다. 시혁이 문가에 한 손을 짚고 비스듬하게 서 있었다.

시혁은 아무런 반응도 보이지 않는 태경을 보며 가볍게 조소 지었다.

"괴물이라도 만난 것 같은 반응이로군."

괴물이 튀어나왔다고 해도 이보다 더 놀라지는 않았으리라.

태경은 시혁이 들어가도 되냐는 물음 한 번 없이 그녀를 스쳐 지나 집 안으로 들어갔을 때에야 겨우겨우 숨을 내쉬었다. 그리고 애써 문을 닫았다. 당장이라도 뛰쳐나가고 싶었지만, 초연한 척할 필요가 있었다.

"어쩐 일이세요."

목소리를 떨지 마. 의심을 살 수도 있으니까. 그렇게 한없이 되뇐 후에야 태경은 목소리를 떨지 않고 낼 수 있었다.

"뭘 하고 있었지?"

시혁은 거리낌 없이 소파에 앉아 물었다.

그는 회사에서 바로 온 듯 은회색 양복을 입고 있었고, 어쩐 일인지 늘 깔끔하게 매고 있던 넥타이가 조금 느슨하게 풀려 있었다. 언뜻 보면 고된 하루를 보내고 아내가 반겨 주는 집으로 귀환한 남편인 듯한 모습이었다.

"그냥…… 있었어요."

시혁은 태경에게 앉으라는 듯 손가락을 까딱거렸다. 하지만 태경은 선뜻 다가갈 용기가 나지 않아 그 자리에서 그대로 선 채 어색하게 물었다.

"커피…… 아니, 차라도 드릴까요?"

태경은 말을 내뱉고 나서야 지금 이 집에는 커피가 없다는 걸 깨달았다. 착한 어린아이처럼 그의 말을 들어 그 후로 커피를 아예 끊어 버렸기 때문이었다. 게다가 시혁은 커피를 마시지 않으니 얼른 말을 바꾼 것이었다. 하지만 시혁은 커피라는 단어를 똑똑히 들었는지 살짝 미간에 금을 그었다.

"아직도 커피를 마시는 건가?"

그 말 밑에는 '마시지 말라고 했는데도?'라는 또 다른 질문이 확연하게 깔려 있었다.

"아뇨, 마시지 않아요. 그냥 버릇처럼……."

그것을 끝으로 그는 말이 없었다. 그저 침묵을 음미하듯 관자놀이를 한 손가락으로 괴고 앉아 있을 뿐이었다.

그대로 서 있을 수 없어진 태경은 차라도 끓이자 싶어 부엌으로 들어갔다. 그리고 포트에 물을 올리는데, 물이 끓을 때쯤 시혁이 다가오는 소리가 들려왔다. 태경은 초조해졌다. 마음 같아서는 도망이라도 가고 싶었다. 하지만 혼신의 힘을 다해 싱크대 앞에 발바닥을 붙이고 가만히 서 있었다.

"윤태경."

순간 뒷골에 소름이 쫙 끼쳤다. 단지 그에게 이름이 불렸을 뿐인데, 그야말로 온몸이 으슬으슬 추워질 정도로 강렬한 소름이 전신을 내달렸다.

"네……?"

태경은 살짝 그를 돌아보았다. 시혁은 두 사람 사이의 경계선인 식탁에 양손을 짚고 그녀를 빤히 주시하고 있었다. 그리고 왠지 숨통이 턱 막힐 만큼 위압적인 기운을 내뿜고 있었다.

"나한테 할 말 없나?"

이제는 심장이 주저앉다 못해 아예 멈춰 버렸다.

'알고 온 걸까? 아니, 그럴 리가 없어. 나도 방금 전에야 임신한 사실을 알았잖아. 그가 어떻게 알았겠어? 알았다고 해도 왜 손수 찾아와서 듣기를 바라겠어? 진정해. 그냥 묻는 거야.'

태경은 살살 고개를 내저었다.

"아뇨, 그런 거 없는데요."

시혁은 침묵했다. 그러자 태경은 할 말이 없다는 걸 몸으로 표현하듯 찬장에서 녹차가루 통을 꺼내 들었다. 그가 성큼성큼 다가오기 시작한 건 그 순간이었다. 그리고 태경이 미처 고개를 돌려보기도 전에 우악스럽게 그녀의 팔뚝을 잡고 홱 끌어당겼다.

"무……!"

와르르르!

태경을 끌고 다시 식탁으로 다가간 시혁은 식탁 위에 놓인 물건들을 모조리 쓸어내 버렸다. 그리고 조금도 배려 없는 힘으로 태경을 식탁 위에 내려찍었다.

순간 식탁에 머리와 등을 부딪친 태경은 반사적으로 고통스러운 소리를 내뱉었다. 하지만 시혁은 주춤하지 않았다. 태경의 티셔츠와 브래지어를 한꺼번에 위로 끄집어 올리고 긴장으로 팽팽해진 유두를 거칠게 깨물었다. 첨단(尖端)처럼 날카로운 통증이 태경의 전신을 찔러왔다.

"시혁 씨!"

경악한 태경이 새되게 외쳤지만, 그럴수록 그의 손길이 사나워졌다.

시혁은 묵직한 가슴을 거세게 움켜쥐고, 다른 손으로는 아직 젖지 않은 태경의 여성에 침입해 들어갔다. 빽빽한 여성이 갑작스러운 침입에 꽉 조여들며 예리한 통증을 퍼트렸다. 태경은 목을 젖히며 비명을 내지르고 말았다.

"이, 이러지 말……."

"닥쳐."

시혁은 이 사이로 말을 짓씹듯 내뱉었다. 태경은 몸을 떨었다.

늘 고압적이라고는 하지만 거친 언사를 내뱉던 사람은 아니었다. 무거운 분위기를 조성할 때도 천박한 욕지거리가 아닌 단호하고 위엄이 넘치는 목소리로 대신하던 사람이었다. 그런 그에게서 처음 들은 거친 말에 태경은 공포가 밀려들었다. 그래서 순간적으로 입을 닫아 버리자, 태경의 몸을 점령한 야수가 더욱 날뛰기 시작했다.

"자, 잠…… 잠깐……."

배려가 보이지 않는 손길에 여성은 점점 더 오그라들고, 와락 밀려드는 공포에 몸은 끝없이 위축되었다.

"할 말이 없다고? 그럼 그건 인형이지, 두들겨 맞아도 아무 말 못하는 인형. 넌 그런 인형이고. 그러니까 강간을 당해도 아무 말 말아야지."

싸늘한 목소리가 태경의 귓가를 후려쳤다. 그에 태경은 아까 시혁이 찾아왔을 때와는 비교도 되지 않을 만큼 얼어붙어 버렸다. 하지만 시혁은 용서가 없었다. 태경의 안에 거의 박아 넣다시피 한 손가락을 더더욱 거칠게 움직였다.

"제발…… 제발 하지 말아요, 제발!"

"아파? 아프면 말해."

하지만 태경은 그의 나직한 으르렁거림이 들리지 않았다. 그저 머릿속을 지배한 두려움에 눈물만 뭉글뭉글 치솟았다.

"제발, 제발……."

"아프면 아프다고 말을 해!"

시혁은 집 안이 쩌렁쩌렁 울릴 정도로 사납게 소리쳤다. 하지만 태경은 도망가려고 정신없이 몸을 비틀면서 눈물을 주륵주륵 흘려댈 뿐이었다.

그때, 태경의 귀에 벨트버클을 끄르는 소리가 천둥처럼 크게 들려왔다. 태경은 설마 하며 시혁을 올려다보았다. 하지만 이를 악다문 시혁의 표정은 그 어느 때보다 진지했다. 절대 농담이 아니라고 말하듯.

'아, 안 돼…… 아이가…… 아이가 있단 말이야!'

비록 그는 원하지 않는 아이라 할지라도 자신은 아이를 지켜야 할 의무가 있었다. 아니, 지켜야만 했다. 그의 몫만큼, 세상이 지켜주지 않는 몫만큼.

"안 돼! 안 돼……!"

태경은 진심으로 거부하며 온 힘을 다해 몸을 들썩거렸다.

"아프면 말을 하라고!"

순간 태경은 평생 휘둘려지기만 하면서 살아왔던 자신의 모습이 파노라마처럼 떠올랐다. 시혁에게 못된 소리를 들으면서도 아무 말 못했던 자신이, 집안어른들에게 단 한마디 반박도 못했던 자신이, 선택하길 무서워했던 자신이.

태경의 가슴속에서 독기가 치밀어 올랐다. 본능처럼 손이 날아간 것은 그 순간이었다.

짜악!

오싹할 정도로 날카로운 마찰음이 울려 퍼졌다.

그의 뺨을 후려친 것을 생생하게 느낀 태경은 수전증환자처럼 손이 떨려왔지만, 잔뜩 젖은 눈으로도 독기를 감추지 않고 그를 바라보았다. 그리고 외쳤다.

"아파요! 아픈 게 당연하잖아요!"

반쯤 상체를 일으킨 태경은 거기서 멈추지 않았다. 언뜻 고개가 돌아간 채로 움직이지 않는 그를 이글이글 끓는 눈으로 보며 재차 소리쳤다.

"하고 싶다면!"

점차 목소리에 새된 하이톤이 가라앉고, 단호해져 갔다. 그 덕분에 지금 태경의 목소리에서는 평소와 달리 제법 묵직한 무게감이 느껴졌다.

"하고 싶다면 날 존중해요!"

태경은 헐떡거리며 입을 다물었다. 시혁은 그때까지도 움직임이 없었다.

얼마간의 공백을 둔 후에야 그의 고개가 서서히 돌아왔다. 그리고 섬뜩할 정도로 무표정하던 그의 얼굴에 희미하게 웃음기가 번지기 시작했다.

세상에, 그는 환희를 참을 수 없는 듯 웃고 있었다. 뚜렷한 입매를 늘어트리며 사악해 보일 정도로 길게. 번득거리는 눈동자와 온도 낮은 미소가 퍼진 얼굴은 소름이 끼칠 만큼 잔인해 보였다. 저것이 진정 기뻐하는 웃음이라면 두 번 다시 그가 기뻐하는 모습을 보고 싶지 않을 정도였다.

그는 태경의 양옆 식탁을 탁 짚더니 여전히 웃는 얼굴로 말했다.

"하고 싶어."

단호한 소망. 아까와 다른 의미로 태경의 몸이 떨려왔다.

"네 안에 들어가고 싶어."

그는 숨결로 태경의 얼굴을 핥아 내리며 달콤하게 속삭였다.

"종종 너를 씹어 먹어 버리고 싶을 때가 있어."

서서히 퍼져 내려간 그의 숨결이 여성을 장악한 듯 태경의 하반신이 달아오르기 시작했다.

"팔, 다리, 가슴, 눈동자, 부드러운 머리카락까지…… 하나도 남김없이 싹 다."

심장이 아파. 너무나도 아파. 그의 목소리에 옥죄어지는 심장이 터질 것만 같아…….

"정신이 이상해질 정도로 널 원해."

태경은 질끈 눈을 감았다.

세상에, 이건 정말 정상이 아니었다. 태경의 여성은 아까 바싹 메말랐던 게 언제냐는 듯, 이미 모든 준비가 끝난 것처럼 흥건하게 젖어 있었다.

타액이 부딪히는 소리가 질척하게 울려 퍼졌다.

"후우……."

시혁은 낮게 가라앉은 숨을 내뱉으며 손바닥 안에 가득 출렁이는 그녀의 머리카락을 매만졌다. 그러자 태경은 그것만으로도 야릇한 감각이 두피에서 척추를 타고 내려오는 듯해 조금 더 정성껏 입을 놀렸다. 그녀의 입 안에서 부풀어 오른 남근을 그러쥐고 선단을 할짝거리며 끈질기게 핥아 올렸다.

"좋아, 잘 하고 있어."

시혁은 식탁에 엉덩이를 반쯤 걸친 채 기대서 있었고, 태경은 그의 앞에 무릎을 꿇고 앉아 있었다. 그리고 시혁의 그것을 입에 물고 나름대로 열심히 혀를 놀리고 있는 중이었다. 그날 밤 시혁이 해주었던 것처럼.

비록 태경은 지금 자신의 모습이 어떤지 볼 수 없었지만, 만약 제삼자가 보고 있다면 말도 못하게 야해 보인다는 건 알고 있었다. 하지만 이곳에는 두 사람밖에 없다는 걸 알기에 더 이상은 주저하지 않았다. 물론 처음에는 그런 것만도 아니었다.

발작적으로 그의 뺨을 쳐올리기까지 했지만 32년 평생 굳혀온 성격이 갑작스레 적극적으로 변할 것도 아니고, 그를 기쁘게 해주고 싶다는 마음과 부끄러워하는 마음이 속에서 맹렬히 싸움을 벌였다. 그러나 그가 싫어하지 않을 거라는 확신이 들자 태경은 주춤거리지 않았다.

먼저 나서서 해주겠다는 말을 하며 그의 것을 입 안에 머금었다. 물론 처음에는 못 참게 어색했지만…… 아니, 상당한 용기를 얻어 적극적인 공세를 가하고 있는 지금도 테크닉 면에서는 하잘것없으리라. 하지만 그는 그 쭈뼛거리는 움직임이 싫지 않은 듯했다.

"그만."

문득 시혁은 멈추라는 신호를 보냈다. 그리고 그의 손에 의해 들어 올려진 태경이 마음에 들지 않느냐는 눈을 하자, 미묘하게 웃었다. 그 웃음은 더 이상 아까처럼 잔인해 보이지 않았다. 오히려 그의 권위적인 모습이 조금 누그러트려져 보였다.

"네 입에 할 수는 없잖아?"

적나라한 말에 태경의 광대뼈 부근에 발간 열이 올랐다.

깨닫고 보니 그는 이런 일을 할 때만큼은 상당히 노골적인 말을 즐기는 편이었다. 자신의 안에 탕녀 기질이 숨어 있었듯 그의 안에도 호색한적인 기질이 숨어 있었던 걸까.

시혁은 태경을 식탁 위에 앉히고 창졸간에 그녀의 바지를 벗겨 내렸다. 순간 태경의 눈에 불안감이 스몄다.

"설마…… 여기서 하려는 건가요?"

양복상의와 넥타이를 아무렇게나 내팽개친 시혁은 태경의 등과 식탁이 맞닿게 하며 말했다.

"생각하라고."

무엇을?

"식탁에 앉을 때마다, 밥을 먹을 때마저도……."

시혁은 그녀의 티셔츠를 말아 올리고 뽀얀 가슴 둔덕에 입술을 부비며 뜨거운 숨결을 끼얹었다.

"이곳에서 나에게 어떻게 안겼는지 생각하라고."

태경의 눈동자가 파르르 물결쳤다. 그녀의 성적 지식이 부족한 건지, 그의 말이 그런 것인지, 이토록 야하게 들리는 말은 처음이었다.

태경은 스스럼없이 그의 목에 팔을 감았다.

"생각할 수 있게…… 잊을 수 없게…… 잊지 못하도록 안아 줘요."

시혁의 눈에 달착지근한 웃음기가 번졌다.

"발전했군."

그것은 뜻하지 않은 행운 때문일지도 모른다. 그에게 다시 안길 수 있는 행운. 이 순간을 위해서라면 무엇이라도 할 수 있을 것 같았다.

브래지어의 후크를 풀어낸 시혁은 칭찬하듯 부드럽게 가슴을 어루만졌다. 그 부드러운 손길에도 태경의 유두는 다음을 기대하듯 빳빳하게 솟아올랐다. 그러자 시혁은 그 다음을 주었다. 탱글탱글한 유실을 입 안에 살짝 머금고 혀로 말아 올리며 어린아이가 젖가슴을 빠는 것처럼 쪽쪽 빨아댔다.

"아…… 하아."

그의 손이 미윤한 자궁이 숨은 배를 쓸며 하반신으로 나아가자, 태경은 번뜩 정신을 차렸다. 머릿속이 온통 부연 가운데에서도 그와의 아이만큼은 깜빡하고 있을 수가 없었다.

"저……."

태경은 여성에 거의 다다른 그의 팔을 양손으로 잡았다. 와이셔츠 한 겹에 감싸여 있는 그의 팔은 태경과는 질적으로 다른 듯 매우 단단했다. 그야말로 강철과 같은 단단함이었다.

"너무…… 깊이 하지는 말아주세요."

희미하게 붉어진 시혁의 눈에 흥미로움이 떠올랐다.

왜 의아함이 아니고 흥미로움인지는 알 수 없지만, 분명 그의 눈에 선연히 떠오른 것은 흥미였다.

"왜?"

시혁은 도톰하게 부어오른 태경의 입술을 작게 핥으며 야릇한 숨결과 함께 말했다.

"넌 깊이 하는 걸 좋아하잖아. 더 이상 깊어질 수 없을 정도로 깊이 하는 걸."

단 하룻밤으로도 그는 태경이 어떻게 하면 자지러지는지, 어딜 만져 주면 기분 좋은 고양이처럼 가릉거리는 소리를 내는지, 어떤 식으로 움직이면 오르가즘을 느끼는지 모두 파악한 듯했다.

"오늘은…… 그냥……."

가늘어지는 그의 시선에 모든 게 간파당할 것 같았지만, 태경은 파르르 떨리는 속눈썹을 내리깔며 웅얼거렸다. 그러자 시혁은 그녀의 말을 들어주려는 건지 들어주지 않으려는 건지, 말없이 다시 태경의 몸을 내리눌렀다.

그의 손이 아까부터 흥건하게 젖어 있는 꽃잎 속을 어렵지 않게 파고들었다. 내벽 속에 살짝 돌출되어 있는 자극점을 살살 어루만지고, 공이질해 나오며 손끝으로 꼿꼿해진 핵심을 문질렀다.

그의 손에 번들거리는 액체가 떨어질 정도로 꽃술이 가득 배어 나는 것이 태경에게도 확실히 느껴졌다. 하지만 다행히 그의 손은 입구에서 배회할 뿐, 손가락 한 마디 이상은 깊이 들어오지 않았다.

태경은 이를 앙다물었다. 너무 깊이 들어오지 말아달라고 부탁한 건 자신이면서도 입구에서 빙글빙글 맴돌 뿐인 손이 몹시도 감질났다.

"으응."

태경은 짐짓 앙탈을 부리듯 가녀린 신음을 흘리며 한 다리를 그의 허리에 감았다. 그러자 반쯤 내벽을 채우는 손가락이 두 개로 늘어났다. 하지만 늘어난 통로는 그것으로도 만족되지 않는 듯 빈자리가 남아 헛헛했다.

시혁은 잠시 손가락을 빼내고 태경을 좀 더 식탁 위로 밀어 올렸다. 그리고 그녀의 한쪽 발바닥을 식탁 위에 닿게 한 후에 다시 두 손가락을 안으로 찔러 넣었다. 태경의 허리가 살짝 튀어 올랐다.

"네가 느끼는 모습을 보여줘."

태경은 뜬금없는 말이 이해되지 않는다는 듯 흐릿하게 그를 보았다.

"네가 가는 모습을 내게 보여."

그는 태경이 그러지 않으려 한다고 해도 그렇게 만들려는 듯 손가락을 움직였다.

"아! 시혁 씨……!"

푹푹 찔러 넣고 때로는 크게 내저으며 그는 그녀를 높은 곳으로 이끌었다.

태경은 다리를 한껏 벌려 쾌감을 맞이하며 그의 뜻대로 끌려갔다. 뱃속에 단단하게 응집된 열기가 스멀스멀 퍼져 나가고, 헉헉거리는 신음이 입에서 튕기듯 튀어나갔다. 세상이 아득하게 멀어지고 있었다.

말려 올려진 티셔츠를 넘어간 시혁의 입이 목덜미를 애무하듯 쓸고, 그의 이가 귓불을 잘근잘근 씹고, 그의 흔적이 모두 사라지고 난 하얀 벌판을 용서하지 않겠다는 듯 열락의 흔적을 남겼다.

태경은 쾌감의 폭풍이 몰아치는 바다 속에 빠르게 침몰되어 가고 있었다.

"어서."

허스키하게 눌린 목소리가 어두운 쾌감의 바다 위로 신의 광명처럼 비춰졌다.

"조금 더 느껴봐."

그가 말하지 않아도 태경은 이미 쾌감의 수면 위로 떠올라 하늘 끝까지 치솟아 올라갔다. 그리고 그의 존재감만이 태경의 세상을 가득 채웠다.

"참…… 참을 수가……!"

핵심을 집중적으로 공격하는 손길에 오싹오싹 소름이 척추를 타고 전신을 질주했다. 거의 막바지로 다다라가듯.

"참지 마."

태경은 도저히 참을 수 없다는 듯 그의 양팔을 으스러져라 꽉 쥐었다. 저도 모르는 새에 손톱이 그의 탄탄한 근육에 물씬 박혀 갔지만, 시혁은 아픈 내색 하나 없이 푸른 불꽃이 이는 듯한 눈으로 그녀를 주시하고 있을 뿐이었다.

"아…… 아아…… 아아아!"

그 순간, 허리가 꺾일 듯 위로 강하게 솟구쳤다. 그리고 눈앞에 차돌처럼 단단하게 뭉쳐졌던 빛 덩어리가 한순간에 터져나가며 미친 듯한 빛의 산란을 일으켰다.

남은 것은 눈물이 날 만큼 아련한 움직임으로 알음알음 떨어져 내리는 하얀 미립자들뿐, 아무것도 없었다. 적어도 지금 이 순간 태경의 세상에는.

"헉, 허억, 헉."

42.195km. 인간의 한계에 도전하는 거리를 완주하고 났을 때 기분이 꼭 이러할까.

끊어질 듯이 차오르는 숨, 어느 순간 하얗게 비워져 가는 세상, 색채가 잦아들고 소리마저 가라앉아 가는 존(Zone)의 사선. 풀 마라톤을 끝낸 것 같은 감각이 태경의 귓가를 윙— 하고 울려왔다.

태경이 조금 진정하길 기다린 시혁은 의자에 닿아 있는 그녀의 다른 다리까지 식탁 위로 올렸다. 그리고 그녀의 무릎을 단단하게 고정하고 다리 사이에 자리를 잡았다.

"으음."

최대로 민감해진 핵심에 매끄러운 선단이 질척한 소리를 내며 문질러지자, 절로 짜릿짜릿한 감각이 정수리를 찔러왔다.

시혁은 조심히 허리를 들이밀었고, 하룻밤 새에 그에게 철저히 길들여진 듯한 태경은 허리를 내리며 그를 받아들였다. 이내 두 사람의 결합이 완전해졌다.

시혁은 옆에 서 있는 의자가 거치적거리는 듯 거의 내던지다시피 쳐내 버리고 그녀의 안에서 움직이기 시작했다. 타앙, 의자가 바닥 위로 둔중하게 부딪히는 소리가 시작 신호였다.

"시혁, 시혁 씨……."

태경이 본능처럼 그를 더 안쪽으로 이끌려는 듯 조여 오자, 그녀의 다리를 붙잡은 그의 손에 힘이 꽉 들어갔다. 관자놀이에 미미하게 핏대가 서고, 목에 단단한 뼈가 불거져 올랐다. 목 가운데 자리 잡은 결후도 크게 울렁이며 피부 위로 움직임을 그렸다.

너무도 큰 남자였다. 185cm를 조금 넘는 키도 그렇지만, 온실 속에서 고이 커 온 자신이 감내하기에는 너무도 큰 남자라는 걸, 태경은 알고 있었다.

그의 명확한 존재감은 세상을 다 가진 듯한 제왕의 기운이었고, 단호함이 서린 눈동자는 인간의 기로를 좌지우지하는 지옥의 명왕(明王)이 가질 법한 것이었다. 그렇기에 이 작은 가슴으로는 모두 소유할 수가 없었다. 하지만 인간이 푸른 하늘을 우러러보듯, 그래서 창공을 기민하게 날아오르는 매마저 부러워하게 되듯, 태경은 푸른 하늘로 날아오를 수 있는 매가 되고 싶었다.

춘초의 꿈을 꾸듯 그의 품에 안겨 있을 때도 태경은 더 많은 것을 바라지 않았다. 그저 그 짧은 꿈을 꾸는 것만으로도 만족스러웠다. 하지만 그란 남자는 그랬다. 너무도 가지고 싶게 만들었다. 좀 더 이 가슴에 담았으면 하게…… 좀 더 사랑할 수 있으면 하게…… 허기진 사람에게 아주 적은 설탕물을 주는 것처럼 더더욱 갈증이 나게 했다.

이렇게 안아 주지 마. 아주 많이 욕심내게 될지도 몰라.

"시혁 씨, 조금만…… 조금만 더 깊이……."

차오르는 갈증에 간곡한 목소리를 흘리자, 그의 입매에 모호한 웃음이 그려졌다.

"갈증이 나."

그는 문득 말했다.

"널 마시면 마실수록 갈증이 나. 널 먹으면 먹을수록 배가 고파."

흔들리는 시야에 어쩐지 조금 억울한 듯한 그의 표정이 비춰 왔다.

"그래서 고민했지."

조금이나마 그의 마음이 엿보이는 말은 처음 듣는 것이었기에 태경은 발작적으로 치밀어 오르는 쾌감 속에서도 생각을 해 보려고 애썼다. 하지만 쉽지 않은 일이었다.

"어떻게 하면 이 갈증이 해소될까……."

그는 으르렁거리는 듯한 음성으로 독백하는 것처럼 나직이 중얼거렸다.

"정말 널 씹어 먹어 버려야 하나? 피 한 방울 남기지 않고 모조리 마셔 버리면 갈증이 풀릴까?"

말 자체는 그로테스크했지만, 그의 말투에는 알 수 없는 감정이 묻어났다.

"하지만."

그는 쾌감의 사포에 쓸린 듯 까칠한 목소리로 단호하게 잘랐다.

"지금은 아무래도 좋아. 넌 그저 받아들이면 돼."

그의 이가 목덜미를 깨물어 왔다. 그리고 혀로 느릿하게 쓸었다. 태경의 피부 아래 숨은 모든 혈관들이 미친 듯이 날뛰었다.

"나만을."

태경은 낮게 신음하며 눈을 감았다.

삐걱, 삐걱, 삐걱.

두 사람의 무게에 짓눌린 식탁이 당장이라도 부서질 듯 빽빽한 소리를 퍼트리며 끝없이 울어댔다.

제8장

—Rrrrr Rrrrr Rrrrr.

세상모르고 잠의 파도에 이리저리 휩쓸려 다니고 있던 태경은 귓가를 두들기는 알람 음에 어렴풋이 정신을 차렸다. 그러자 슬며시 뜨인 눈꺼풀 사이로 은연한 빛이 스며들고, 머리맡에서 무언가 꿈틀거리는 것이 느껴졌다.

—Rrrrr Rrrrr.

그 와중에도 알람 음은 계속 규칙적인 템포를 반복하며 울고 있었다.

태경은 하는 수 없이 철근처럼 무거운 눈꺼풀을 겨우겨우 들어 올렸다. 그리고 단단한 무언가에 머리를 기대고 있다가 부스스하게 고개를 일으켜 보자, 눈에 들어오는 익숙한 풍경은 분명 자신의 방이었다.

여명이 밝은 듯 방 안은 블라인드 사이로 새어 들어오는 희미한 빛에 파도치듯 일렁일렁 흔들리고 있었다. 그리고 계속 귓가를 괴롭혀대는 알람 음은 무엇인가 했더니 옆 탁자에 놓인 전화기가 울고 있는 것이었다.

하지만 태경은 온몸이 천근만근이라 선뜻 움직이지 못하고 멍하니 전화기를 바라보고만 있었다. 그런데 자신의 손바닥 아래 느껴지는 매끄러운 감촉이 생소해 시선을 돌려 보았다.

"아……."

당혹스럽게도, 흐트러진 머리를 한 시혁이 그녀를 빤히 내려다보고 있었다. 그는 일찍이 잠에서 깨어난 듯, 눈자위와 눈동자의 경계가 뚜렷한 눈에 전혀 졸음기가 없었다.

시혁이나 태경이나 실오라기 하나 걸치지 않은 알몸 상태였다.

두 사람의 국부를 함께 가려 주고 있는 것은 뽀송뽀송한 이불밖에 없었고, 태경은 반쯤 그의 몸에 올라탄 채 손바닥으로 그의 가슴께를 짚고 있었다. 하지만 태경은 바로 그의 시선에 사로잡혀 자신의 상태를 모르고 있는 듯했다.

두 사람의 시선이 허공에서 뒤얽혔다. 포근하게 가라앉은 방 안 분위기와는 상관없이, 극렬하게 맞부딪히며 태경의 몸에 짜르르한 소름이 전달됐다. 전화벨 소리는 이미 멈춰 있었다.

갑자기 찾아온 침묵 속에 순간 저도 모르게 몸이 꽉 죄어드는데, 분위기 모르는 전화벨 소리가 다시 울리며 훼방을 놓았다.

Rrrrr Rrrrr Rrrrr.

시혁은 흘긋 전화기를 바라보았다.

"전화가 계속 울리는군."

그 역시 잠에서 깨어난 지 그렇게 오래 되지는 않은 듯, 목소리는 조금 잠겨 있었다.

"몇…… 시죠?"

"5시 반."

또 하룻밤을 그와 함께 보낸 모양이었다. 그러고 보니 어제와 오늘 새벽도 예전의 하룻밤 못지않게 그에게 안겼고, 드문드문 단편적인 기억에 의하면 식탁에서 소파로, 소파에서 벽으로, 벽에서 방으로, 방에서…… 다시 떠올리기도 힘든 광란의 밤이었다.

그때마다 느낀 자신도 자신이지만, 그와의 섹스가 늘 이렇다면 정말 몸이 남아나지 않을 것 같았다. 그는 회사 일을 다 끝내고 와서 피곤하기도 무척 피곤했을 텐데 말이다.

어쨌든 늦게까지 침대에서 빈둥거리는 타입은 아니지만 태경이 일어나기에는 너무 이른 시간이었다. 하지만 늘 다섯시에 일어나 하루를 시작하는 시혁은 별로 생경하지 않은 듯했고, 전화를 건 상대도 마찬가지인 듯했다.

태경은 비척비척 몸을 일으켰다. 하지만 허리가 뻐근해 완전히 몸을 일으키지는 못하고, 자신의 상태가 어떤지 인식하지 못한 채 전화기로 손을 뻗었다. 그런데 전화기에 손이 닿으려는 찰나였다.

얼음처럼 차가운 무언가가 태경의 얇은 발목을 낚아채더니 그대로 끌어당겼다. 오랏줄을 당기듯 강한 힘에 태경은 몸이 홱 뒤집혀져 딸려가고 말았다.

"왜 그러시는……."

시혁은 위로 들어 올린 태경의 한쪽 발목에 살짝, 아주 살짝 입술을 맞대었다. 하지만 불티가 터져 나올 듯한 시선은 태경의 얼굴에 똑바로 꽂혀 있었다. 태경은 그제야 자신이 달걀껍질을 벗겨 놓은 듯 완전한 전라라는 것을 깨달았다. 그러나 이불로 몸을 가리기도 전이었다.

"기어서 가지 마. 뒤에서 당하고 싶은 게 아니라면."

태경은 날숨을 들이 삼켰다.

시혁의 손은 미끄러지듯 다리를 타고 점차 위로 올라오고 있었다. 이내 허벅다리를 가볍게 쓸고, 샅으로 이어지는 틈새를 진득하게 매만지며 들썩거리는 가슴으로 기어 올라왔다.

"엉망이야."

"엉망?"

태경은 귓불을 지분거리는 손길을 느끼며 숨 가쁘게 반문했다.

"그래, 네 몸이. 내가 남긴 흔적으로."

시혁은 보라는 듯 하얀 여체를 물들인 붉은 자국들을 하나하나 쓸어갔다. 태경은 어깨를 움츠리며 할딱거렸다. 이제 시혁의 손은 봉긋하게 솟아올라 있는 젖무덤을 어루만지고 있었다.

"가슴이 좀 부었군."

확연히 태가 날 정도는 아니었지만 아닌 게 아니라 그의 손 안에 잡힌 가슴은 정말 조금 부어 있었다.

태경은 요 근래 계속 가슴이 팽팽하게 부풀어 있었던 사실을 떠올렸다. 처음에는 생리를 하려고 이러나 싶었는데 이제와 깨닫고 보니 그와 관계한 이후로는 한 번도 생리를 한 적이 없었다. 그것

역시 이사하느라, 몸과 마음을 추스르느라 까맣게 잊고 있었다. 게다가 얼마 전에는 감기에 걸린 듯 신열이 올랐고, 유두는 짙은 꽃물색이 스민 듯 조금 더 진해졌다.

"이곳도 평소보다 부드러워."

선을 그리듯 가슴에서 배를 타고 내려온 시혁의 손이 은밀한 치부 속으로 파고들었다. 양손을 침대에 짚고 뒤로 비스듬하게 앉은 태경은 다리를 오므리려고 했지만, 이미 파고든 그의 손을 피하기는 역부족이었다. 오히려 햇빛 속에 드러난 꽃잎은 더욱 진한 색으로 물들며 맑은 샘물을 흘려 그의 침입을 환영했다.

문득 태경은 얼핏 알고 있는 임신증상 중에 외음부와 질이 부드러워진다는 것을 기억해 냈다. 가장 보편적 임신증상인 입덧이 전혀 없었기에 임신이라고는 생각도 못했는데, 별거 아니라고 여겼던 몸의 사소한 변화가 알고 보니 모두 임신을 증명하고 있었던 것이다.

"그건, 아마……."

그가 뭔가를 알고 있는 것처럼 말하는 것이 두려워진 태경은 애써 입을 열었다.

"아마?"

시혁은 확실한 대답을 바라듯 반문했다. 태경은 그의 시선을 피하며 아주 작게 웅얼거렸다.

"아마 밤새 시혁 씨를…… 받아들여서……."

얼굴에 홧홧한 열기가 끓어올랐다. 자신의 입으로 이런 말을 하게 될 줄이야.

시혁은 태경을 끌어당겨 자신의 아래쪽에 깔며 훗 고소했다.
"그래, 아마 그런 거겠지."
그는 태경의 다리를 자신의 허리에 감게 하며 고개를 내렸다.
"그럼 부드러워진 네 그곳으로 한 번 더 나를 받아들여 봐."
어느새 멈춰 버린 전화벨 소리는 그들의 폭풍이 또 한 번 시작되고 끝이 날 때까지 다시 울리지 않았다.

"아."
침대에 앉아 브래지어를 걸친 태경은 잠시 멈칫했다. 부드러운 촉감에도 유두가 스치는 느낌이 쓰라린 탓이었다. 그건 아마 임신 탓도 있겠지만, 묘하게 가슴에 집착하는 시혁이 밤새 놓아주지 않았기 때문이리라.
"물어볼 게 있는데."
대충 옷을 걸친 시혁이 문득 운을 띄웠다. 도둑이 제 발 저리다고, 물어볼 게 있다는 말을 지레짐작한 태경은 화들짝 그를 바라보았다.
"샴푸 뭐 쓰지?"
뜬금없는 질문에 태경의 표정이 의아해졌다.
"그냥 평범한 건데요."
시혁은 묵묵히 고개를 끄덕이고 방문을 열었다.
"적어도 꽃향기는 아닌가 보군."
태경은 놀란 듯 손가락으로 살짝 입가를 가렸다.
그러고 보니 시간상 그는 여기서 바로 회사에 가야 했다. 그래서 샤워를 하려는 모양인데 여자 혼자 사는 집에 있을 만한 샴푸란 꽃향기가 펄펄 나는 게 아닌가 싶어진 모양이었다.

머리카락에서 꽃내음을 풍기며 출근하는 그라니, 우습기 이전에 무서웠다. 다행히 태경의 샴푸에서는 꽃향기가 나지 않지만 말이다.

옷을 다 입은 태경은 그를 따라 나가며 물었다.

"스킨이랑 로션 있으세요?"

"아니."

하긴 그가 그런 걸 사소하게 챙겨 다닐 리는 없었다.

"작은 거라도 사다 드릴까요?"

시혁은 무슨 생각을 하는지 잠시 허공을 쳐다보았다.

"그래."

그 대답에 태경이 지갑을 찾아 나가려고 하자, 이미 욕실에 들어가 있던 그가 문 쪽에 등을 댄 채 살짝 문을 열고 덧붙였다.

"속옷도."

태경은 얼떨떨하게 고개를 끄덕였다. 하지만 문을 나서서 가만히 돌이켜 보니 왠지 작은 웃음이 새어 나왔다. 한 번도 보지 못한 그의 모습이 새로웠고, 진득한 정사가 끝나자 평범한 부부 같아진 둘의 모습이 이루 말할 데 없이 행복했다. 이 순간만이겠지만, 그래도 좋았다.

더 바란다는 건 사치이겠지.

태경은 가만히 걸어가며 아직 납작한 자신의 배를 쓰다듬었다.

"아가, 엄마가 참 이기적이지?"

엄마. 무의식중에 내뱉은 단어가 너무도 따스하게 들려왔다.

"하지만 그 사람이 네 아빠야."

아빠라는 단어 역시도.

"우리 잊지 말자. 네 아빠가 저렇게 멋진 사람이었다는 걸……."

임신 때문에 더욱 감정적이 되었는지 태경은 괜스레 눈물이 울컥 치밀었다.

"대신 엄마가 네 아빠 몫만큼, 세상의 몫만큼 널 사랑해 줄게. 그러니 걱정 마. 누구보다 널…… 사랑해 줄 거니까. 꼭 지켜줄게."

대화 한 번 나누지 못했고, 살갗 한 번 마주 대지 못했는데도 이토록 사랑스러운 생명.

지울 수 있을 리 없었다. 이 아이는 신이 내려준 선물일지도 모른다. 아무리 힘들어도 결코 포기하지 말고 살아가라는 뜻에서 신이 내려준 선물. 그렇다면 이 선물을 위해서 살아가자. 그 누가 핍박한다 해도, 이제는 지지 말자. 그의 아이를 위해서.

차갑게 내려앉은 겨울의 거리를 걸어가는 태경의 머릿속에는 아이 생각밖에 없었다. 그래서 태경은 중요한, 아주 중요한 것을 까맣게 잊고 있었다.

달칵, 태경이 나가고 적막만이 감돌고 있는 집 안에 작은 소리가 울렸다. 그 소리를 따라 굳건히 닫혀 있던 욕실 문이 열리고, 그 안에서 나온 시혁은 잠시 거실에 우뚝 섰다. 그러다가 가장 가능성이 높다고 여겨진 반대편 화장실 안으로 들어갔다. 그가 들어가 있었던 욕실에도 변기와 휴지통이 있긴 했지만, 그곳에는 그가 찾는 물건이 없었으니 여기가 아니면 다른 쪽 화장실이겠거니 싶어진 것이었다.

어제 그가 이 집에 온 이후로 한 번도 열린 적 없던 화장실 문을 열고 들어간 그는 그대로 선 채 휴지통부터 들여다보았다. 예상대로였다. 그가 찾던 물건은 휴지통 안에 버려져 있었다.

시혁은 뒤집어져 있는 물건을 제대로 보기 위해 휴지통을 발로 툭 쳤다. 그러자 뒤집혀져 들어 있던 물건이 뱅글 돌아가며 앞모습을 보였다. 시혁의 짙은 눈매가 사납게 꿈틀거렸다.

작은 동그라미 안에 그려진 선명한 두 줄.

비록 그는 그 두 줄이 어떤 뜻인지 확실히 알지 못했고 알 필요도 없었지만, 직감적으로 그 두 줄이 무엇을 의미하는지 눈치 챘다.

시혁의 눈은 시베리아 벌판이 따로 없을 정도로 싸늘하게 가라앉아 갔고, 입매는 난폭하게 뒤틀렸다. 지금 누군가 그를 본다면 당장이라도 심장이 멎어 버릴 듯했다.

시혁은 허리에 걸치고 있던 손을 들어 쥐었다 폈다. 피가 잘 통하지 않는 듯 허옇게 질린 손은 몇 번이고 쥐었다 폈다를 반복해 보아도 핏기가 돌지 않았다. 스스로도 느끼는 거지만, 그의 손은 심각하리만치 차가웠다.

시혁은 탁, 손을 내렸다.

"윤태경."

당사자가 눈앞에 없는데도 그 이름을 읊조리는 어조는 거의 이 사이로 짓씹는 것 같았다. 그리고 음산한 목소리에 공기마저 쩡 동결되어 버리는 듯했다.

"조심해라."

그는 이를 악물었다.

"토막 내서 먹어 버릴지도 모르니까……."

살인귀의 목소리도 지금의 그만큼 스산하진 않으리라.

"옷."

그는 자연스럽게 말했고, 태경은 양복상의를 그에게 건네주었다. 그러자 그는 말없이 양복상의를 입었다. 그리고 이만 가 보려는 듯 현관 쪽으로 다가갔다. 하지만 구두를 신고도 선뜻 나가지 않고 등을 보인 채 서 있는 것이 아닌가.

"잊은 거라도 있으세요?"

태경은 조심히 물었다. 그는 얼굴이 보이지 않는 자세 그대로 입을 열었다.

"이혼하고."

이혼이라는 화제에 태경의 어깨가 움찔 굳었다.

"집안과 사이가 나빠지지 않았나?"

태경은 속으로 안도의 한숨을 내쉬었다.

"그냥 그래요."

"네 할아버지가 남겨 준 유산이 있을 테니 당분간은 그렇다 치고, 이제 어떻게 먹고살 거지?"

그의 말 밑에는 남이 벌어다 주는 돈으로만 먹고산 네가 어떻게 살아갈 거냐는 또 다른 질문이 깔려 있었다.

사실 태경에게 제법 큰 재산이 있기는 했다. 태경이 어렸을 때 운명한 그녀의 할아버지가 그녀를 무척 귀애해 상당한 몫의 유산을 남겨 주었기 때문이었다. 그래서 딱히 일을 하지 않는 태경이 당분간은 버티고 있을 수 있는 것이었다.

사실 괜한 호기를 부려 사업이나 주식, 혹은 사기만 당하지 않는다면 대충 평생 먹고살 수 있는 정도였다. 하지만 오늘부로 그 유산은 위급할 때가 아니면 쓰지 말고 아이에게 물려주자 마음먹었음으로, 뭔가 일을 잡긴 잡아야 했다.

"글쎄요."

그러나 아직 자세한 계획은 없었다. 그건 이제부터 생각해 봐야 할 문제였다.

"일단은 자격증 시험을 볼까 해요."

시혁의 고개가 언뜻 돌아왔다.

"네가?"

은근히 깔보는 듯한 질문이었지만 이번에 태경은 얼굴을 붉히지 않았다. 여태까지의 자신을 돌이켜 보면 충분히 깔보일 만한 탓이었다. 특히 거대한 몬스터 계열사를 쥐락펴락하는 그가 보기에는 참으로 하잘것없었으리라.

"네. 일단 배운 건 꽤 있으니까요. 이제부터 생각해 보려……!"

마음의 준비를 한 듯 조용히 흘러나오던 말이 끝에 가서는 놀람으로 변했다. 갑자기 몸을 돌린 시혁이 그녀의 양 볼을 꽉 그러쥐고 키스해 왔기 때문이었다. 왈칵 입술을 틀어막고 물컹한 혀를 밀어 넣어 혼이 쏙 빠져나가도록 진하게 키스했다.

키스를 끝낸 그는 태경의 턱을 꽉 잡고 말했다.

"알고 있을 거야."

그는 특유의 말버릇대로 주어를 빼놓고 이야기했다.

"내가 기다리기 싫어한다는 걸."

뜻 모를 말을 던진 그는 얼떨떨하게 굳어 있는 태경을 뒤로하고 문을 나섰다. 하지만 태경은 도통 그가 말하고자 한 게 무엇인지 알 수 없었다. 그래서 고개를 갸웃하며 몸을 돌린 순간, 태경의 눈에 닫혀 있는 화장실 문이 눈에 들어왔다.

"설마!"

그제야 아주 중요한 것을 깨달은 태경은 경악한 표정을 숨기지 못하고 화장실로 달려 들어갔다. 그리고 허겁지겁 휴지통을 들여다보았다. 그가 갑자기 들이닥치는 통에 처리하는 걸 깜빡한 임신 시약이 그대로 들어 있었다.

"설마, 설마…… 이걸 본 건 아니겠지?"

확률에 의지해 내리는 안일한 결론이 얼마나 어리석은 줄 알면서도 태경은 아닐 거라고 자위하고 또 자위하는 수밖에 없었다.

까마귀 고기를 먹은 것도 아니고 어쩌자고 이렇게 중요한 걸 잊은 걸까. 사후피임약을 먹는 것도 깜빡하더니, 이것마저 깜빡하다니. 우스갯소리가 아니라, 정말 어디에 나사 하나를 빠트리고 온 게 아닌지 걱정이 될 정도였다.

"그래, 봤다면 그냥 갔을 리가 없잖아."

그것만은 확실했다. 그는 이런 일의 처리를 지지부진하게 뒤로 미룰 리 없는 사람이니까. 결코 아닐 것이다.

"못 봤어, 못 봤을 거야……."

그럼에도 태경은 자신의 몸을 양팔로 와락 감쌌다. 당장이라도 그가 다시 돌아와 아이를 떼라고 말할 것만 같았다. 떨림이 멈추지 않았다.

화장실에 주저앉아 한참을 떨어댔지만 시혁은 또다시 돌아오거나 하지는 않았다. 다만 다른 사람이 찾아왔다. 시혁이 간 지 꼭 삼 일이 지나고 난 날이었다.

삼 일 내내 시혁이 또 찾아오지 않을지 걱정도 되고 기대도 되고 좌불안석이었던 태경은 눈앞에 선 남자를 크게 뜬눈으로 바라보았다.

"갑자기 찾아와서 미안하구나."

현관문 앞에 서 있는 노신사는 태경의 놀란 눈을 어떻게 해석한 건지 씁쓸하게 웃었다.

"아뇨, 아뇨. 찾아와 주셔서 감사해요."

태경은 겨우겨우 정신을 수습하고 얼른 그의 말에 부정했다.

"일단 들어오세요."

태경이 현관문을 좀 더 크게 열자, 말끔한 양복을 차려입은 석용은 실례하겠다는 듯 중절모와 코트를 벗으며 안으로 들어왔다.

"바쁜 건 아니냐?"

오랜만에 보는데도 석용은 친손녀를 대하듯 온후하게 웃으며 물었다.

"아뇨, 자고 있었어요."

태경은 알 듯 말 듯 작게 미소 지었다.

여전히 입덧은 없었지만 임신을 깨닫자마자 전보다 더 미친 듯이 잠이 쏟아져 요즘은 밥을 하다가도 병든 닭처럼 꾸벅꾸벅 졸 정도였다. 덕분에 석용이 찾아오기 전까지도 태경은 그야말로 세상모르고 꿈나라를 여행 중이었다.

"저런, 내가 깨웠구나."

"아니에요. 할아버님께서 방문해 주시는 건 언제든지 좋아요."

진심이었다. 사실 따지자면 석용은 시혁보다 더 가깝게 느껴졌고, 그녀의 친할아버지만큼이나 편한 편이었다. 하긴 시혁을 편하게 여기는 사람이 석용 말고 세상에 존재나 할까마는.

"빈말이라도 그런 말을 들으니 좋구나."

소파에 앉은 석용은 후덕하게 미소 지었다. 세월의 연륜이 고스란히 묻어나는 얼굴은 그야말로 지혜로워 보였고, 젊었을 적에 상당히 미남이었을 듯한 외모는 얼핏 시혁과 비슷한 듯도 했다. 하지만 표정만큼은 시혁과 질적으로 다른 듯 온화했다.

"빈말이라니, 그렇지 않아요."

"그래, 그래. 그런데 어째 피곤해 보이는구나."

태경은 임신 탓인지 푸석푸석해진 얼굴을 매만졌다. 처음에는 그저 기분 탓이라고 여겼지만…….

"방금 일어나서 그런가 봐요."

"건강은 괜찮으냐?"

"늘 같아요. 할아버님께서는 어떠세요?"

"나야 늘 좋지. 시혁이가 제 건강 챙기다 못해 내 건강도 시시콜콜 간섭하니 나빠지려고 해도 나빠질 수가 없더구나."

"아……."

흑백논리로 나누자면 시혁은 결코 좋은 남자라고 할 수 없지만, 좋은 손자인 것만은 분명했다. 아주 어렸을 때 어머니를 여의고 아버지도 금방 교통사고로 돌아가신 후에 거의 석용의 손에 키워지다시피 했으니 이해 못하는 바는 아니었다. 게다가 석용은 여느 재벌총수답지 않게 크게 성공하고도 인격적으로 무척 훌륭하다고 평판이 자자했다.

아들과 며느리보다 아내를 더 먼저 보낸 석용은 남자의 몸으로도 애정을 다해 시혁을 키웠고, 들은 이야기에 의하면 아무리 회사일이 바빠도 손자와 함께 저녁 식사 하는 일만은 거르지 않았다고 한다.

그 때문인지 사람들은 왕왕 시혁을 보며 석용에게 키워지고도 어떻게 저렇게 비틀릴 수 있을까 진지하게 궁금해 했다. 사실 시혁은 비틀렸다기보다 무뚝뚝한 편이었지만, 가끔 튀어나오는 냉소적인 면모나 거침없는 성격 때문에 그런 의문이 생기는 모양이었다.

"네, 시혁 씨가 참…… 좋은 손자죠."

"그렇지……."

그 후로 두 사람은 길게 침묵했다. 시혁의 약혼녀일 때는 석용과 대화하다 보면 서로 무슨 할 이야기가 그렇게 많은지 시간이 가는 줄도 몰랐지만, 지금은 어색하기만 했다.

"차, 드시겠어요?"

"아, 그럴까? 오랜만에 아가 네가 타 주는 차를 먹어 보자꾸나. 네가 차 하난 참 잘 끓이지."

태경은 아직도 자신을 '아가'라고 도탑게 불러주는 석용의 너스레에 작게 웃었다.

"그거 하나만요?"

그제야 석용의 얼굴에도 밝은 미소 꽃이 피어났다.

"그럴 리가. 차도 잘 끓인다, 이 말이지."

하지만 언뜻 부드러워진 공기는 그것으로 끝이었다. 두 사람은 태경이 차를 끓여 왔을 때도 여전히 데면데면했다.

차를 한 모금 맛본 석용은 어렵사리 먼저 입을 떼었다.

"음, 갑자기 찾아와서 미안하구나. 사실 삼 일 전쯤에 전화를 했는데 받질 않더구나. 그 후로는 이것저것 정신이 없기도 했고…… 결국 이렇게 연락도 없이 찾아오게 되었다."

삼 일 전쯤? 태경의 눈에 설마, 하는 빛이 스몄다.

"혹시 그날 아침 다섯시 반 정도에 전화한 분이……."

"아, 나다. 아침부터 전화한 것도 미안하구나. 죽을 날만 기다리고 있는 늙은이가 뭐 그리 바쁜지 아침에 일어날 때밖에 시간이 없어서 말이다."

"아…… 괜찮아요."

말은 그렇게 했지만 그다지 괜찮지 않았다. 그 전화벨이 울리는 동안 자신은 뭘 하고 있었던가. 그의 손자와 침대에서 얽혀 있지 않았던가.

"이혼……했다는 거, 들었다."

당혹스러움을 추스를 새도 없이 태경의 눈이 떨렸다.

별로 감춘 것은 아니었지만, 아무리 감추려고 해도 알 사람은 다 알 만한 사실이었다. 그럼에도 석용이 자신의 이혼 사실을 들었다는 것에는 초연할 수가 없었다.

"시혁이도 버리고 갔으면 잘 살아야지."

석용은 한숨을 토해 내듯 말했다.

"널 잡지 않은 시혁이가 후회할 정도로 잘 살 것이지……."

"죄송……해요."

"아니, 아니다. 죄송할 건 아니야. 다만 늙으니까 쓸데없는 생각만 많아져서 말이다. 네가 이혼했다는 걸 들었을 때, 나라도 시혁이를 다그쳐서 잡게 할 걸…… 그런 생각이 들더구나. 하긴 그래도 넌 행복하지 않았겠지만…… 늙은이 욕심에 그게 그랬다."

아뇨, 행복했을지도 몰라요. 진짜 사정이야 어쨌든 시혁 씨가 잡아주었다는 사실 하나로도 전 파혼하자는 말을 주워 담았을 거예요. 아마 그랬겠죠.

"이미 고리짝 시절처럼 멀어진 과거, 더 이상 꺼내고 싶지 않겠지만…… 이미 오래전에 헤어진 전 약혼자의 사정 따위 듣고 싶지 않겠지만…… 부디 이 할애비와의 옛정을 봐서 조금만 이야기를 들어 줄 수 있겠느냐?"

태경은 두 번 생각할 것도 없이 고개를 끄덕였다. 석용이야 모르겠지만, 그의 이야기라면 무엇이든지 듣고 싶었다.

"말씀하세요."

"고맙구나. 어쨌든…… 너희 둘이 파혼했을 때, 시혁이를 붙들고 물었지. 그렇게 순순히 보내줄 정도로 이 할애비가 정해준 아가씨가 마음에 들지 않았냐고."

태경은 그가 뭐라고 대답했을지 상상만 해도 심장이 깨질 것만 같았다.

"시혁이는 그러더구나. 할아버지가 정해준 여자인 것은 그것만으로도 좋지만, 자신의 아내로 차민영은 절대 아니라고. 그 대답에 가슴이 다 철렁했지."

뜬금없이 그 무슨 동문서답인가.

"예? 차민영……이요?"

어디선가 들어 본 것도 같지만, 태경에게는 생소한 이름이었다. 하지만 석용은 눈이 내린 듯 희끗희끗한 머리카락을 쓸어 넘길 뿐, 잠시 말이 없었다. 그는 차민영이 누구인지 아주 잘 알고 있는 듯했다.

"잠시 다른 이야기를 할까? 아가, 혹시 시혁이의 손을 만져 본 적이 있어?"

"예? 아, 네."

태경은 갑작스러운 질문의 의미를 이해할 수 없었지만 일단 대답했다.

"어떻든?"

"차가웠어요."

"무서울 정도로 차갑지 않던?"

"예, 좀."

석용은 고개를 주억였다.

"아는지 모르겠지만, 시혁이는 손을 오래 쓰지 못해."

전혀 모르던 사실이었다. 기실 시혁이 자주 손을 쥐었다 폈다 하는 모습을 보긴 했지만, 특별한 의미가 있는 행동이라고 여기지는 않았다.

"장애 같은 건 아니야. 일상생활에 지장이 올 정도는 아니거든. 다만…… 오랫동안 손을 쓰고 나면 새하얗게 질려서 뻣뻣해지곤 해. 그래서 손을 오래 쓰고 나면 계속 손을 매만지거나 쥐었다 폈다 하는 걸 볼 수 있지. 왜 그럴까?"

"모르겠어요."

"간단해. 피가 잘 통하지 않으니까."

그렇지만 석용의 표정을 보아하니 간단히 치부해 버릴 만한 문제가 아닌 것 같았다.

"녀석의 어미…… 그러니까 내 며늘아기가 오래전에 죽은 건 알고 있지?"

이야기는 또 뜬금없는 화제로 넘어갔다.

"예."

태경이 알기로 윤가(家)와 비슷한 집안 출신이었던 시혁의 어머니는 그가 여덟 살 때 병사했다. 그리고 그의 아버지는 그로부터 2년 후에 교통사고를 당해 비명횡사했다. 그건 H&J에 관한 신문기사만 봐도 잘 알 수 있는 사실이었다.

석용은 이미 시작한 이야기, 빠르게 끝을 보려는 듯 길게 뜸들이지 않고 말했다.

"다들 병사(病死)한 걸로 알고 있지만, 자살이었단다."

태경의 눈이 튀어나올 듯 크게 뜨였다. 그야말로 금시초문이었다. 석용의 표정은 침통했다.

"필사적으로 매스컴을 막고 쉬쉬한 이야기라 아는 사람이 거의 없지만, 제 손으로 손목을 긋고 죽었어. 내가 잠시 시혁이를 데리고 응급실에 다녀온 틈에. 그때는 시혁이만을 생각하느라 광기에 빠진 며늘아기를 혼자 두면 안 된다는 생각도 할 새가 없었거든."

시혁을 데리고 응급실에? 태경의 눈에 의문이 피어났다.

"시혁이가 숨을 쉬지 않아서 말이다."

갈수록 충격적인 이야기뿐이었다.

"처음부터 찬찬히 이야기해 주마. 예전에는 좋지 않은 이야기, 굳이 할 필요가 있나 싶어 본의 아니게 숨겨왔지만……."

석용은 한숨을 '후우―' 길고 진하게 내쉬며 다시 한 번 머리를 쓸어 올렸다.

"너도 알고 있겠지만, 내 첫째 아들 녀석…… 그러니까 시혁이 애비지. 내 첫째 아들 녀석은 망나니였어. 정말 어떻게 할 길이 없는 개망나니였지. 오죽 이리저리 씨앗을 뿌리고 다녔으면 시혁이 이복형제가 다섯이나 되겠어. 정말…… 그런 놈이 내 씨에서 태어났다는 걸 믿고 싶지가 않더구나."

그 또한 태경 역시 잘 알고 있을 만큼 유명한 이야기였다. 시혁의 아버지는 일단 그가 떴다 하면 모두 딸을 숨기느라 급급할 정도로 엄청난 바람둥이였고, 성격적으로도 재벌 2세라기보다 건달이었다. 돈으로 좌지우지되는 자본주의의 사회가 낳은 재벌의 대표적인 폐해였다고 해야 할까.

"그런데 하필이면 시혁이 어미 성격이 좀…… 뭐랄까, 혼자 끙끙 앓는 스타일이었어. 나쁘게 말하면 줏대가 없었지."

그 대목에서 태경의 심장이 덜컥 내려앉았다. 이거야말로 정말 도둑이 제 발 저린다는 걸까.

"아들놈이 이리저리 물건 휘두르고 다녀도 말 한마디 못하고 그저 방에 박혀 울 뿐이지 않나, 양육비를 달라는 여자가 찾아와도 반박 한번 제대로 못하질 않나…… 한 번은 용기 내어 시혁이 애비에게 뭐라고 해도, 시혁이 애비가 소리라도 치면 아주 기가 팍 죽어 버렸어. 하긴 이 애비 말도 우습게 알던 녀석이었으니 시혁이 어미가 뭘 어쨌겠어."

태경은 양손을 깍지 껴 꾸욱 쥐었다.

"그렇게 원한이 차곡차곡 쌓여 가는가 싶더니, 모두 집을 비운 날 일이 터졌어. 그날은 집에 시혁이랑 시혁이 어미밖에 없었지. 아들놈은 또 어디론가 사라져 버리고 난 늦게야 회사에서 돌아왔는데, 2층에서 이상한 소리가 들려서 올라가 봤더니……."

석용은 그때 일을 생각만 해도 원통함이 치미는지 이를 악물었다. 그러자 태경은 발목을 서늘하게 감싸 오는 불안감의 사슬에 휘감겨 갔다. 이내 석용의 입이 서서히 열리기 시작했다.

제9장

"시혁이 어미가 시혁이 목을 조르고 있더구나."

"세상에……!"

태경은 손으로 왈칵 입을 막았다. 하지만 석용은 멈추지 않았다.

"시혁아, 같이 죽자. 먼저 가 있으렴. 엄마도 곧 따라가마. 이 울분 터지는 세상, 더 살아서 뭐 하겠니. 너와 내가 죽어 없어 봐야 네 아버지가 정신을 차리지. 하긴 그때는 늦겠지만…… 그렇게 실성한 것처럼 중얼거리면서 말이다."

석용은 그때 시혁의 어머니가 멍하니 중얼거리던 말을 한 글자도 빠짐없이 기억하고 있는 듯했다.

태경은 전해 듣는 것만으로도 오래전에 죽어 없어진 그녀의 광기가 느껴지는 듯해 참을 수 없는 소름이 돋았다.

"지금이야 누구도 건들지 못할 것 같지만, 그때 시혁이는 고작 여덟 살이었어. 여덟 살짜리가 어떻게 실성한 사람 힘에 당했겠어. 한참 발버둥 치다가 힘이 빠졌는지 그냥 축 늘어져 있었지. 내가 깜짝 놀라서 며늘아기를 쳐냈지만 시혁이는 이미 숨이 없더구나. 심장도 뛰질 않았어."

사람이 죽음의 사선을 넘나들고 나면 성격이 아예 바뀌어 버린다는 이야기가 있다. 상황이 어땠는가에 따라 다소의 차이는 있겠지만, 눈에 살기가 스미고 세상을 등진 것처럼 말이 없어진다고 한다. 그런 식으로 보자면, 현재 시혁은 그 이론에 부합했다.

"그때 내가 어찌나 놀랐는지…… 며늘아기는 본척만척 시혁이를 안고 당장 응급실로 달려갔어. 시혁이를 살려야 한다는 생각밖에 없었거든."

이야기는 잠시 거기서 휴식을 가졌다.

"근데 말이다, 그냥 목을 조른 것도 아니고 시혁이 손으로 제 목을 조르게 했더구나. 이렇게."

석용은 교차한 손으로 자신의 목을 조르는 듯한 몸짓을 해 보였다.

"내 며늘아기는 그때마저도 꼭 제 성격대로 행동한 거지. 남 탓만 하는 성격. 아들을 제 손으로 죽이려는 건 자기도 끔찍했는지 어땠는지, 저승에서 패륜에 대한 대가를 피해 보려고 한 건지, 시혁이 손을 잡고 조르고 있었어. 그런데 어찌나 독하게 졸랐던지……"

석용의 손이 서서히 아래로 떨어져 내렸다.

"눌린 시혁이의 손은 피가 통하지 않아서 창백하게 질려 있었단다."

태경은 양손으로 입가를 감싸 쥐었다.

보통 재벌가는 부패와 타락, 비리와 패륜의 온상이라지만 정말 믿을 수가 없었다. 물론 석용과 시혁을 보면 알 수 있듯 모든 재벌이 다 그런 것은 아니지만, 그 어떤 일에도 상처받지 않고 자랐을 듯한 시혁이 그런 상처를 품고 세상과 마주하고 있었다니.

"다행히 시혁이는 곧 숨을 쉬기 시작했지. 하지만 그 후로…… 시혁이 손에는 피가 잘 통하지 않게 되었어. 이것저것 찜질도 해 보고 마사지도 받아 보게 했지만, 그대로였어. 아마 그건 심리적인 요인 때문이었겠지."

한 번도 그의 차가운 손에 특별한 사정이 있을 거라고는 생각해 보지 않았다. 손의 온도쯤이야 얼마든지 개인차로 치부해 버릴 수 있는 것이었고, 그 역시 그다지 불편하지 않은 듯했기 때문이었다.

불현듯 태경은 시혁의 손에 처음 닿았을 때, 그가 지독하게 냉소적인 얼굴로 자주 시체 같다는 소리를 듣는다고 말했던 기억을 떠올렸다. 그리고 소문내기 좋아하는 호사꾼들이 속살거렸던 말도. 그들은 병사한 시혁의 어머니가 남긴 원한(怨恨) 때문에 시혁의 아버지가 2년을 못 채우고 비명횡사했다고 입을 놀려댔다.

초현실적인 것을 맹신하는 편은 아니지만, 그것은 사실일지도 몰랐다.

"시혁이, 처음에는 넥타이도 끔찍하게 기피했지."

태경이 잠시 생각을 정리하게 두었던 석용은 다시 말했다.

"목을 조르는 것이라면 무엇이든지 싫어했어. 그런데 어느 날부터 이 녀석이 넥타이를 하기 시작한 거야. 창백하게 질려서 식은땀을 흥건하게 흘리면서도 결코 벗지 않았어. 내가 넥타이쯤이야 상관없다고 말려도 요지부동이었지. 그리고 녀석은 극복해냈어. 자신의 목을 졸랐던 엄마의 망령(亡靈)을."

석용의 손자는 그런 남자였다.

아들과 손자, 같은 자신의 씨에서 나온 두 사람이 어쩜 이렇게 판이하게 다를까 궁금할 정도로 시혁은 그의 아버지와 달랐다.

넥타이를 맬 때마다 엄마의 망령이 느껴질 텐데도 넥타이를 더 꽉 매면 맸지 결코 포기하지 않았다. 강인한 눈에 눈물이 핑 돌아도, 곧 죽을 것처럼 창백하게 질려도, 자신을 괴롭히는 망령을 보란 듯이 떨쳐내 주겠다고 말하는 것처럼. 그리고 결국 이제 넥타이쯤이야 아무렇지도 않게 맬 수 있게 되었다. 다만 차가워진 손만은 그로서도 어쩔 수 없을 따름이었다.

"그때 난 시혁이에게 내 모든 것을 물려주자 마음먹었단다. 인자한 할아버지인 척해도 사업가의 본성은 어찌할 수가 없는지, 이 녀석이야말로 내가 쌓아 놓은 모든 것을 인계받을 자질이 있다고 확신했어. 그리고 그 눈은 틀리지 않았지. 내가 해준 것이라고는 녀석이 골육상쟁의 피를 보지 않도록 다른 형제와 사촌들을 막아 버린 것뿐, 나머지는 모두 시혁이의 힘이니까."

태경은 눈앞이 일그러졌다. 금세 뜨겁게 치밀어 오른 무언가가 눈에서 후두둑 떨어져 내리고, 콧속이 먹먹해졌다. 그에 태경은 눈까지 왈칵 감싸 쥐었다.

"그는 상처 따위 없을 거라고 생각했어요."

울음기가 잔뜩 배어나는 목소리에, 담담하게 앉은 석용은 쓰게 웃었다.

"상처가 없는 사람은 없단다. 그걸 극복했느냐 극복하지 못했느냐가 다를 뿐이야."

그리고 석용은 충격적인 말을 덧붙였다.

"그런 시혁이 어미 이름이 차민영이었단다."

태경은 머리를 거세게 얻어맞은 듯했다. 모든 움직임이 우뚝 멎고, 눈물마저 흐르는지 이미 메말라 버렸는지 느껴지지 않았다. 그러고 보니 어디선가 들어 본 것 같았는데, 차민영은 시혁과 약혼할 당시부터 세상에 존재하지 않았던 미래의 시어머니 이름이었다.

"사실 너를 손자며느릿감으로 점찍었을 때, 내 며늘아기가 생각나 불안하지 않은 것만은 아니었지만…… 아, 그렇다고 아가 네가 내 며늘아기랑 비슷하다는 건 아니야. 내 며늘아기는 좀 철이 없는 편이었지. 워낙 집안어른들이 오냐오냐 키워서 그런지 당연히 세상 모든 게 제 뜻대로 될 줄 알았거든. 엄격하게 자란 넌 다르다고 판단했단다. 그런데……."

뒷말은 듣고 싶지 않았다. 무슨 말이 나올지 충분히 예상할 수 있었다. 하지만 태경은 들어야만 한다고 마음을 다잡았다.

"……시혁이 눈에는 그렇지 않았던 것 같더구나."

태경은 비탄 어린 신음을 터트렸다.

"이제 와서 이런 말을 해 봤자 다 무슨 소용이 있겠느냐만…… 네 기분만 나쁘게 할 뿐이겠지만…… 아가, 너도 사실 기(氣)가 좀

약한 편인데다가 자기주장이 별로 없어서 그런지 시혁이는 바로 제 어미를 떠올린 모양이야. 사실 이해 못하는 바는 아니다. 시혁이가 여자를 보는 기준은 제 어미와 같은가 아닌가, 이 두 가지니까."

그건 시혁이 아직도 엄마의 망령에 사로잡혀 있다는 것과는 조금 다른 이야기였다. 단지 그는 같은 우(愚)를 또다시 범하고 싶지 않을 따름이었다.

시혁과 그의 아버지는 질적으로 다르니 전제조건부터 틀리긴 하지만, 그는 세상의 더러움으로부터 차단된 온실에서 고이 키워진 난(蘭) 같은 여자는 질색이었다. 그렇다고 황무지에서 거친 바람을 맞으며 피어나 뾰족한 가시로 점철된 선인장을 바라는 건 아니었다. 하지만 조금만 세게 쥐어도 홱 꺾여 버리는 인공 난(蘭)은 아무리 보기에 좋다고 해도 결단코 아니었다. 그리고 그는 석용이 물려준 H&J를 이끄는 입장이니, 그런 그의 곁에 설 여자는 결코 우유부단해서는 안 되었다. 그렇게 치면 그 역시 골수까지 사업가인 셈이었다.

"다 끝난 이야기이니 이제 와서야 하는 말이지만, 그래서 시혁이는 널 마음에 두지 않으려고 하더구나. 하지만 말이다……."

어느덧 태경의 곁에 다가와 앉은 석용은 그녀의 손을 잡았다. 그리고 칠십이 넘은 나이에도 굵직하고 힘 있는 손안에 그녀의 작은 손을 가두고, 도탑게 쓰다듬어 주었다.

"시혁이는 널 싫어하지 않았단다."

태경은 어떻게 반응해야 할지 알 수가 없었다. 그가 자신을 좋아하지 않았다는 것만은 그 누가 봐도 명확한데, 이렇게 단언하는 석용을 보니 선뜻 부정하기가 힘들었다.

"그 녀석이 그래 봬도 내 손자야. 이 할애비가 손자 녀석의 마음도 모르겠느냐? 너랑 한 달에 한 번 함께 먹는 저녁 식사도 내 명령에 어쩔 수 없이 따르는 것처럼 굴었지만, 시혁이가 약속을 취소한 적은 없잖느냐. 아무리 일이 바빠도 그 일만큼은 뒤로 미루지 않았어."

그건 확실히 사실이었다. 태경이 약속 장소로 가는 길에 차가 막히거나 피차 어쩔 수 없는 일이 생겨 늦어 버리면 뒤도 안 돌아보고 가 버리곤 했지만, 먼저 약속을 취소한 적은 없었다. 단 한 번도.

"하지만 시혁이가 결코 입으로 마음을 표현하는 녀석은 아니지. 외형이 그럴 듯하면 뭐 하나 그래. 그래서 네가 떠났을 때야 좀 더 표현할 줄 아는 남자로 키울 것을 하고 후회했는데……. 아무래도 여자들이 좋아하기에는 좀 무서운 타입이지."

태경은 가슴이 답답해서, 미치도록 답답해서 폐라도 토해 낼 듯 깊은 탄식을 내뱉었다. 석용의 손을 맞잡은 손에 저절로 힘이 들어갔다.

"아니에요, 그게 아니…… 그게 아니었어요……."

말하지 마, 윤태경. 말해 봤자 달라지는 건 없어. 오히려 누가 될 거야. 여기서 그만둬.

태경은 속으로 간절히 외쳤지만, 머리와 입은 이미 따로 놀고 있었다. 게다가 눈물을 욱욱 씹어 삼키려는 태경이 안쓰러웠던지,

석용이 그녀의 머리를 어깨에 기대게 해주자 말이 거의 터져 나오듯 세상 빛을 보았다.

"전…… 시혁 씨를 사랑했어요……."

단 한 번도 입 밖으로 내어 본 적 없는 말. 언젠가는 꼭 해 보길 바랐던 말. 이렇게 세상 빛을 보게 될 줄이야.

석용의 어깨가 돌덩이처럼 딱딱하게 굳었다.

"지금 뭐라고……."

"뭐라고…… 뭐라고 생각하실지 모르겠지만, 전 무서웠어요. 네, 무서웠던…… 것 같아요. 시혁 씨가 언젠가 파혼하자고 말할까 봐 무서웠어요."

"그게 무슨…… 이해하기 힘들구나."

"시혁 씨는 저를 좋아하지 않았으니까요. 그런 채로 결혼하고 싶지는 않았어요. 그래서…… 그래서…… 먼저 떠나려고 한 거였어요."

태경은 눈물에 얼룩진 얼굴을 보여주지 않으려는 듯 쉴 새 없이 흐르는 액체를 닦고 또 닦아 내며 고백했다. 그러자 심각하게 우뚝 굳어 있던 석용은 일단 이럴 게 아니다 싶어졌는지 휴지 몇 장을 뽑아내 그녀에게 전해주었다.

태경은 휴지에 얼굴을 묻고 더욱 크게 울었다.

"죄송, 죄송해요. 죄송해요."

석용은 태경의 어깨를 감싸고 연신 도닥거렸다.

"아니, 죄송할 일이 아니래도. 일단 진정하려무나."

누군가에게라도 가슴에 두껍게 쌓인 감정을 토로하고 싶었던 걸까. 나비날개처럼 얇은 휴지조각을 담뿍 적시는 눈물이 끊이질 않았다.

"물어볼 게 있구나."

족히 5분에서 10분 정도가 흐른 후에 겨우 태경의 울음이 잦아들자, 석용은 심각한 표정으로 운을 띄웠다.

"다른 건 다 그렇다 치고, 시혁이를 사랑했다면……."

왠지 죄스러운 기분에 태경의 고개는 점차 바닥을 향했다. 누군가를 사랑하는 건 결코 죄가 아님에도.

"아가, 넌 왜 그렇게 시혁이를 무서워한 거냐?"

"네?"

알 수 없는 질문에 태경의 고개가 솟구쳐 올랐다. 시야에 비춰오는 석용의 표정은 여전히 심각했다.

"내가 보기에도 넌 좀 과하게 시혁이를 무서워했지. 굳이 저렇게까지 무서워할 필요가 있나 싶을 정도였어. 알고 보면 얼마나 귀여운 녀석인데!"

태경은 순간 상황도 잊고 애매모호하게 웃었다.

정말 진정한 강자는 석용이 아닐까. 시혁을 귀엽다고 말할 수 있는 사람은 이 세상 어느 천지를 둘러봐도 그밖에 없으리라.

"아마 시혁 씨를 귀엽다고 말할 수 있는 분은 할아버님이 유일할 거예요."

태경이 눈물자국 가득한 얼굴로 어렴풋이 웃자, 석용의 얼굴에도 다시 웃음이 피어났다.

"아무래도 그건 그렇겠지. 어쨌든 그럼 아가 넌, 시혁이를 사랑하면서도 떠났단 말이냐?"

태경은 다시 어두워진 얼굴로 고개를 끄덕였다.

"시혁이가 한 번 한 약속을 뒤엎을 만한 사람이 아니라는 걸 믿지 못했느냐?"

순수한 질문일 뿐, 전혀 질책은 아니었지만 태경은 그 말이 심장을 채찍질하는 듯했다.

"하긴, 그렇다 해도 여자 마음이라는 게 사랑받는다는 확신이 없이는 참으로 힘들었겠지……."

석용은 통한하듯 자조했다.

"그래서 택한 것이 하필…… 진석이었느냐?"

조금 메마르는가 싶던 눈물이 다시 울렁울렁 차올랐다. 마치 폐 안에 가득 차 있는 통한을 모두 드러내려는 듯이 짙은 탄식이 터져 나오고, 석용을 바라볼 엄두가 나지 않아 참담하게 눈을 내리감자 굵은 눈물방울이 하염없이 떨어져 내렸다.

"시혁이의 친구만 아니었더라도…… 전혀 상관없는 남자기만 했더라도……."

석용은 인간의 힘으로는 어쩔 수 없는 일에 당면한 듯 한숨바람과 함께 몇 번이고 자신의 무릎을 내리쳤다.

시혁에게서 도망쳐 나와 하필이면 결혼상대로 그의 친구를 택했을 때, 태경은 두려웠다. 그 누가 두렵지 않았을까마는, 그토록 자신을 애지중지해 주었던 석용이 어떤 생각을 할지…… 시혁이 얼마나 모멸감과 혐오를 가질지…… 그다지 풍부하지 않은 상상력이 폭주하는 바람에 잠도 제대로 잘 수 없을 정도였다. 하지만 그건 태경 나름대로의 배수진이었다.

도피처가 그의 친구쯤 되는 최악의 상대가 아니라면, 자신은 언젠가 꼭 시혁에게 돌아가고 싶어질 테니까.

애초에 그런 마음을 차단하고자 일부러 그의 친구를 선택했다. 사실 시혁과 헤어진 당시에는 누구라도 좋긴 했지만, 마음을 독하게 먹을 수 있는 배수진이 필요했었다.

강이나 바다를 등지고 치는 진(陣), 배수진. 그러니 물러날 길이 없어야 마땅한데, 하필 도저히 건널 수 없을 듯한 바다 너머에는 시혁이 있었다. 때문에 태경은 몸뚱이 하나로 헤엄쳐서라도 그 바다를 건너고 싶어진 것이었다. 그 결과가 현재였다.

"변명으로 들리시겠지만, 아니…… 변명이지만……."

태경은 꽉 잠겨서 자칫 잘못하면 꺽꺽 거북이 우는 듯한 소리가 새어져 나올 것 같은 목소리를 가까스로 흘려내었다.

"전 제 의지가 그다지 강하지 않다는 걸 알았어요. 한순간에는 모질게 선택을 해도 곧 흔들릴 거라는 걸 알았죠. 하지만 그러면 안 되는 거잖아요. 인간이 그럴 수는…… 없는 거잖아요."

태경은 여러 번 같은 말을 반복하는지도 모르고 거칠게 이마를 감싸 쥐었다. 손안에 감싸이는 이마는 신열이 오른 듯 뜨끈뜨끈했다.

"분명히 다시 시혁 씨에게 돌아가고 싶어질 테니까, 돌아갈 수 없는 상황을 만들어야 한다고 생각했어요. 그래서 진석 씨가 청혼해 주었을 때…… 아, 이 사람하고 결혼하면 절대 시혁 씨에게 돌아갈 수 없겠구나, 하고 생각했죠. 그래서…… 그래서……."

"어리석긴, 너무 어리석었어."

"네, 어리석었어요. 정말, 정말 어리석었어요. 그때는 그게 어떤 죄인 줄도 모르고, 어떤 대가를 치러야 하는지도 생각하지 않고…… 바보였어요."

석용은 수심의 그림자가 그득 드리워진 태경의 얼굴을 보았다.

벌써 6년 전인가, 아직 결혼 생각이 없다는 손자를 끌고 나간 요정(料亭)에서 만난 태경은 흠잡을 데가 없는 아가씨였다. 미소나 기(氣) 따위가 조금은 유약한가 싶었지만, 온몸에 망토처럼 둘러진 정숙한 분위기나 꼿꼿한 자세, 실크처럼 부드러운 인품이 석용의 마음에 쏙 들었다. 그리고 거대한 협곡처럼 위압적이고 강철처럼 딱딱한 손자에게는 이런 다정한 아가씨가 딱 어울린다고 확신했다. 다행히 그 당시 태경의 뺨에 언뜻 괴색이 떠오르는 걸 보니 그녀도 시혁이 싫지만은 않은 듯했다.

그때 태경이 얼마나 고와 보였던가. 물론 서른두 살의 적지 않은 지금 나이에도 스무 살 꽃띠 처녀처럼 참 곱지만, 예전에는 흔적도 없던 어두운 그림자가 드리워진 얼굴이 석용의 가슴을 쓰리게 했다.

'얼마나 아팠으면.'

석용은 다시 입을 열었다.

"그렇게 독한 마음을 먹을 줄 알았다면 차라리 독하게 마음먹고 시혁이에게 부딪혀 보지 그랬느냐. 그러면 무슨 결론이 났어도 났을 텐데……."

태경은 짭짜름한 눈물에 퉁퉁 불어난 얼굴로 곧 사라질 듯 옅은 미소를 지어 보였다. 비록 말로 하지는 않았지만, 그 표정이 정말 그때는 왜 그렇게 하지 않았을까 하는 후회라는 걸 석용은 알 수 있었다. 하지만 사랑이라는 건 그 어떤 용감한 자도 소심하게 만들어 버리는 그런 것이 아닐까.

최악의 선택을 하면서도 태경은 일말의 희망을 버리고 싶지 않았던 걸지도 몰랐다. 만약 시혁에게 부딪혀 보았다가 정말로 절망하게 되면, 혹시나 하는 희망도 가질 수 없을 테니까.

인간은 희망을 먹고 사는 동물이다. 누구나 희망이 없다면 살아갈 수 없다. 그 어떤 희망도 없다면 아등바등 구차하게 살아남을 이유가 없으니까. 태경의 본능은 그 희망을 빼앗기고 싶지 않았던 것이리라.

"하지만 말이다."

석용은 뜬금없이 운을 띄웠다.

"난 아가, 네가 진석이와 결혼한 것에 대해서는 아무런 감정도 가지고 있지 않단다. 누가 들으면 늙은이 참 정신도 없구나, 하고 생각할지 모르지만, 거짓말이 아니야."

실로 의외였는지, 태경은 알 수 없다는 눈으로 그를 바라보았다.

"물론 처음에야 그렇게 안 봤는데 친구 사이를 이간질시키고, 모질다 싶었지만 시간이 지나니 그것도 회한으로만 남더구나. 시혁이가 별로 신경 쓰지 않아서였기도 했지만, 사교계 아가씨가 파혼을 했으니 아가, 네 집에서는 얼른 누구에게라도 보내고 싶었겠지. 친구의 약혼녀에게 청혼한 진석이도 진석이이긴 하다만……

진석이가 청혼한 걸 알고 네 집에서 얼른 가라고 등을 떠밀었겠지."

사실이긴 사실이었다.

태경이 좋은 자금줄이었던 시혁과 파혼을 하자, 대체 어떻게 해야 하나 끙끙 앓던 그녀의 집은 국회의원을 아버지로 둔 진석이 청혼을 하자마자 옳다구나 하고 무릎을 탁 쳤다. 일이 년도 아니고 사 년이나 지속해 오던 약혼을 파기한 태경이 더 괜찮은 집에 시집가기는 무리일 테니, 바라는 남자가 있을 때 얼른 처리해 버리자는 마음인 듯했다. 그래서 태경에게 과년한 처자가 더 생각할 것이 무엇 있느냐며 독단적으로 일을 처리해 버리려고 했다.

태경이 청혼에 대한 대답도 하지 않았건만 어느새 상견례 날짜가 잡히고 혼수가 오가며, 정작 당사자에게는 그 어떤 의견도 묻지 않았다. 행여 묻는다면 태경이 결혼하지 않겠다고 말하기라도 할까 봐 심히 두려워하는 눈치였다. 그때쯤에 이미 태경은 집에서 언제 터질지 모르는 시한폭탄이 되어 버린 모양이었다.

그렇게 태경이 기다, 아니다 확연하게 대답하지 않는 새에 결혼은 코앞으로 다가왔고, 태경은 아무런 말없이 웨딩드레스를 입었다. 애물단지 처리해 버리듯 등 떠밀려 하게 된 결혼이었지만, 침묵의 또 다른 의미는 긍정이었다.

그러니까 결국 선택은 자신이 한 것이었다. 집에서 멋대로 일을 진행했다고 해도 변명의 여지가 없었다.

태경은 씁쓸한 담즙을 단번에 삼킨 듯 쓰디쓴 얼굴로 말했다.

"할아버님께서는 언제나 절 좋게 봐 주시죠. 하지만 제가 저지른 죄는…….”

석용은 그런 말은 듣지 않겠다는 양 그녀의 말을 잘랐다.

“아들과 며늘아기가 죽고 난 그 아이들이 주지 못한 몫만큼 시혁이를 애정으로 키웠다. 어린아이들은 거울과 같다 하더냐? 시혁이도 그걸 알았는지 참 착한 손자가 되어 주었지. 고 녀석이 할아버지, 할아버지 하면서 쫓아오는 게 어찌나 사랑스러웠는지…….”

누가 들으면 무섭다 싶을 만큼 상상이 가지 않는 말이었지만, 두 사람의 과거를 회상하는 듯한 석용의 눈에 깃든 빛은 참으로 따스했다. 다정했고, 깊었으며, 파스텔 빛이 번져 나올 듯 부드러웠다.

그 눈빛만 보아도 석용이 시혁에게 느끼는 애정이 얼마나 깊은지, 태경은 알 수 있었다.

“팔불출이라고 해도 할 말이 없지만, 난 그런 시혁이가 그 누구보다 바른 사람으로 성장했다고 확신한단다. 아내가 될 한 여자에게 평생 종사하는 건 당연할 테고…… 그 녀석은 사랑을 알아.”

석용은 신 앞에 경건한 순결서원을 맹세한 사제처럼 고해성사하듯 말을 계속 했다.

“그래서 난 이 할애비 가는 마지막 길에 녀석이 사랑할 수 있을 만한 좋은 여자를 붙여 주고 싶었다. 네가 그런 여자라고 생각했지. 그리고 그 생각은 지금도 변함이 없어. 그러니 이 늙은이가 미련을 못 버리고 이렇게 널 다시 찾아온 거란다.”

태경은 입술을 꼭 깨물었다.

“전…… 좋은 여자가 아니에요, 전혀요……. 누차 실망시켜 드려서, 죄송해요."

무슨 일인지 석용은 껄껄 웃었다.

"그런 듯하더구나. 결국 시혁이를 떠났으니 말이다. 이제 좋은 여자는 아니지. 하지만 좋은 여자가 될 수 있지는 않겠느냐?"

"무슨…… 말씀이신지 모르겠어요."

문득 석용은 자리에서 일어서더니 고이 벗어두었던 중절모와 코트를 챙겨 들었다.

"오늘은 이 정도로 해두고 일이 있어서 먼저 가 봐야겠구나."

그 어떤 명확한 해답도 없이 석용과의 대화를 중단해야 한다는 게 태경은 섭섭했지만, 일방적인 궁금증 때문에 그를 잡아둘 수는 없는 노릇이었다. 모든 사업을 시혁에게 인계하고 물러났다 해도 여전히 석용을 찾는 사람은 많았고, 오른 자리의 특성상 석용은 죽는 날까지 바쁠 사람이기 때문이었다.

"조심해서 가셔야 해요."

태경은 그의 뒷모습을 배웅하고자 따라 나가며 인사했다. 그러자 중절모를 손에 들고 코트를 걸친 석용이 현관에서 그녀를 돌아보았다. 그리고 뜬금없이 말했다.

"언젠가 아가, 네가 내게 말한 적이 있지. 기억할지 모르겠구나."

"어떤 말이요?"

"너는 선택한다는 것이 무섭다고."

"아……."

그러고 보니 시혁의 약혼녀일 때 석용과 만나 평소처럼 이야기를 나누다가 문득 그런 이야기를 한 적이 있었다. 그때 석용은 무어라 대답했더라.

"그건 비단 아가, 너만 그런 게 아니라 이 세상 사람 모두가 그럴 거야. 하지만 인간은 언제나 선택을 시험받으며 살아가지. 그리고 인간은 선택해. 무엇이든지. 그게 언제나 옳지는 않아. 이 할애비가 선택한 거나 시혁이가 선택한 것도 마찬가지야. 그래서 자신의 선택이 옳지 않았다는 걸 깨닫게 되면 사람들은 후회라는 걸 하지. 하지만 말이다…… 옳지 않은 선택이 있다면, 옳은 선택도 있는 법이야."

태경은 묵묵히 그의 말을 경청했다.

"하지만 그 옳은 선택이 누구에게나 옳은 선택인 것만은 또 아니지. 결국 내가 하고 싶은 말은…… 그래, 세상 그 누구도 선택에 대해서 옳다, 옳지 않다 단언할 수는 없다…… 이거란다."

석용은 가만히 포개어진 태경의 손을 잡았다. 그리고 말하지 않은 무언가를 전해주려는 듯 한 번 강하게 잡았다.

"너의 선택이 꼭 잘못된 것이었을까?"

이내 태경의 손을 놓은 석용은 중절모를 꾹 눌러썼다.

"잘못되었다 해도, 얻은 것마저 없지는 않지 않느냐. 선택하는 법만큼은 배웠을 테니까."

그가 현관문을 열자, 겨울철 냉기 어린 복도의 싸한 기운이 밀려들어와 태경의 발목을 아스라이 감쌌다.

"이 할애비에게도, 시혁이에게도 다시 한 번만 기회를 주려무나."

"예……?"

누가 누구에게 기회를 달라는 것일까. 놀란 태경은 복도로 한 걸음 나선 석용을 바라보았다.

"만약 그럴 마음이 생긴다면, 삼 일 뒤 오전 열한 시에 시혁이와 처음 만났던 요정(料亭) 풍림(豊林)으로 오너라. 물론 오든지 오지 않든지 그건 전적으로 네 자유란다. 전혀 부담 가질 필요는 없어."

"할아버……."

태경은 다급히 석용을 잡고자 했다.

"선택하는 걸 두려워하지 말거라. 선택하지 않으려고 해도 세상은 결국 선택하게 만들고 마니까. Enjoy if can' t avoid, 피할 수 없다면 즐기라는 말도 있지 않느냐? 그럼 꼭 삼 일 뒤에 볼 수 있길 바라마. 이 할애비의 개인적인 욕심이지만."

부담 가지지 말라고 하고선 부담감이 느껴지는 말을 남긴 석용은 태경이 잡을 새도 없이 유유히 사라져 갔다. 그의 말을 빌리자면 죽을 날 얼마 남지 않은 늙은이가 빠르기도 참 빨랐다.

얼마 전까지만 해도 태경은 석용과 시혁이 외모 빼고는 그다지 닮은 구석이 없다고 생각했다. 외모로만 치면 시혁은 미디어를 통해 몇 번 본 적이 있는 그의 아버지보다 석용을 닮았지만, 성격은 천양지차였다.

석용이 부드러운 카리스마로 H&J를 세우고 교묘하게 사람을 부린다면, 시혁은 압도적인 카리스마로 H&J를 이끌고 단호하게 사람을 부렸다. 그뿐만이 아니었다. 석용은 언제나 미소를 잃지 않는 편이지만, 시혁은 그가 진심으로 웃으면 세상이 멸망할 거라는 이야기가 공공연하게 떠돌 정도였다. 증거로, 얼마 전에 그가 환희를 참을 수 없는 듯 웃었을 때 태경은 심장이 멎어 버리는 듯하지 않았던가. 다행히 언제나 그렇게 웃는 건 아닌 듯했지만.

어쨌든 피는 물보다 진하다고 하던가. 비교표를 만들어도 될 정도로 다른 두 남자였지만, 도대체 무슨 생각을 하고 있는지 알 수 없기로는 그야말로 똑같았다.

'삼 일 뒤 오전 열한 시에 처음 만났던 요정이라고?'

멀거니 앉은 태경은 허공을 바라보며 석용의 말을 곱씹었다.

'할아버님은 뭘 어쩌려고 그러시는 걸까?'

오늘은 도중에 이야기를 그만둘 수밖에 없으니 다시 정식으로 만나서 이야기해 보자고 하는 걸까? 하지만 왜? 그의 말대로 이미 고리짝 시절처럼 멀어진 과거의 일을 다시 꺼내 봤자 기운만 소모할 뿐인데.

'선택…….'

문득 그 단어가 태경의 복잡한 머릿속으로 파고들었다.

'선택하는 법만큼은 배웠다…….'

태경은 어느새 생긴 버릇대로 자신의 배를 감쌌다.

자신은 언제나 선택하길 의도적으로 피해 왔다. 선택하고 있다는 걸 모르고 있을 때도 무의식중에 분명히. 하지만 세상은 항상 선택을 하게 만들었고, 그 선택에 의해 파혼을 하고 결혼을 하고 이혼을 하고 그와 하룻밤을 보내고 결과적으로 그의 아이를 가졌다. 그리고 어떤 일이 있어도 그의 아이를 지키자고, 선택했다.

어쩔 수 없었다고 할지언정 해 온 선택들이 꼭 나쁜 결과만을 가지고 왔던가? 그건 아니었다. 꼭 최상이라고는 할 수 없지만, 결과만 놓고 보면 지주가 되어 줄 존재를 얻지 않았는가.

[시혁이는 널 싫어하지 않았단다.]

석용의 말이 섬광처럼 머릿속을 스쳤다.

'그가 쉬이 마음을 보여줄 남자던가?'

태경은 스스로에게 반문해 보았다.

'그가 마음 가는 대로 행동할 남자던가?'

또 한 번 반문했다.

'내가 파혼하자고 말했을 때, 그는 뭐라고 했었지?'

순순히 그러마라고 대답한 후에, 그는 분명 지나가듯 덧붙였다. 비록 그때 태경은 '그러지' 라는 그의 간결한 동의에 충격을 받아 제대로 듣지 못했지만.

[네가 선택한 거라면.]

그것이 끝이 아니었다. 그는 잠깐의 시간차를 둔 후에 이어 말했다.

[또 한 번 선택할 수 있을 테니.]

과거의 심해(深海) 속에 잠겨 있다가 수면 위로 떠오른 그 두 가지 말이 태경의 귓가를 윙윙 울려댔다.

'선택…… 무슨 선택을 말한 걸까? 그는 내가 선택하길 원했다는 걸까?'

너저분하게 흩어져 있던 천 피스짜리 퍼즐에서 몇 조각 남지 않은 퍼즐조각들이 척척 맞춰져 가듯, 생각이 깊어지고 깊어지던 그 순간이었다.

—Rrrrr Rrrrr.

갑자기 전화벨이 울리기 시작했다. 급작스럽게 울리는 소리에 움찔한 태경은 피로색이 짙은 눈으로 전화기를 돌아보았다.

—Rrrrr Rrrrr Rrrrr.

무슨 생각을 하는지 태경이 한참 동안 전화기를 주시하고 있는 새에도 벨소리가 히스테릭하게 울어댔다. 결국 태경은 옅게 한숨 지으며 수화기를 들어 올렸다.

"여보세요."

수화기를 귓가에 대며 인사하자마자, 사심이 그득 묻어나는 뾰족한 목소리가 들려왔다.

—이틀 뒤에 시간 좀 내렴.

날카로운 가시로 무장한 목소리의 주인공은 인사 한마디 없이 툭 본론부터 꺼내었다.

"어머니……."

태경은 한숨 같은 목소리를 흘렸다. 하지만 수화기 너머에서 들려오는 목소리는 전혀 누그러지지 않았다.

—어머니라고 부르지도 마라. 아직 울화통이 터져 죽겠으니까.

"……죄송해요."

—말만 죄송하면 뭐 하니? 그러니까 이틀 뒤에 시간 내.

태경은 설핏 불안해졌다. 그녀의 어머니가 이렇게 새치름하게 말할 때는 뭔가 꾸미고 있다는 것이었다. 게다가 말의 앞뒤 문맥을 맞춰 보았을 때 별로 생각하고 싶지 않은 일을 강요하려는 듯했다.

"무슨 일 있나요?"

—유진 그룹 신배훈 이사님 알지? 신 이사님 차남도 작년에 이혼했잖니.

태경은 숨통이 꽉 졸린 것 같은 느낌에 날숨조차 들이켜 쉬지 못했다. 그저 오장육부가 모든 활동을 멈춘 것처럼 피가 싸악 식고, 눈앞이 새까맣게 내려앉았다. 하지만 태경의 어머니는 그 침묵을 별스럽게 여기지 않고 조잘조잘 입을 놀려대었다.

—재산분배다 뭐다 해서 좀 불미스럽게 갈라서긴 했지만 이제 너한테 그 정도 자리면 감지덕지지. 내가 물밑 작업한다고 돈을 얼마나 썼는지 모르겠다. 제발 이런 일은 이번으로 그만하게 해주렴. 내가 언제 너한테 키워 준 돈을 갚으라고 했니, 별스러운 효도를 하라고 했니, 잘만 살아 달라고 하는 건데 그게 너한테는 그렇게 어려운 일이었니?

좀 속물적인 구석이 많긴 하지만 태경의 어머니도 세상의 여느 어머니와 크게 다르지 않았다. 금이야 옥이야 키운 딸이 잘 살아주길 바라는 마음은 모든 어머니가 그럴 터, 하지만 태경은 웃어야 할지 울어야 할지 감을 잡을 수가 없었다. 그에 자신이 시혁의 아이를 가졌다는 걸 알면 어머니가 어떤 반응을 할지, 그녀답지 않게 확 말해 볼까 하는 흉포한 생각이 들었다. 하지만 태경은 그저 한숨만을 내쉬었다.

아이는 무엇보다 지켜야 하는 존재이지, 한순간 울컥해서 아수라장으로 빠트릴 존재가 아니었다.

"어머니, 이제 그런 것은 원하지 않아요."

—뭐?

조금 한심스러워하는 듯한, 그리고 강경한 어조에 그녀의 어머니는 다소 놀란 눈치였다.

—너 말투가 그게 뭐니? 버릇없게! 그리고 지금 내가 네 뜻을 물은 건 줄 알아? 잔말 말고 이틀 뒤에…….

"그만하세요."

—…….

"제가 심려 끼쳐 드린 거, 알아요. 그래서 많이 속상하신 것도. 어떻게든 좋게 살아 주었으면 하는 어머니 마음을 제가 왜 모르겠어요. 하지만…… 이제 이건 아니잖아요. 저, 잘 살 거예요. 혼자서도 힘낼 거고…… 휩쓸리지 않을 거예요. 더 이상 예전처럼 살고 싶지 않아요."

—너…… 너!

태경의 어머니는 완전히 경악을 집어먹은 듯 파들파들 떨며 필사적으로 할 말을 찾았다. 하지만 딸과 목소리가 똑같은 다른 여자가 전화를 받고 있는 게 아닌가 하는 의심에 말은 목구멍에 쩍 눌어붙어 있을 뿐이었다.

"죄송해요. 화가 풀리신다면…… 나중에 전화주세요."

태경은 난생처음 일방적으로 전화를 끊었다. 그리고 달칵, 수화기를 내려놓자 탁한 집 안에 공기청정기를 틀어 놓은 듯 시원한 바람이 불어오는 것만 같았다. 막막한 가슴마저 뻥 뚫리는 듯했다.

속이 다 후련했다. 생각할 틈도 없이 나오는 대로 하고 만 말이었지만, 가슴에 있는 말을 잴 것 없이 내뱉고 보니 이게 이런 기분이구나 싶어졌다.

'가자. 그리고 확인하자. 비록 심장이 조각조각 부서지더라도, 그를 완전히 떠날 땐 떠나더라도, 내 손으로 끝을 내자. 내가 할아버님께 해줄 수 있는 유일한 일이기도 하니까.'

삼 일 뒤 오전 열한 시, 요정 풍림(豊林).

답은 한 가지뿐이었다.

제10장

석용은 진심으로 웃었다. 마치 세상을 다 가진 듯이, 학수고대해 오던 일이 이뤄진 사람인 듯, 고목처럼 주름진 얼굴이 활짝 펴 보일 정도로 함박웃음을 지었다. 그의 앞에는 전통한복을 맵시 있게 차려 입은 종업원의 안내를 받아 룸으로 온 태경이 서 있었다.

"그래, 왔구나. 올 줄 알았어. 올 줄 알았지."

강남의 땅값 비싼 곳에 자리한 요정 풍림은 대문부터 대궐인 듯 고아했고, 전통한옥처럼 잘 꾸며진 대청마루하며, 태경과 석용이 앉은 국실(菊室)은 아담한 실내로서 조용함과 은은함이 살아 있는 장소였다. 그야말로 중요한 접대나 조용한 대화를 나누기로는 최적이었다.

은연한 펄 빛이 섞인 검은색 대리석 탁자와 다리가 없는 일본식 의자, 의자 위에는 황금색 수가 놓인 붉은 방석이 고이 깔려 있었다.

"일단 자리에 앉자꾸나."

석용은 앉은 자리에서 일어나기까지 하며 태경에게 손짓했다. 그러자 세미 정장을 갖춰 입은 태경은 그의 맞은편 자리에 가지런히 무릎을 꿇고 앉았다.

"네가 시혁이와 처음 만났던 곳도 이 국실이었지. 일부러 이 자리를 달라고 했단다."

"주문하신 음식을 내올까요?"

그때, 개나리색 저고리와 진달래색 치마를 입은 종업원이 정중하고도 부드러운 어조로 물었다. 하는 질문을 보아하니, 석용이 이미 주문을 끝마쳐 둔 모양이었다.

"아, 그러시게나."

종업원은 살포시 눈을 내리깔고 목례로 인사한 후에 국실의 장지문을 닫았다.

"그래, 내가 아가 너더러 오늘 오라고 한 이유는……."

석용은 식전에 주문해 둔 차를 한 모금 마시고 나서 입을 떼었다. 그런데 가만히 보니 그가 마시고 있었던 건 녹차나 전통차가 아니라 이런 요정과는 어울리지 않게도 커피였다. 시혁의 성화에 커피를 입에서 뗀 지 오래되었으나 태경이 올지 안 올지 저도 모르게 긴장이 되어 한 잔쯤 마시기로 한 듯했다.

"아니, 그 전에 묻자꾸나."

"예."

석용은 눈에 진지한 빛을 담고 태경을 보았다.

"아가, 아직도 시혁이를 사랑하고 있느냐?"

태경은 선뜻 대답하지 않았다. 아니, 대답할 수 없다는 말이 맞았다.

정말 끝을 내자 싶어 이곳까지 오긴 했지만, 당당히 말할 용기가 나지 않았다. 물론 그를 사랑하는 마음은 당당했고 변함이 없었다. 하지만 이런 자신이 당당히 입 밖으로 내뱉어도 될 말이 아닌 듯했다.

"왜…… 대답하지 않느냐?"

석용은 불안해진 얼굴로 물었다. 태경은 무릎 위에 포갠 손을 아래로 꾹 내리눌렀다. 염치없어 보이지만, 그래도 그를 위해서 해줄 수 있는 마지막 일이니 솔직해지기로 했다.

"선뜻 대답하지 않아서 죄송해요. 하지만 그를 사랑하는 마음은 조금도 변함이 없어요. 다만 제가 해도 될 말이 아닌 것 같아서……."

석용은 다행이라는 듯 안도의 한숨을 내쉬었다.

"그 어떤 사랑도 말하는 것이 죄가 될 수는 없단다. 그런 쓸데없는 걱정은 말아라."

그 말만으로도 태경은 다 갚을 수 없는 은혜를 입은 듯 고마움이 밀려왔다.

"그러니까 널 부른 이유는……."

석용이 무어라 말하려는 찰나였다. 또 불쑥 훼방이 끼어들었으니, 그건 갑자기 울리기 시작한 그의 휴대폰 벨소리였다. 석용은 누구로부터 온 전화인지 잘 알고 있는 듯, 낭패라는 표정으로 얼른 휴대폰을 양복 안주머니에서 꺼내 들었다. 그리고 태경에게 잠시 기다리라며 손짓해 보이고 폴더를 열었다.

"그래, 왔느냐?"

태경도 전화상대가 누군지 알 것 같아 심장이 덜컥 내려앉았다.

"아아, 그래. 약속한 시간보다 빨리 도착했구나."

전화상대가 무어라 대답하자, 석용은 곤란한 표정을 지우고 껄껄 웃음을 터트렸다.

"원, 녀석도. 할아버지를 기다리게 할 수는 없었다니, 누가 들으면 효손 났다 싶겠구나. 예끼, 아부 떨어 봤자 이제는 물려줄 것도 없다."

석용은 평범한 할아버지가 평범한 손자를 대하듯 장난기 어린 질책을 내뱉었다. 그러자 또 전화상대가 뭐라 말했고, 석용은 온후한 표정으로 고개를 주억였다.

"그래, 올라오너라. 국실에 있다."

그렇게 짧은 대화를 마치고 전화를 끊은 석용은 다시 당황한 듯한 표정이 되었다.

"시혁이 이 녀석, 약속 시간을 칼같이 지키는 건 알아줬어야 했는데. 생각보다 빨리 도착했구나."

"시혁 씨가…… 오나요?"

"말하지 않아서 미안하구나. 다만 너희 둘 다 알아야 될 게 있는 것 같아서 말이다. 지금은 시간이 없으니 일단 일어서거라."

"네?"

영락없이 시혁을 마주해야 할 줄 알았던 태경은 석용이 자리에서 일어나 분주하게 굴자, 얼떨결에 의자에서 엉덩이를 들며 반문했다.

"어서. 녀석이 널 보면 말짱 도루묵이란 말이지. 이리 오거라."

석용은 태경의 핸드백과 코트를 손수 챙겨 들고 그녀의 손을 이끌었다. 그리고 옆방으로 이어지는 장지문을 드르륵 힘차게 열어젖히고 들어가라는 듯 태경의 등을 살짝 떠밀었다. 그에 태경은 옆방으로 통하는 경계선을 넘어갔다. 그러자 석용은 태경의 손에 코트와 핸드백을 쥐어 주고, 장지문을 닫으려는지 문에 손을 대었다.

"절대 있는 내색을 해서는 안 돼. 맹수 같은 녀석이니 숨소리만 크게 내도 누가 듣고 있다는 걸 눈치 챌지도 모르니까. 그러니 죽은 듯이 이야기만 듣고 있어라. 내가 나오라고 하기 전까지는. 알겠지?"

"아…… 예."

도무지 심중을 알 수가 없었지만, 석용이 하는 일이니 틀림은 없겠지 싶어진 태경은 고개를 끄덕였다. 그러자 석용은 착한 아이 칭찬하듯 따스하게 웃어 주었다.

"늙은이 꾀에는 음흉한 호랑이도 당할 수 없는 법이란다."

그 말을 마지막으로 장지문이 닫혔다. 행여 숨소리라도 새어 나갈까 아주 굳건히. 그러자 여린 숨결마저 감추려는 듯 적막한 어둠이 내려앉았다. 태경이 앉은 방에는 석용의 부탁으로 불을 켜지 않았기 때문이었다.

드르륵, 옆방에서 장지문 열리는 소리가 들려온 것은 태경이 모습을 감추고 약 2분여가 지났을 때쯤이었다.

"할아버지."

가만하고 그윽한 목소리가 장지문 틈새로 선명하게 스며들었다. 태경은 그 목소리만 들어도 그리움이 왈칵 치미는 듯해 눈을 질끈 감고 말았다.

"아, 왔느냐? 앉거…… 뭐 하는 거냐?"

태경은 보이지 않지만, 시혁을 마주하고 있는 석용이 그의 갑작스러운 행동이 의아해진 듯 물었다. 순간 태경은 설마 벌써 자신이 여기 있다는 걸 눈치 챘나 싶어 숨마저 멈추었다. 짧은 침묵에도 질식할 것만 같았다.

"커피 드시지 말라고 하지 않았습니까?"

다음 순간 들려온 그의 말에 태경은 큰 숨이 토해져 나오려는 걸 겨우겨우 삼켰다.

"이 할애비가 살면 얼마나 산다고 커피 한 잔 못 마시게 하는 게냐?"

"당뇨에 좋지 않습니다."

"허어! 거기 젊은 처자, 이 녀석 좀 보게나. 건방진 손자가 아닌가?"

마침 음식을 내오던 종업원이 시혁의 뒤를 따라 들어온 듯, 맛깔스러운 음식 냄새와 함께 여자의 작은 웃음소리가 들려왔다.

"할아버님을 생각하는 좋은 손자분이신 걸요."

굳이 얼굴을 보지 않아도, 여자의 목소리에서는 시혁을 향한 호감이 물씬 묻어났다. 그들과 격리되어 앉은 태경은 입술을 꾹 깨물었다.

단지 그의 외모에 호감을 보일 뿐이잖아.

하지만 그렇게 위로하기도 잠깐, 태경은 곧 자신 역시 그에게 첫눈에 반했다는 사실을 떠올렸다. 그에게 첫눈에 반했을 뿐인데 이렇게나 깊어지지 않았던가. 게다가 석용이 요정 풍림의 음식을 좋아하는 취향이 변하지 않는 한, 종업원이 일하길 그만두지 않는 한, 시혁과 종업원은 자주 마주칠 것이다.

태경은 병적인 상상력이 마구 날뛰는 것을 느끼고 그만하자 스스로를 타일렀다. 사실 설령 두 사람이 특별한 관계로 발전한다고 해도 자신은 어쩔 권리가 없었다.

"허어…… 허어! 세상에 이 할애비 편은 하나도 없구먼."

"말씀이라도 그렇게 하시는 거 아닙니다."

"녀석! 이젠 이 할애비를 가르치려 들어?"

심각한 어조는 아니었지만 석용이 정색하고 말하자, 시혁에게서 예상 밖의 말이 흘러나왔다.

"죄송합니다."

세상에, 그에게서 죄송하다는 말을 이렇게 쉽게 들을 수 있다니! 석용에게는 별일 아니겠지만 태경에게는 놀라움의 연속이었다.

"그래, 그래야지. 어쨌든 출출하지? 오늘 아침에 보니까 아침밥도 안 먹고 나가더니 아직까지 빈속이더냐?"

시혁은 아직 석용과 함께 살고 있었다. 그리고 두 남자 모두 아침이라기보다 새벽에 가까운 시간에 일어나 하루를 시작하기 때문에 생활 패턴 자체가 비슷했다. 모든 사업을 물려주고 뒷방으로 물러난 석용이야 아침에 더욱 치열한 시혁과 달리 느지막이 준비해서 느지막이 나가곤 하지만.

"어쩌다 보니 그렇게 됐습니다."

"녀석아, 건강이 달리 있는 게 아니야. 밥이 보약이라는 말이 괜히 있겠느냐? 본디 한국인이란 아침밥을 든든하게 먹어야 하는 법이다. 쯔쯔쯔…… 아침밥을 챙겨 줄 여자가 없어서 그러는 게냐?"

석용은 음흉하게도 그저 지나가듯 떠보는 말을 던졌다.

"아침밥이라면 창동 아주머니가 있지 않습니까?"

다행히 시혁은 그 말을 별다르게 여기지 않는 듯했다.

"창동댁이야 가정부고! 역시 며느리가 있어야 창동댁이랑 오순도순 아침밥도 차려 주고 분위기도 살고 하는 거지. 이거야 원, 우리 집에는 시커먼 남자 둘만 사니 공기마저 어둡지 않느냐."

"저와 사는 게 싫으십니까?"

"그럼 네 녀석은 좋으냐? 혼기를 꽉 채우다 못해 훌렁 넘겨 버리고 이 할애비와만 사는 게."

시혁이 피식 웃는 소리가 들려왔다.

"전 좋습니다."

"난 싫다. 시커먼 손자 녀석하고만 사는 게 뭐 좋을 게 있다고."

쪼르르륵, 석용의 말과 함께 물을 따르는 듯한 소리가 들려왔다.

"후…… 요즘은 네 할미의 방정맞은 웃음소리도 그리워. 지긋지긋할 때는 마녀의 웃음소리처럼 느껴지더니…… 그래서 한때는 이런 게 정(情)인가 보다 했는데, 네 할미가 죽고 나니 뒤늦게 알 것 같더구나. 네 할미를 사랑했었다는 걸. 처음에는 회사를 살리려고 아등바등하다가 정략결혼을 하는 바람에 사랑을 느낄 새도 없었는데, 한순간 확 잡아끄는 사랑이 있는가 하면 가랑비에 옷 젖는 줄 모르는 사랑도 있더구나. 하지만 그러면 뭘 하나…… 네 할미는 매정하게도 먼저 가 버렸는데. 뒤늦게야 사랑이었다고 깨달은 것에 대한 천형이지, 천형이야."

시혁이야 모르겠지만, 계획하는 바가 있는 석용은 하소연하듯 주절주절 한탄했다. 그러자 석용의 말이 끝날 때까지 과묵하게 듣고만 있던 시혁이 문득 말했다.

"많이 허기지시는 모양이군요. 갑자기 감성적이 되신 걸 보니."

순간 석용은 계획했던 바도 잊고, 전혀 낭만적이지 못한 손자를 향해 진심으로 불퉁한 불만을 터트렸다.

"이런 삭막한 녀석 같으니라고! 아주 산세베리아도 말려 죽일 것 같구나."

태경은 상황도 잊고 풋 웃지 않기 위해 부단히 노력해야 했다.

"밥부터 드시죠."

"또 콩, 두부, 야채, 이런 것만 주려고 하는 게지? 녀석아, 내가 염소냐?"

석용의 넉살에 태경은 자꾸만 잃고 있었던 웃음이 터져 나올 것 같았다. 그녀의 시할아버지가 될지도 몰랐던 그는 역시 사람을 웃게 만드는 재주가 있었다. 하지만 태경의 웃음은 오래가지 않았다. 갑자기 떠오른 회한 때문이었다.

한때는 당연하게 생각했었는데, 그의 아내가 되어 할아버님을 모시고 사는 걸.

"오늘은 어째 마음에 들지 않는 게 많으신 것 같군요."

시혁이 이제야 이상하다는 식으로 말하자, 석용은 그 말을 기다렸다는 듯 버럭 목청을 높였다.

"아! 그럼 뭐 마음에 들 게 있겠어! 내 사업을 물려받은 손자라는 놈이 결혼도 안 하고 치일피일 내 집에 엉덩이 문대고 있는데!"

사실 시혁과 석용이 살고 있는 집은 현재 시혁의 명의로 전환되어 있었지만, 석용이 젊었을 때 직접 지은 집이기 때문에 그의 집이라고 칭하는 것이었다.

"결혼을 해도 할아버지는 모시고 살 겁니다."

일단 결혼할 생각이 아예 없지는 않은 듯한 말에 태경은 웃어야 할지 울어야 할지 알 수 없었다.

"그럼 결혼할 생각은 있다는 말이냐?"

석용도 시혁의 말에 깔린 뜻을 눈치 챘는지 기대감 어린 어조를 숨기지 않고 물었다.

"……."

"아, 왜 말이 없어? 갑자기 꿀이라도 먹었어?"

"뭐라고 드릴 말이 없군요."

"할 생각이 있으면 있다, 없으면 없다, 그냥 말하면 될 것 아니냐? 평소에는 그러지 말라고 해도 딱 부러지던 녀석이 지금은 왜 이리 뜨뜻미지근해?"

"……."

사업가로 살아오며 참을성 하나는 타의 추종을 불허한다고 생각했는데, 그것도 상황이 상황다워야 통용되는 말인지 석용은 진심으로 분통이 터졌다.

"나, 참! 로딩 중인 게냐? 로딩 끝날 때까지 이 할애비가 기다려 줄까?"

태경은 온 힘을 다해 어금니를 깨물었다. 삐끗하는 순간 웃음이 터져 나갈 것만 같았다.

H&J의 총감독권이 석용에게서 시혁에게로 넘어가기 전, H&J가 적대적 인수합병(M&A)으로 전자기기 회사를 계열사로 흡수한 건 알고 있지만, 칠십 넘은 노인이 당연한 듯 전자용어를 내뱉으니 못 참게 재미있어졌다. 그건 시혁도 마찬가지인 듯했다. 그는 짧은 웃음을 숨기지 않았다.

"예, 로딩 중입니다."

태경은 그에게서도 이렇게 따듯한 목소리가 나올 수 있다는 게 놀라웠다.

"그럼 그 로딩은 언제 끝나는 게냐?"

"조만간."

태경의 입가에 작게 피어났던 웃음이 자취도 남기지 않고 사라졌다. 대신 입술이 진도 6도의 지진이라도 난 것처럼 파르르 떨려왔다.

조만간이라는 건…… 결혼할 여자가 있다는 건가?

태경은 발작적으로 정장 치마 속에 감춰진 아랫배를 감싸 쥐었다.

"시혁아."

석용은 진중해진 어조로 친애하는 손자를 불렀다.

"예."

놀랍게도, 시혁은 아직 약간 웃음기가 남아 있는 목소리로 대답했다.

"태경이가 이혼했다는 거, 들었겠지?"

태경의 심장이 쿵음 소리를 내며 내려앉는 동시에 긴 침묵이 철근처럼 무겁게 떨어져 내렸다.

아까 태경이 앉아 있던 자리에 앉은 시혁은 한참이 지나도 말이 없었다. 석용의 앞에서만 가끔 보여 주는 옅은 웃음은 이미 흔적도 없이 모습을 감추었고, 부하직원을 대할 때만큼이나 싸늘한 공기가 장막처럼 그를 휘감고 있었다. 그것이 마치 그를 무기질한 인형처럼 보이게 했다.

시혁이 말을 할 때까지 기다리려고 했던 석용은 결국 참지 못하고 다급하게 입을 열었다.

"아무렇지도 않느냐?"

그제야 시혁의 입술이 느릿느릿 열렸다.

"아무렇지 않으면 안 되는 일이었습니까?"

단연한 말에 석용은 순간 태경이 앉아 있는 방 쪽을 바라볼 뻔했지만, 이제 와서 일을 그르칠 수는 없었다. 석용은 돌아가려는 시선을 애써 시혁에게 고정했다.

"그래도 4년이나 네 약혼녀였잖느냐."

"의미 없는 시간은 아무리 길었어도 중요하지 않습니다."

석용은 탄식이 터져 나올 것만 같았다.

'이 녀석아! 태경이가 듣고 있단 말이다! 나 원, 둘만 있다고 생각하는 녀석에게 말 좀 가려서 하라고 할 수도 없고!'

그래도 손자의 이런 말을 예상치 못한 건 아니었기에 석용은 나직한 한숨을 내쉬었다.

"한 번도, 단 한 번도 그 아이를 사랑한 적이 없었느냐? 정으로라도 말이다."

시혁의 시선이 흘긋 석용을 향했다.

"그런 건 왜 물으시는 겁니까?"

"왜긴! 답답해서 그러지! 이 할애비가 확신하건대, 넌 절대 그 아이를 싫어하지만은 않았어. 안 그랬느냐?"

어차피 갈 데까지 가 봐야 하는 거, 석용은 직접적인 질문을 내던졌다. 그러자 시혁은 또 침묵하기 시작했다. 석용은 쯧쯧 혀를 내찼다.

보통 때는 손자의 남자다운 과묵함이 흐뭇했지만, 지금만큼은 이리 말이 없어서야 어느 여자가 좋아하겠는가 싶어져 징글징글했다.

"이 할애비가 정해준 아이라는 것만으로도 그랬겠지만, 그 이상이 분명 있었을 게야. 이 할애비를 속이려고 하지는 말아라. 넌 아무리 내 말이라도 싫어하는 여자를 약혼녀 자리에 앉힐 만한 녀석은 아니지. 내가 널 모르느냐? 확실히 대답해 보거라."

시혁은 비스듬하게 앉아 있던 자세를 고쳐 평소의 그답게 똑바로 앉았다. 하지만 아직도 침묵을 깨트리지는 않았다.

"이 할애비에게라도 솔직해져 봐. 침묵이 금이라지만, 때론 독이 되는 침묵도 있는 법이야. 그리고 이제 와서 새삼 내가 네 뜻에 반(反)하는 일이라도 하겠느냐? 다만, 이 할애비는 알고 싶을 뿐이다. 여태껏 아무리 물어도 대답해 주지 않았던 시혁이 네 본심을."

틀림없는 사실이기도 하지만 전적으로 네 편이라는 뉘앙스를 풍겼기 때문일까, 딱 닫혀 있던 시혁의 입이 '열려라! 참깨!' 주문을 들은 동굴 문처럼 서서히 열렸다. 석용은 무슨 대답이 나올까 싶어 저도 모르게 손자의 입을 빤히 바라보았다.

"사랑했습니다."

"그래, 사랑…… 뭐!"

손자의 입만 뚫어져라 주시하고 있었던 통에 충격적인 말을 그냥 무심히 흘리려던 석용은 순간 멈칫했다. 그리고 말 그대로 눈알을 튕겨낼 듯이 눈을 휘둥그레 떴다.

이건 정말 예상 밖의 상황 전개였다. 태경도 마찬가지일 터였다. 하지만 다행히 태경을 감추고 있는 문 너머에서는 아무런 소리도 들려오지 않았다. 그야말로 쥐죽은 듯한 정적.

"뭐, 뭐, 뭐라고?"

한참 후에야 석용은 정신없이 더듬으며 물었다.

"내가 지금 잘못 들은 게냐? 제대로 들은 거 맞아? 사랑했다고?"

"그리고 혐오했습니다."

석용은 크게 뜬 눈을 그대로 유지한 채 시혁을 주시했다. 하지만 시혁은 여전히 묵묵했다.

"그럼, 그게…… 그게 뭐냐…… 애증? 뭐, 요즘 하는 말로 애증이라고 하는 그런 거냐?"

"조금 다릅니다."

"……이 할애비가 알아들을 수 있게 좀 말해다오. 오랫동안 쉬어서 그런지 늙은 머리가 잘 돌아가질 않는구나."

시혁은 다시 잠시 침묵했다. 어떤 일에나 대담하고 과단성 있는 그답지 않게 잠깐 생각을 정리하는 듯.

"……첫눈에 반한다는 걸 믿으십니까?"

석용은 적잖이 놀랐지만 시혁이 언제라도 다시 입을 다물까 싶어 얼른 대답했다.

"아, 믿지. 물론 믿지. 왜 안 믿겠어? 이 할애비는 금세기 최대의 로맨티스트인데."

비록 좀 산만한 대답이었지만.

"그러고 보니 바로 이 방이었군요. 그 여자가 들어왔을 때, 숨이 멎는 것 같았습니다. 모르겠습니다, 왜 그랬는지는."

입술을 달싹이던 석용은 결국 그냥 다시 입을 다물어 버리고 말았다.

"하지만 말한 적 있다시피, 그 여자는 차민영과 같았습니다."

여덟 살, 응급실에서 돌아와 어머니의 시신을 본 후로부터 시혁은 결코 그녀를 어머니라고 부르지 않았다. 언제나 완전한 타인인 양 성과 이름을 꼬박꼬박 붙여 불렀다.

석용은 터져 나오려는 탄식을 억누르고 고개를 절레절레 내저었다.

"아니, 아니야. 태경이는 그렇게 어리석지 않았다."

사랑하는 사람에게 내쳐질 게 무서워 먼저 버려 버리고 다른 남자를 택한 건 충분히 어리석다 말할 수 있는 행동이었지만, 석용이 생각하기에 사람이라면 누구든지 실수를 하는 법이었다. 그리고 그것이 다시 되돌릴 수 없을 만큼 아주 치명적인 실수만 아니라면, 바로잡을 수 있었다. 아니, 석용은 그러길 바랐다.

"네 어미의 상황으로 비유해 보자면, 태경이는 아이를 위해서 살아갈 타입이지, 힘들다고 아이를 죽이려는 여자는 아니야. 물론 네가 네 아비와 같은 짓을 할 리가 없으니 그런 상황 자체가 있을 수 없겠지만, 내 생각은 그렇다."

시혁이 어렸을 때 석용은 결코 아들 부부에 대한 이야기를 입 밖으로 내지 않았다. 시혁에게도, 타인에게도. 시혁이 모든 사실을 알고 있다는 걸 알고 있긴 했지만, 굳이 꺼내서 좋을 거 없는 이야기를 할 필요가 없다고 생각한 까닭이었다. 그리고 아들 부부에 대한 일은 석용에게도 크나큰 상처였다.

비록 손자와 회사라는 '지켜야 할 것'이 남아 있어 무너질 수는 없었지만, 교통사고를 당한 아들이 푸줏간의 고기처럼 몇 조각의 단백질 덩어리로밖에 남지 않았을 때, H&J의 총수가 된 후로는 난생처음 눈물을 흘렸다.

통한과 비탄, 통곡, 슬픔, 회한이 뒤범벅된 눈물을 홀로 흘리며 이런 상처를 주고 만 세상을 저주했다. 그 후로도 오랫동안 그 일은 석용에게 있어 건드릴 수도 없고, 건드리지 않을 수도 없는 곪은 상처였다.

그런데 의외로 그 곪은 상처를 터트린 것은 어린 손자였다. 스스로 상처 입은 피부를 벗어 내고자 하는 손자의 모습이 석용에게도 용기를 준 것이었다.

어린 손자가 저토록 노력하는데, 상처받았다 슬퍼하며 주저앉아 있을 수는 없었다. 그래서 처음에는 꾸역꾸역 상처를 토해 내려 애썼고, 다음에는 불그스름한 상처 자국에 새살이 돋도록 노력했다.

그 결과, 이제는 담담하게 그때의 일을 말할 수 있게 되었다. 그때의 일은 더 이상 치료하지 않고 방치해 두어 썩어 문드러진 상처가 아니었다. 도톰한 살이 부풀어 오른 흉터에 불과했다.

"그건 저도 모르겠습니다."

시혁은 가만히 답했다.

"그럼 어딜 보고 네 어미와 같다는 것이냐?"

"그 여자는 선택할 줄 모릅니다. 게다가 그 여자가 뭐라도 요구하는 모습을 보신 적이 있습니까?"

석용은 미간을 찌푸리고 그런 일을 기억해 내보려 애썼다. 하지만 그러고 보니 태경이 뭐라고 요구하는 모습을 본 적이 전혀 없었다. 시혁의 질문에 무엇이라도 답해야 하는 이 순간에는 참 애석하게도.

"그거야…… 네가 좀 무서웠으니……."

하지만 우물쭈물 대답하는 석용도 잘 알고 있었다. 요구하지 않는다는 건 타인을 배려하는 행동으로 볼 수도 있지만, 그 어떤 요구도 없다는 건 오히려 타인을 더욱 피곤하게 만든다는 걸.

"저만을 두고 하는 이야기가 아닙니다. 하지만 무서워했다는 말도, 전 절 무서워하는 여자 따위 아내로 두고 싶지 않았습니다. 그건 지금도 마찬가집니다."

과거에도 현재에도, 그 생각은 변함이 없었다.

"그건 부하직원이 할 행동이지, 제 아내가 할 행동이 아닙니다."

석용은 애매모호하게 웃었다.

"그럼 좀 다정히 대해 주지 그랬느냐."

"처음에는 제 나름대로 그러려고 했습니다만, 그래도 벌벌 떠는 모습을 보니 그럴 마음이 싹 가시더군요."

석용은 황당하다는 듯 '헛!' 하는 소리를 터트렸다.

"그러려고 하긴 뭘 그러려고 해! 이 할애비가 봐도 평소보다 더 딱딱하던데!"

우레와 같은 질책에도 시혁의 표정은 흔들리지 않았다.

"분명히 제 나름대로, 라고 말씀드렸습니다."

"나 참, 원……."

"그래서 일부러 그 여자가 약속 시간에 늦으면 그냥 가 버리고 했습니다만, 아무 말이 없더군요. 일부러 늦게 갔을 때도 마찬가지였습니다."

일부러 약속 시간에서 30분 이상 늦게 갔어도 태경은 억지로 작게 웃으며 '저도 금방 왔어요' 라고 말할 뿐이었다. 늘 태경보다 일찍 도착해 그녀가 한참 동안 초조하게 기다리는 걸 멀리서 지켜봤는데도, 그녀의 말은 그게 다였다.

조금의 섭섭함도 내비치지 않고, 한 기업의 총수라는 사람이 약속 시간을 어겨도 질책하지 않고, 그저 왕이라도 행차한 것처럼 굴었다. 그럴 때마다 시혁의 마음은 더더욱 흉포해졌다.

"그건 네가 바쁜 사람이니까 부담 주지 않으려고 그랬을 수도 있잖느냐? 자신보다 남을 먼저 생각하는 아이니 말이다."

"그게 싫었다는 겁니다."

시혁의 목소리가 알듯 말듯 격해졌다.

"왜 말을 못합니까? 최소한 늦지 말아 달라고, 조금 늦어도 기다려 달라고, 약혼녀라는 여자가 약혼자에게 그런 말도 못하는 이유가 뭡니까?"

"그건…… 그 아이의 성격 자체가……."

석용은 태경이 자신의 핏줄이라라도 되는 양 그녀를 필사적으로 두둔하려고 했다. 하지만 돌아오는 대답은 베일 듯한 냉기가 몰아칠 정도로 칼 같았다.

"그래서 혐오했습니다."

"……."

"많은 걸 바란 게 아니었습니다. 단지 그뿐이었습니다."

침묵.

석용이 할 말을 잃은 듯 입을 다물자, 뭐라 이루 형용할 수 없는 침묵이 방 안을 감돌았다. 곧 석용은 탄식하며 눈을 질끈 감았다. 그리고 생각을 정리하는가 싶더니, 눈을 뜨고 진지하게 물었다.

"그럼에도 사랑했다고 했느냐?"

"저 역시 이해할 수 없지만, 그랬습니다."

"그럼 왜…… 대체 왜 태경이가 파혼하자고 했을 때 동의했느냐?"

시혁은 또 잠시 말이 없었다. 아마 가만히 내리깐 눈을 보아하니 그때를 회상하는 듯했다.

"그 여자가 선택했기 때문이었습니다."

"뭐라고?"

"절 떠나기로 선택했다면, 다시 돌아오는 것도 스스로 선택해 주길 원했습니다. 한 번 선택했다면, 두 번 선택할 수도 있을 테니."

석용의 두툼한 입술이 희미하게 떨려왔다.

"만약…… 돌아오지 않았다면? 그 아이는 잠시 여행을 떠나려고 한 게 아니었잖느냐. 결혼이었어, 결혼. 평생 한 남자의 아내가 되기로 약속하는 결혼이었단 말이다. 인륜지대사가 괜히 인륜지대사인 줄 아느냐? 게다가 상대는 네 친구였고!"

문득 시혁에게서 지독하게 차가운 실소가 배어져 나왔다. 정갈한 눈빛은 언뜻 난폭해지는 듯했다.

"친구? 안진석이 친구였습니까? 안진석은…… 아니, 이 이야기는 그만두죠."

시혁은 논점에 어긋난다고 생각했는지 뭔가 말하다 말고 이야기를 돌렸다.

"상대가 누구였든 그건 중요하지 않습니다. 제게는 그 여자가 선택한다는 것만이 중요했습니다."

"……."

"그 결혼으로 인해 선택할 수 있게 된다면, 그것만으로도 좋았습니다."

"한 번 결혼한 여자인 이상, 순결하지 않을 텐데도……?"

석용은 그 질문을 어렵사리 끄집어냈다. 태경이 듣고 있다는 건 알고 있지만, 탄광처럼 깊고도 깊은 곳에 감춰져 있는 시혁의 본심을 전부 캐내기 위해서는 필요한 질문인 듯했다. 그러자 순간 시혁의 고집스러운 입매에 진심으로 고소가 퍼졌다.

"할아버지께서 그런 질문을 하실 거라고는 생각하지 못했습니다. 순결하다, 하지 않다…… 그건 한순간의 문제입니다. 하지만 저와 사는 것은 평생의 문제입니다. 전 아내를 원하지, 옆에 고이 앉혀 둘 인형을 원하는 게 아니기 때문에 그건 그저 부수적인 문제에 지나지 않습니다."

시혁도 남자는 남자인지, 예상과 달리 태경이 처녀라는 사실에 고맙기도 하고 기쁘기도 했지만, 더 이상 처녀가 아니라고 해도 상관은 없었다. 게다가 세상 모든 여자가 남편에게 처녀성을 주는 것도 아니고, 처녀성을 주지 않았다고 엇갈려 버리는 부부는 아주 소수에 불과했다. 물론 시혁은 그 소수에 가담할 의사가 없었다.

타앙!

석용은 결국 참지 못하고 손으로 탁자를 내리쳤다. 그러자 곱게 올려져 있던 식기와 찬찬히 식어가고 있는 음식들이 지진을 만난 듯 덜그럭 덜그럭 흔들렸다.

"그럼 그냥 그렇다고 말을 하지 그랬느냐! 왜 먼 길을 돌아가려고 한 게야!"

격분한 듯한 할아버지의 목소리에도 시혁은 담담했다.

"제가 말을 했다고 달라졌을 것 같습니까? 스스로 선택하지 않는다면 소용없는 일입니다."

석용은 '이익!' 하는 소리를 토해 냈지만, 딱히 할 말을 찾지 못하는 듯했다.

"할아버지 말씀대로 그건 그 여자의 성격입니다. 성격이란 쉽게 바뀌지 않는다는 걸, 할아버지도 아시지 않습니까?"

석용은 믿기지 않는다는 듯 설레설레 고개를 저었다.

"독하다, 독해…… 내 손자지만 시혁이 너처럼 독한 녀석은 이 할애비 칠십 년 평생에도 처음 보는구나."

그런 남자기에 평생을 걸고 쌓아 올린 회사를 시혁에게 물려주려 한 것이었지만, 석용은 생각지 못했던 진실에 그 말밖에 할 것이 없었다. 그러자 잠시 가만히 있는가 싶었던 시혁이 무슨 생각을 하는지 짧게 피식 하고 웃었다.

석용은 왠지 그 짧은 웃음에 아주 많은 의미가 들어 있는 것 같아 요번에는 뭐냐는 듯 불안하게 질문했다.

"왜 웃느냐?"

"할아버지의 말씀이 꼭 그렇지만은 않다는 생각이 들어서입니다."

석용은 아리송해졌다. 그러자 석용의 의아한 표정을 본 시혁이 곧 해답을 알려주었다.

"계속 기다릴 수 있을 거라 생각했는데, 그게 또 마음먹은 대로 되지 않더군요."

석용은 얼핏 미간을 찌푸렸다. 그러자 칠십 살 나이치고도 백발동안(白髮童顔)처럼 반들반들한 맛이 있는 정정한 이마에 선명하게 내천(川) 자가 나타났다.

"무슨 일이라도 생겼느냐?"

"태경이."

여태 태경을 꼬박꼬박 '그 여자' 라고 칭하던 시혁에게서 처음으로 그녀의 이름이 흘러나왔다. 그런데 의외로 태경의 이름을 부르는 어조가 다정하게 들렸다. 착각이었을까. 하지만 기분 탓인지 석용은 유독 그렇게 느꼈다.

"임신했습니다."

제11장

뜻밖에도, 석용은 반응이 없었다.

의아한 표정 그대로였다. 하지만 곧 서서히 늙은 얼굴에 더할 나위 없는 경악이 퍼지고 입이 슬로우 모션처럼 벌어지는 걸 보니, 잠시 임신했다는 말이 무슨 뜻인지 이해가 되지 않았던 모양이었다.

석용은 말 그대로 턱뼈가 빠진 것처럼 입을 쩍 벌렸다.

시혁은 폭탄발언을 내뱉고도 무표정한 그대로였지만, 석용은 어느 쪽이 천장이고 어느 쪽이 바닥인지, 어떤 게 한국어고 어떤 게 영어인지 알 수 없을 정도로 혼란스러워졌다. 동시에 시혁의 등 뒤로 닫혀 있는 장지문 너머에서 급작스러운 인기척이 느껴졌다. 곧 사라져 버렸을 정도로 아주 찰나에 느껴진 인기척이었지만, 시혁은 의아한 듯 눈을 치켜뜨고 등 뒤로 고개를 돌리려고 했다.

석용은 다급히 말했다.

"이, 임신…… 지금 분명히 임신이라고 말한 게냐?"

시혁은 다시 석용에게 시선을 맞추었다.

"예."

석용은 양손으로 탁자를 짚고, 살짝 낮춘 몸을 앞쪽으로 조금 내뺐다. 그리고 국가기밀 사항이라도 묻듯 작은 목소리로 물었다.

"누구의 아이……인 거냐? 설마 진석이……?"

"제 아이입니다."

"허억!"

석용은 숨통이 졸린 것 같은 신음을 터트렸다.

"두, 둘이 만난 적이 있는 게냐? 이혼하고 나서? 설마…… 이혼하기 전은 아니겠지!"

저도 모르게 그런 말을 내뱉어 버린 석용은 필사적으로 고개를 내저었다.

"아니, 아니, 그럴 리가 없지."

오늘만 봐도 태경의 배는 아직 납작했다. 배가 나오는 건 사람마다 다소의 차이가 있긴 하지만, 시간을 계산해 보면 적어도 이혼 전에 일을 친 것은 아닌 듯했다. 게다가 아무리 다른 남자와의 결혼이라고 해도 시혁이 결혼이라는 신성서약의 무게를 우습게 여길 리는 없었다.

"이혼하고 나서입니다."

석용은 안도의 한숨을 내쉬었다.

석용은 이혼 후에 두 사람이 만났다는 걸 까맣게 모르고 있었다. 만났을 거라고 상상조차 하지 않았다. 시혁과 태경의 본심을 모르고 있었기 때문에 오래전에 파혼한 남녀가 만날 일이 무엇 있겠냐고 생각했기 때문이었다.

게다가 늙은이가 끼어든다고 달라질 게 있을 것 같지도 않았기에, 처음에는 태경의 이혼 소식을 듣고도 그녀를 찾아가지 않으려 했다. 하지만 그런 결심은 오래가지 않았다.

달라질 게 없다고 해도, 이야기는 들어 보고 싶었다.

왜 시혁과 파혼했으며 왜 진석과 이혼했는지.

그런 마음으로 찾아간 그녀에게 뜻밖의 진실을 들어 일부러 이런 자리를 마련한 것이지, 이런 일이 숨겨져 있을 줄은 꿈에도 몰랐다.

"처음 만난 순간부터 6년이면, 충분히 많이 기다렸다고 생각합니다. 기다리기 싫어하는 제가 말입니다."

한 것이라고는 대화밖에 없는데도 심신이 무척 피곤해진 석용은 한숨을 내쉬며 늙은 미간을 매만졌다.

"꼭 그렇게 극단적인 방법을 택해야 했느냐? 어차피 이렇게 될 일이었다면, 결혼해서 차근차근 고쳐 나가면 됐지 않느냐. 세상에 완벽한 사람은 없듯이 완벽한 결혼도 없는 법이다. 부족한 남녀가 만나 서로의 문제점을 보완해 가면서 아옹다옹 사는 것이지, 넌 너무 얼토당토않은 짓을 저질렀어."

"할아버지께서 그렇게 말씀하신다면 할 말이 없습니다만, 굳이 틀린 방법이라고 생각하지는 않습니다."

석용은 문득 기억해냈다, 자신이 태경에게 했던 말을. 그 누구도 선택에 대해 옳다, 그르다 판단할 수는 없는 법이라고.

"그래…… 그럼 처음 질문으로 돌아가 보자구나. 만약 태경이가 돌아오지 않으면 어쩌려고 했느냐?"

시혁은 두 번 생각할 것도 없이 대답했다.

"저 역시 언제까지나 기다리려고 한 것만은 아니었습니다. 제가 그럴 만한 성격이 아니라는 건 할아버지께서 더 잘 아시지 않습니까? 정확히 정해 둔 숫자는 없지만 3년 정도는 기다려 보려고 했습니다. 하지만 3년도 기다릴 필요가 없을 거라고 생각했습니다. 그 여자의 눈 안에는 제가 있었으니까."

시혁이 이토록 말을 길게 하는 것은 업무 볼 때를 제외하고 없는 일이었지만, 석용은 그다지 신기해 하지 않았다. 지금은 그보다 중요한 문제가 있기 때문이기도 하지만, 어렸을 때는 종종 이런저런 말을 해주던 손자이기 때문이었다.

"나 역시 믿고 싶지 않지만, 사랑이란 변하는 거란다. 함께 살비비고 살다 보면 더욱 그런 법이지. 비록 처음에는 널 사랑했다고 해도, 결혼해서 살다가 진석이를 사랑하게 되었다면? 그럼 어쩌려고 했는지, 그 이야기도 듣고 싶구나."

이번에도 시혁은 오래 고민하지 않았다.

"그랬다고 해도 별로 상관은 없습니다."

석용은 무슨 말인가 싶어 눈을 치켜떴다.

"무슨 말이냐?"

"결국은 돌아왔을 테니까요."

"헛…… 자신만만하구나."

석용은 뚱한 어조로 말했다.

"보통 그런 편이긴 하지만, 이 경우에는 자신만만한 게 아니라 답을 잘 알고 있었을 뿐입니다."

"그래, 그럼 이 상황에 대한 답은 무엇이냐?"

"결혼할 겁니다."

이내 장지문 너머에서 '헉……' 하는 소리가 흘러나왔다. 그에 시혁은 도저히 무시할 수 없는 예감 같은 것이 스멀스멀 등허리를 기어 올라갔다. 그러자 잠시 말이 없던 석용이 자리에서 일어서더니, 탁자를 돌아가며 퉁명스러운 어조로 힐책했다.

"로딩 중은 무슨 로딩 중이냐? 이미 로딩 끝난 지 오래된 것 같은데."

"답은 나와 있지만, 과정이 아직 덜 끝났을 뿐입니다."

시혁은 석용이 어딜 가는지 알 수 없었지만, 앉은 자세 그대로 눈만을 서늘하게 옆으로 돌리며 조용한 목소리를 흘렸다.

"아, 임신까지 시켜 놓고 잔말이 많아! 미혼모의 몸으로 애를 낳으란 말이냐?"

버럭 성을 낸 석용은 시혁이 앉은 자리 뒤로 조금 떨어져 있는 장지문에 손을 대었다.

"내가 강요한 것은 아니다. 나 역시 선택하라고 말했으니까. 이 아이는 스스로의 선택으로 여기 있는 거야."

드르륵.

석용이 옆으로 손을 당기자, 장지문이 가만히 밀려났다. 그리고 그 너머에는 창백하게 질린 태경이 숨 쉬는 것마저 잊고 굳은 듯이 앉아 있었다. 정말 드물게도, 시혁의 눈이 언뜻 크게 뜨였다.

"여기서부터는 너희 둘이 해결해야 할 문제 같구나."

문을 다 연 석용은 자리를 비켜 주려는 듯 다른 쪽 문으로 향했다. 그러자 성난 야수처럼 나직한 으르렁거림이 석용의 뒤에 따라붙었다.

"어쩐지 오늘따라 끈질기시더군요."

시혁은 태경에게 못 박혀 있는 시선을 돌리지 않고 으름장을 놓듯 말했다. 하지만 당장 칼부림이라도 낼 것처럼 음산한 온도가 느껴지는 목소리에도 석용은 주눅 들지 않고 빙긋이 웃었다.

"너도 그렇지만, 이 할애비도 지지부진하게 마냥 기다리는 것은 싫어하거든."

그리고 석용은 문을 닫고 나섰다. 이내 남은 것은 실로 질식할 듯한 침묵뿐이었다. 마치 방 안의 모든 공기가 그의 위협적인 시선에 산화라도 되어 버린 듯, 태경은 숨 쉴 공기가 극도로 부족했다.

자신은 그 어떤 것도 모르고 있었다.

다른 약속은 엄격하게 지키는 그가 왜 자신과의 약속에서는 유독 느슨하게 구는지, 왜 선선히 파혼 제의에 동의했는지, 왜 하룻밤의 정사라는 부탁을 들어주었는지, 왜 관계를 맺는 내내 요구하고 또 요구하라고 말했는지, 왜 피임을 하지 않았는지, 왜 식당에서 부부라는 오해에 반박하지 않았는지, 왜 커피를 마시지 말라고 했는지, 왜 이사한 집에 찾아왔었는지, 왜 할 말이 없다는 자신의 대답에 그토록 화를 냈는지, 왜 기다리는 걸 싫어한다고 말했는지, 왜…… 자신 같은 여자를 사랑하는지조차.

모든 게 의문투성이였고, 모든 게 이상했다. 하지만 그는 모든 걸 알고 있었다.

그를 사랑하는 것도, 언젠간 돌아올 거라는 것도, 왜 하룻밤의 정사라는 부탁을 했는지도, 호텔로 오기 전에 피임약을 먹지 않았다는 것도, 그가 말한다면 커피를 마시지 않으리라는 것도, 임신을 했다는 것도, 그 어떤 것도 빠짐없이.

"어떻게…… 아셨어요?"

태경은 전례 없는 용기를 있는 힘껏 끌어올려 먼저 입을 열었다. 하지만 한동안 산소를 맛보지 못한 목소리는 다소 헐떡거려졌고, 심장은 쿵덕쿵덕 절구방아 찧듯 요동쳤다.

"사람을 붙여 놨으니까. 네가 임신시약을 샀다고 하더군."

어느새 시혁의 목소리는 차분해져 있었다.

"그리고 숨기려고 했으면 제대로 숨겨. 증거물이 화장실에 그대로 남아 있더군."

태경은 참지 못하고 신음하며 눈을 내리 감았다.

역시 봤구나.

"그런데 왜…… 그냥 가셨어요?"

"그러는 넌 왜 숨겼지?"

태경은 그를 마주 볼 수가 없었다. 피부를 헤집고 들어오는 듯한 그의 시선이 느껴졌지만, 그래서 더욱 고개를 들 수가 없었다. 고개에 철근이라도 매달아 놓은 듯했다.

"아시잖아요."

"몰라, 말하지 않은 것 따위."

시혁에게서 돌아오는 대답은 냉담했다.

"끝까지 숨기려고 그랬나? 혼자서 키우려고? 내게 말 한마디 없이?"

철혈 같은 목소리가 재차 그녀를 차갑게 꾸짖었다.

"말할 수가…… 없었어요."

"왜 말할 수가 없었지? 네 뱃속에 있는 아이는 다른 누구도 아닌 내 아이인데?"

그는 태경이 수없이 해왔던 상상과는 전혀 다른 반응을 보였다. 싸늘하게 수술대 위에 누우라고 말하지 않았고, 양육비는 알아서 보내줄 테니 어서 썩 꺼지라고 일갈을 토하지도 않았다. 숨기려고 했던 그녀의 행동을 혐오할지언정, 아이가 생긴 것에 대해서는 혐오하기는커녕 오히려 바라 마지않은 일인 듯했다.

"아니면, 소리 소문 없이 지우려고 했나?"

"그렇지 않아요!"

그가 생각만 해도 혐오감이 치밀어 오른다는 듯이 말하자, 태경은 반사적으로 번쩍 고개를 들어 올리고 소리쳤다. 한없이 고개를 숙이고 있던 탓에 목 줄기가 뻣뻣하게 울리고 눈에는 출렁이는 물결이 일고 있었지만, 태경의 얼굴에 서린 것은 다시 생각할 것도 없는 단호함이었다.

태경은 뜨거운 덩어리를 목구멍 너머로 꿀꺽 삼키고 말했다.

"혼자…… 혼자 키우려고 했어요."

"아버지 없는 아이로 만들려고?"

"그만큼…… 제가 사랑해 주자고……."

태경은 출산을 하고 나서도 붙어 있을 버릇처럼 배를 감쌌다. 자궁 깊은 곳에서 편히 잠들어 있을 태아를 보듬어 안듯이.

그녀의 그런 애절한 동작을 바라보는 시혁의 눈이 심해 속으로 가라앉듯 깊이 내려앉았다.

"또 아무런 말도 하지 않으려고 했던 거군."

그건 틀림없는 사실이었기에 태경은 그 어떤 대답도 할 수가 없었다.

"내가 말한 적 있지, 널 보면 화가 난다고."

잠깐의 시간을 가지고 나서 적막한 공기를 가로지르는 그의 갑작스러운 말에 태경은 고개를 들었다. 그 고갯짓에 둥글게 고여 있던 눈물이 중력을 이기지 못하고 툭, 떨어져 내렸다. 그리고 배를 감싼 태경의 손등 위로 떨어져 묽은 자국을 그렸다.

"그래, 널 보면 화가 나. 짜증날 정도로."

언제였더라, 한 달에 한 번 꼴로 있는 저녁 식사에 태경은 다행히 늦지 않고 도착했다. 한 번 늦었을 때 그가 미련 없이 가버린 일이 있고는 죽어도 늦지 않으려고 했기 때문에 거의 늦은 적이 없긴 했지만, 그날은 그가 먼저 도착해 있었다.

혼자 뭔가를 생각하고 있는 듯했던 그는 태경이 다가가자마자 왠지 납득할 수 없다는 어조로 말했다.

[널 보면 화가 나.]

그때도 태경은 그런 말을 하는 그의 본뜻이 무엇인지 알 수 없었다. 다만 그만큼 자신을 싫어하는구나 하고 아프게 생각했을 따름이었다.

시혁은 잘 정리되어 있는 머리카락을 거칠게 쓸어 올렸다.

"왜 너 따위를 사랑해야 하는지 알 수 없어서 화가 나."

태경은 눈을 크게 떴다. 시혁은 그런 태경을 굳건히 주시하며 다시 말했다.

"내가 왜 널 사랑해야 하지? 무엇 하나 스스로 택하지 못하고 모든 걸 남에게 떠맡기기만 하는 너 따위를 왜."

그의 말 어미는 분에 억눌린 듯 허스키하게 흘러나왔다. 그리고 한때 정말로 억울했던 듯 짙어진 그의 눈은 형형하게 빛나고 있었다. 희미한 살기(殺氣)까지 스며 있었다. 아찔한 현기증이 핑 돌 정도로.

한때, 시혁은 수없이 자신에게 반문해 보았다. 저런 여자를 왜 사랑하는 거지? 라고. 하지만 그 질문만은 어떻게 해도 해답을 찾을 수가 없었다.

처음 보는 순간부터 가지고 싶었고, 이미 동결되어 버린 듯했던 심장이 이유도 알 수 없이 급격하게 뛰었다. 아무리 멈추라고 외쳐봐도 소용없었다. 그녀를 눈에 담으면 아드레날린이 정신없이 분비되고, 그녀가 살짝이라도 미소 지으면 으스러져라 끌어안아 주고 싶었다.

밤마다 그녀의 향기 어린 육체를 꿈꾸었으며, 자신을 받아들이며 내지를 교성을 갈망했다. 그렇게 부지불식간에 달아오른 몸으로 번뜩 잠에서 깨어날 때면, 당장 그녀의 집으로 쳐들어갈 것 같은 충동을 달래는데 급급했다.

그 때문인지 언뜻언뜻 그녀의 손이 닿을 때면, 언제나 얼음장 같은 손이 신기하게도 따듯해졌다. 아니, 과하다 싶을 정도로 뜨거워졌다. 실상 온도는 별로 변화가 없을지라도 시혁 스스로가 느끼는 손의 온도는 용암과 같았다. 그래서 이 여자는 자신의 아내가 될 만한 여자가 아니라는 이성의 맹렬한 주장에도 불구하고, 그녀를 바랐다.

그녀가 파혼을 해달라고 말했을 때는 형용할 수 없는 분노가 치밀어 올라, 여태까지 입에서 피 맛이 날 정도로 참아온 것도 다 잊고 당장 호텔로 끌고 갈 뻔했다. 그리고 그녀를 자신의 품 안에 가둬 놓고 잘못했다고 울부짖을 때까지 가지고 또 가지고 싶었다. 하지만 미친 듯한 욕망을 배신하고, 그의 입에서는 본심과 정반대되는 말이 흘러나갔다.

아마 그녀는 모르리라. 그때 분노와 욕망에 짓눌린 그의 목소리가 얼마나 위험스럽게 낮았는지.

그녀가 진석과 결혼할 거라는 소식을 들었을 때는 말할 것도 없었다. 하지만 자제력을 잃고 미친개처럼 날뛰며 방 안을 아수라장으로 만들거나 하지는 않았다. 아무리 폭발할 듯한 분노에 사로잡혔어도 그건 그가 보여줄 만한 행동양식이 아니었다.

그는 헤어날 길 없을 만큼 심각한 사면초가의 상황에 놓여도 냉철하게 분석하고 하나하나 풀어가는 타입이지, 다혈질처럼 일단 폭발하고 보는 타입이 아니었다.

다만 그 당시 그가 쥐고 있던 펜이 완전히 으스러졌을 따름이었다. 손이 주검처럼 하얗게 질려 버린 것은 당연했다.

"전…… 당신이 무서웠어요."

솔직해지자, 그렇게 결심한 태경은 고해성사를 하듯 말했다.

"그것만이 아니겠지."

"네?"

"네가 날 어떻게 생각하는지 잘 알아. 자신의 목적을 위해서라면 어떤 수단과 방법도 가리지 않고, 뱀처럼 차갑고, 아무 여자와나 자고 다니는 방종한 놈으로 생각하지."

시혁은 지독한 조소를 터트렸다.

"김한중 같은 개망나니로 말이야."

김한중은 그의 아버지였다. 방종하기로 치면 그 누구도 따를 자가 없기로 유명했던 재벌 2세. 안 그래도 좋지 않은 재벌 2세의 이미지를 더 가차 없이 깎아내리는 망나니.

만약 한중이 오래전에 죽지 않고 아직까지 살아서 H&J의 이미지에 먹칠을 하고 있었다면, 아무리 돈이 좋아도 태경의 집안 역시 김가(家)와 인연을 맺지 않았을 터였다. 한중의 패악은 그 정도였다.

"하지만 내가 왜? 내 아내 될 여자가 옆에 있는데 내가 왜 다른 여자를 안아야 했지?"

시혁은 자문하듯 말했다.

"나도 입이 있으니 완전히 깨끗하다고는 말 못하겠지만, 적어도 널 만난 후로는 아니었어. 하지만 네 생각은 그렇지 않았겠지."

태경은 와락 덮쳐오는 충격에 떨리는 눈을 감추지 못했다.

"그럼…… 다른 여자들과 호텔에 간 건……."

"왜 그랬냐고 물어보길 기대했지."

오래된 이야기라 그때의 실망감이 조금 무뎌진 듯 시혁의 어조는 오연했다.

"날 믿지 않으니 사랑하지 않는다는 말 같은 게 아니야. 사람이라면 당연히 의심을 하겠지. 하긴 의심하라고 한 짓이니 의심하지 않으면 그것도 곤란하지. 하지만 넌 묻지 않더군. 분명히 알고 있을 텐데도."

태경은 입술을 달싹였다.

자신도 묻고 싶었다. 왜 다른 여자와 호텔에 갔냐고, 왜 거기서 몇 시간을 함께 있었냐고, 미치도록 묻고 싶었다. 하지만 질문을 하는 순간 그가 '네 알 바 아니잖아?' 라고 말할까봐 두려웠고, 혹은 '날 믿지 않는 약혼녀 따위 필요 없어' 라고 할까봐 꾸역꾸역 말을 삼켰다. 그리고 옆에 있을 수 있는 것만으로 만족하라고 끊임없이 스스로를 타일렀다.

"제 사랑을…… 확인하려고 하셨던 건가요?"

시혁은 또 조소를 내뱉었다.

"확인을 위해서였다면 그런 번거로운 방법 따위 쓰지 않았어. 아니, 네가 온몸으로 안아 달라고 말하는데 굳이 확인할 필요가 있었을까?"

그는 식탁에 한 팔을 걸치고 비스듬하게 앉아 있었고, 입매는 비릿하게 말아 올려져 있었다. 그리고 노골적인 성적 충동을 내뿜는 눈은…… 깊었다, 너무도. 그에게 안겼던 첫날 새벽에 보았던 것처럼 중탕한 초콜릿색으로 깊게 물결쳤다.

태경은 이런 상황에서도 다리 사이에 숨은 습지가 아릿해지는 듯해 가슴을 작게 들썩였다.

"그래, 선택했다지?"

그는 문득 물었다.

"할아버지 말씀으로는 네가 스스로 선택해서 여기 있는 거라고 하시더군."

태경은 작게 고개를 끄덕였다.

"할아버지가 널 찾아간 건 뜻밖이야. 과하게 성격이 좋으시긴 하지만 아직까지 널 마음에 두고 계실 거라고는 생각하지 않았거든. 내가 설득해야 할 줄 알았는데."

한 번 말을 꺼냈으니 이 이상 덮어두지 않으려는 듯, 그는 필요 이상으로 말을 아꼈던 평소 모습과 달리 속에 있는 말을 마음껏 풀어 놓았다.

잠시 말을 멈추었던 태경은 그제야 긴 말꼬를 텄다.

"처음 본 순간부터…… 시혁 씨를 사랑했어요. 그리고 사랑하고 있어요."

태경은 가슴이 절절하게 울려왔다. 이미 말라 버린 눈물이 다시 울컥 치솟을 것처럼, 절대 그에게 전할 수 없을 거라 여겼던 고백이 그에게 전해지자 참을 수 없는 마음이 끓어올랐다.

"혹시…… 너무 좋아지면 그만큼 두려워진다는 말을 믿으세요?"

그녀가 난생처음 자신의 본심을 전부 밝히려고 하는 것을 눈치챈 듯, 시혁은 말없이 듣기만 했다.

"잃을까봐 무서워지니까요. 솔직히 말하자면…… 시혁 씨 자체가 무서웠던 것도 사실이지만, 말했을 경우 당신의 옆자리마저 잃을까봐 무서웠어요."

태경은 침통하게 눈을 내리 감았다.

"네, 전 바보 같아서…… 시혁 씨의 본심이 어떤지 미처 알 수가 없었어요. 알 틈이 없었다는 말이 맞을지도 모르겠네요. 그리고 그런 마음도 있었어요. 이런 남자가 과연 날 사랑해 줄까, 하는."

시혁은 참지 않고 입을 열었다.

"네 또 다른 문제는 그거야. 넌 너의 가치를 너무 하찮게 여겨."

시혁은 아직도 이해할 수 없었다. 태경이 왜 스스로를 그렇게 비하하는지.

사랑하는 여자를 향한 팔불출 같은 마음이라고 한다면 그라도 할 말이 없지만, 태경은 좋은 집에서 태어났고…… 비록 시혁이 보기에는 그다지 좋은 집은 아니었지만, 객관적인 의미에서 보자면 그렇다는 것이었다. 어쨌든 좋은 학교를 나와 공부도 할 만큼 했고, 예쁜 얼굴과 늘씬한 몸을 가지고 있었다. 인품도 그만하면 굉장히 후한 점수를 줄 수 있었다. 그런데도 태경은 한없이 작아지기만 했다.

아마 추측하건대, 태경의 집안에서 늘 자만하지 말라, 겸손하라고 지나치게 가르친 것이 부작용을 일으켜 겸손함을 넘은 소심함으로 굳어져 버린 것 같았다. 역시 과한 것은 모자란 것보다 못한 법이었다.

만약 태경이 가진 조건대로 당찬 성격이었다면 시혁마저 한 손가락으로 부릴 수 있었을지도 모른다. 물론 시혁이 그런 태경도 사랑한다는 전제조건이 있어야 하겠지만.

"설령 너의 가치가 하찮다고 해도, 널 사랑할지 사랑하지 않을지는 내 마음이지 네가 판단할 게 아니야."

태경은 정말 울고 싶어졌다. 그의 너른 품에 안겨 탈진할 때까지 펑펑.

왜 이토록 사랑받는다는 걸 전에는 몰랐을까. 바보같이 왜.

"임신 사실을 숨기려고 했던 것도 그 마음의 연장선이었어요. 그리고 시혁 씨 말대로…… 전 시혁 씨를 크게 오해하고 있었던 것 같아요. 그건 부정하지 않을게요. 시혁 씨가 아이를 지우라고 하실까봐 두려웠어요. 사고로 생긴 아이라고 생각했거든요. 하지만 전…… 아이를 지우고 싶지 않았어요. 어떻게든 지키고 싶었어요."

"내가 아이를 원하지 않는데도 피임을 하지 않았을 거라 생각했나? 콘돔을 좋아하지 않는다는 말을 그냥 곧이곧대로 믿었어?"

성적인 이야기가 나오자 태경의 뺨에 발긋한 꽃물이 스몄다.

"그건…… 그냥 취향 차이일 테니까……."

"윤태경, 바보로군. 정말 어떻게 구제할 수가 없는 바보야. 알고 있었던 것보다 더."

정말이었다. 자신은 실로 구제할 수가 없는 바보천치였다.

"그럼 제가 피임약을 먹고 오지 않았으리란 것도…… 알고 계셨다는 건가요?"

태경이 용기 내어 묻자, 시혁은 진실을 알려주었다.

"네 성격상, 나에 대한 마음이 변하지 않았다면 그럴 거라 확신했지. 그리고 먼저 안아 달라고 말한 걸 보면 마음이 변하지 않았다는 건 분명했고."

"그랬군요. 모든 걸 알고 계셨어요……."

태경은 독백하듯 읊조렸다. 하지만 시혁은 살짝 고개 숙이는 그녀를 보며 그 말에 부정했다.

"아니, 몰라. 지금 네가 무슨 생각을 하고 있는지는."

태경은 이런 상황에서도 작은 웃음이 배어져 나올 것만 같았다.

그는 지금 자신이 무슨 생각을 하고 있는지 모른다고 말했지만, 역시 모든 걸 알고 있었다. 자신이 왜 처음이자 마지막으로 길게 본심을 털어놓는지, 결국 무슨 말을 하려고 이러는지.

태경은 가만히 눈을 감았다.

제12장

"시혁 씨와 결혼할 수는 없어요."

불편한 침묵이 내려앉았다. 시혁은 한참이 지나도 말이 없었다.

여태까지는 그의 속을 전혀 알 수 없었던 것과 달리, 태경은 신기하게도 그의 침묵이 무엇을 말하는지 알 것 같았다. 그는 무언(無言)으로 그 말에 대한 이유를 바라고 있는 것이었다.

"그건 이 아이를 아버지 없는 아이로 만들겠다는 말과는 조금 달라요. 아니, 다를 게 없는 말일지도 모르겠지만……."

"잘 알고 있군. 다를 게 없는 말이야."

시혁은 한심하다는 듯 그녀의 말을 잘랐다.

"진석 씨에게 더 죄를 질 수는 없어요."

시혁은 비탄 어린 태경의 말을 진심으로 이해할 수 없다는 듯 반문했다.

"우리의 결혼이 왜 진석이에게 죄가 되는 거지?"

우리.

그와 자신을 하나의 군(群)으로 묶는 단어에 태경은 기쁨이 와락 치밀었다. 하지만 그럼에도 말할 수밖에 없었다. 너무나 바람에도 그와 함께할 수 없는 이유를.

"저는 시혁 씨를 사랑하면서도 진석 씨와 결혼했었어요. 하지만 진석 씨는 그런 저라도 좋아해 줬어요. 우리의 결혼은 진석 씨에게…… 상처가 될 거예요."

"그건 일시적인 것에 지나지 않았어. 이를 테면 신기루 같은 것. 넌 신기루에도 일일이 의미를 두나?"

"그런다고 해서…… 진석 씨와 결혼했었던 사실이 지워지지는 않잖아요……."

시혁은 물러서지 않았다.

"지워지지 않아도 덮어질 수는 있지."

강경한 태도에 태경은 할 말을 잃고 탄식했다.

그때, 시혁이 앉은 자리에서 일어서더니 태경에게 다가왔다. 그리고 답답한 그녀를 벌하듯 벌떡 일으켜 세웠다. 동시에 태경의 양 팔뚝을 아프도록 쥐고 자신을 마주 보게 했다.

"명심해."

여자를 담은 남자의 눈 속에서는 욕망의 폭풍이 몰아치고 있었다. 비단 성적인 욕망만이 아니라, 그녀의 감정을 향한 욕망이나 모든 걸 소유하고자 하는 욕망이 거대한 폭풍이 되어 태경을 쓸어갔다.

"넌 처음부터 내 여자였어. 처음 만난 그날부터, 네가 내 여자이지 않은 순간은 단 하루도 없었어."

그의 경고는 거기서 끝나지 않았다.

"내 여자가, 네가 이제부터 생각할 건 다른 남자가 아니라 네 남편이 될 나야. 나만을 생각해."

태경의 팔을 단단하게 옭아맨 손에 더욱 힘이 들어갔다. 무언가를 움켜쥐듯.

"또다시 한눈을 팔았다가는……."

그의 얼굴은 얼음으로 조각해둔 양 차갑기 그지없었지만, 현요하게 빛나는 듯한 눈동자는 불꽃을 품고 있었다. 한 여자를 향해 격한 소유욕을 불태우며 너무도 강렬하게 빛났다. 태경은 그 눈에서 쏘아져 나온 불꽃에 잠식되어 버릴 것만 같아 오싹오싹 소름이 돋았다.

그란 남자가 자신을 이토록 바란다고 깨닫자, 참을 수 없는 전율이 온몸을 지배했다.

몹시 이율배반적이게도, 몹시 이기적이게도, 그를 거부하고 있는 입과는 전혀 다른 감정이 휘몰아쳤다.

"나도 내가 무슨 짓을 할지 모르니까, 조심하는 게 좋을 거야."

태경은 그를 밀치려고 했다. 그의 손에서 벗어나고자 그의 굳건한 가슴을 밀치며 걸음을 뒤로 물렸지만, 그는 그녀를 놓아주지 않았다. 오히려 더 강하게 팔을 속박해와 태경은 몸만 잠깐 덜그럭거렸을 뿐이었다.

"제발…… 놓아주세요."

물론 시혁은 그녀의 가녀린 거부를 듣지 않았다. 대신 아래로 팔을 내려 타이트한 정장 치마에 감싸인 그녀의 허벅다리를 나른하게 쓸어 올렸다.

지금 이 순간 그가 원하는 게 무엇인지 확연히 알 수 있을 듯한 손동작에 태경의 몸이 움찔 굳었다.

"이제 와서 또 죄를 지을 순 없다?"

시혁은 소름이 돋을 만큼 낮은 목소리로 태경의 귓가에 진득한 숨결과 함께 속삭였다.

"그런 말을 할 거면서 나에게 그토록 열렬하게 안겼나?"

부드럽게 펼쳐진 실크 천을 매만지듯 위로 올라온 손이 태경의 작은 엉덩이를 움켜쥐었다. 태경은 그의 품 안에서 어깨를 확 움츠리며 작은 신음을 토해냈다.

"이 사이로 나를 받아들이고……."

이번에는 그의 손이 엉덩이 사이로 난 은밀한 계곡을 쓸어갔다. 어느새 그에게 폭 안긴 형상이 되어 버린 태경은 그의 가슴에 손을 짚고 파들파들 떨고 있을 수밖에 없었다.

"쾌감에 못 이겨 목이 쉴 때까지 울었나?"

큰 숨을 토해내자, 뜨거운 숨결이 그의 티끌 하나 없이 하얀 와이셔츠 위로 얇게 퍼져 나갔다.

시혁은 은연한 광택의 진주 귀걸이가 걸려 있는 그녀의 야무진 귓불을 가볍게 맛보았다. 혀끝에 쓸리는 딱딱한 금속제와 함께 은은한 맛이 나는 귓불을 핥고, 그녀를 달아오르게 하는 마법의 주문 같은 숨결을 불어넣었다. 달착지근한 숨결이 그녀의 심장에까지 퍼져 나가도록.

"아니면, 내가 너에게 구걸이라도 하길 바라나?"

열풍 같은 숨결과는 다르게, 밀어를 속삭이는 것처럼 그녀의 귓가에 흘려 넣는 목소리는 냉랭했다.

태경은 필사적인 힘을 끌어올려 그의 품에서 빠져나왔다. 이번에 그는 그녀를 순순히 놓아주었다. 그러자 태경은 도저히 범접할 수 없을 것처럼 웅장한 빙하를 마주 보듯 그를 올려다보며 말했다.

"당신에게 안기는 것과 결혼을 하는 건 전혀 다른 문제예요."

비록 눈에는 물결치는 듯한 눈물이 차오르고 목소리는 희미하게 떨려왔지만, 그녀는 단호했다.

"뭐가 다르다는 거지?"

시혁은 삐딱하게 고개를 젖혔다.

"당신에게 안기는 것은 그냥 그것으로 끝날 수 있지만, 결혼을 한다는 건 제가 공식적으로 시혁 씨의 아내가 되고, 집안과 집안이 엮인다는 걸 의미하잖아요."

"그래, 문제라도?"

시혁은 당연한 게 아니냐는 듯 반문했다. 마치 그건 어떤 문제도 될 수 없다는 양.

"전 시혁 씨에게 거추장스러운 짐이 될 거예요!"

"짐?"

그 단어가 마음에 들지 않는지 시혁의 눈이 치켜떠졌다.

"전 당신의 친구와 한 번 결혼했었던 몸이에요. 모두가 그걸 다 알죠. 그런데 이제 제가 먼저 파혼하자고 했었던 전 약혼자와 결혼하다니, H&J의 이미지에 좋지 않을 거고 시혁 씨의 이름에도 먹칠을 할 거예요. 할아버님께도 누가 될 테죠. 그렇지 않나요?"

태경은 파르르 입술을 떨면서도, 그녀답지 않게 조금은 냉소적으로 웃었다. 하지만 그것은 시혁이나 다른 누군가를 향한 게 아닌 그녀 자신을 향한 것이었다.

"당신과 평생 함께할 수만 있다면 여한이 없을 거예요. 제가 왜 그걸 바라지 않겠어요? 하지만…… 네, 진석 씨야 이제 상관없을지도 모르죠."

당장이라도 쓰러져 버릴 듯 얼굴색이 파리한 태경은 지지대를 찾는 것처럼 한 손으로 자신의 이마를 짚었다.

"전 시혁 씨와 할아버님께 폐만 끼칠 뿐이에요. 그러고 싶지 않아요. 진석 씨는 그저 변명거리에 불과했던 걸지도 몰라요. 결혼 이야기를 들었을 때, 제가 가장 먼저 떠올린 건 두 분인 걸요. 제가…… 제가 이렇게 이기적인 여자예요……."

말한 대로, 진석은 그저 시혁이 납득할 만한 변명거리에 불과했던 것인지도 모른다. 물론 진석에게 미안한 마음은 컸다. 결국 사랑해 주지 못해 미안했고, 다른 남자를 사랑하는 여자와 결혼한 것으로 이혼이라는 짐을 지게 해서 너무도 미안했다. 이 죄가 씻길 수만 있다면, 그 옛날처럼 석고대죄라도 하고 싶은 기분이었다.

하지만 시혁과 결혼할 수 없는 이유에는 그와 석용에게 폐만 될 거라는 사실이 더 큰 비중을 차지했다.

만약 시혁과 결혼하게 된다면 호사꾼들은 얼마나 입을 놀리겠는가.

진석과 결혼할 때도 수없이 들었던 말.

[신부가 사실 신랑 친구의 약혼녀였대요.]

[가만히만 있었으면 H&J의 안주인 자리에 앉았을 텐데 유명무실한 남자랑 결혼하다니, 정신도 없네요.]

[신랑도 정신이 없기는 마찬가지인 걸요. H&J랑 척을 지려고 저러나?]

[이 결혼식도 알고 보니 완전히 콩가루였네요.]

[노래 가사도 아니고 뭐람. 친구의 여자를 사랑했네, 그거 말이에요.]

비록 그들 딴에는 저들끼리 속살거린다고 작은 목소리로 나눈 대화였지만, 결혼식 안을 공공연히 떠돌던 그 말들이 태경의 귀에 들어오지 않을 리 없었다. 하지만 그건 49일만 지나면 사그라질 소문 같은 것으로, 그냥 기분 나쁜 말을 들었다 쯤으로 치부하고 넘어갈 수 있는 것이었다. 그러나 시혁과의 결혼은 지역구 국회의원의 아들과 결혼하는 것과는 차원이 달랐다.

보는 이마다 관점이 조금씩 다르긴 하겠지만 H&J는 현재 한국을 대표하는 5대 기업 중 하나이고, 시혁은 일반적인 재벌 3세가 아니라 젊은 나이로 H&J를 이끄는 정점이었다. 가만히만 있어도 루머가 우후죽순으로 생겨나는데, 거기에 파혼한 전 약혼녀였으며 친구의 아내가 되었던 자신이 더해지면 어떤 파급이 생길지 몰랐다.

매스컴은 연일 두 사람의 결혼 아래 숨겨진 진상에 대해 떠들어 댈 거고, 사람들은 기함하며 속살거릴 것이다.

기업은 이미지를 먹고 산다. 그 아무리 좋은 제품을 생산해내도, 소비자에게 부정적으로 낙인찍히면 그것은 매출에 엄청난 손해로 이어진다. 자신과 시혁의 결혼은 아무리 좋게 봐줘도 기업의 이미지에 타격을 줄 만한 것이었다.

그런 걸 잘 알고 있는데, 어떻게 감히 시혁과 결혼할 수 있을까.

그와 잔 것은 개인 대 개인으로 끝날 수 있는 문제지만 결혼은 집안 대 집안이고, 두 사람 대 세상인 셈이었다. 그의 아이까지 배 안에 안고 있는 몸으로 이제 와서 발을 빼는 거냐고 지탄하면 지탄받을 수밖에 없지만, 이기적이라고 손가락질 당해도, 마녀 같은 여자라고 돌팔매질을 당해도 시혁과 석용에게만은 검은 얼룩이 되고 싶지 않았다.

"그럼."

조용히 이야기를 듣고 있던 시혁이 갑자기 말했다. 무슨 말을 하려고 저러는지 그는 왠지 이죽거리듯 웃고 있었다.

"내 정부로 살겠다는 건가?"

태경은 할 말을 잃고 말았다. 그는 태경을 정부로 살게 할지언정 놓아줄 생각은 결코 없다고 말하고 있었다.

"내 아이는 사생아가 되는 거고?"

사생아. 언제나 이면에 감춰진 채 살 수밖에 없는 그늘진 이름이 태경의 숨통을 졸라왔다.

"왜 내가 결혼하기도 전에 임신을 하게 했는지 아나?"

석용의 말을 듣고 그가 일부러 임신시켰을 거란 사실을 어렴풋이 짐작하고 있기는 했지만, 직접적으로 들으니 말문이 막혔다.

시혁은 다시 자리에 앉았다. 그리고 식탁을 몇 번 가볍게 손끝으로 톡톡 치더니, 말했다.

"네가 이렇게 나올 걸 알고 있었기 때문이지."

태경은 우뚝 선 자세 그대로 그를 내려다보았다. 다리가 완전히 굳어 버려 주저앉을 힘도 나지 않았다.

시혁은 그의 잘생긴 입매에 야릇하게 걸려 있던 웃음을 지우고 다시 말했다.

"이미지가 조금 나빠진다고 해서 H&J가 무너질 거라면 무너져도 이미 무너졌어. 잊었나? 내 아버지는 알아주는 망나니였고 내 이복형제는 다섯 명이야."

시혁은 비스듬하게 식탁에 팔을 기댔다.

"그리고 비밀로 붙여진 이야기지만, 할아버지가 행동하신 걸 보아하니 너는 알고 있겠지? 내 어머니, 차민영은 자살했어."

치부와 같은 상처를 말하는데도 그의 목소리는 그야말로 무덤덤했다. 이제 그것은 자신에게 그 어떤 힘도 발휘할 수 없다는 듯.

시혁은 자신의 손을 들어 쫙 편 채 눈앞에서 한 번 돌려 보았다.

"네가 언젠가 한 번 내 손이 너무 차갑다고 이야기한 적이 있었지. 그리고 그때 네가 어떻게 했었는지 기억나나?"

분명 기억하고 있었다. 아무리 전생의 기억처럼 오래된 과거라고 해도 그와 관련된 일인데 어떻게 기억이 흐릿해질 수 있을까.

[저…… 손을 한 번만 잡아 봐도 될까요?]

그날은 언제나 바라보기만 했던 그의 손에 맨 처음으로 닿은 날이었다. 그리고 그의 손이 가진 비정상적인 온도에 깜짝 놀란 날이기도 했다.

그때 태경은 그 차가운 온도가 그란 남자를 대변해 주는 것 같아 가슴이 선득해졌지만, 온기 하나 없이 싸늘하게 질린 손이 어쩐지 애틋하기도 했다. 그래서 인생 최대의 용기를 끌어올려 그에게 말했다. 손을 한 번만 잡아 봐도 되냐고. 그 당시에는 시혁을 최고조로 무서워할 때였는데도 말이다. 어디서 그런 용기가 샘솟았는지는 알 수 없었다.

시혁은 선선히 그러라고 했고, 그의 곁에 앉아 그의 손을 살포시 손 안에 감싸 안았다.

그러고 보니 파혼을 포함해서 태경이 요구한 것이라면 시혁은 거절하는 법이 없었다. 태경이 요구 자체를 거의 하지 않았기 때문에 그가 들어주지 않은 것으로 보였던 것뿐.

[전 다른 사람보다 온도가 조금 높은 편인데 시혁 씨는 낮네요. 그래서 그런가, 차가우니까 기분이 좋은걸요.]

아무 생각 없이 말하자, 다른 쪽 손가락으로 턱을 괴고 앉은 그의 눈길이 조금 변했던 기억이 났다.

"그때도 넌 여전히 내 손이 차갑다 느꼈겠지만, 내가 느끼는 내 손의 온도는 어느 때보다 뜨거웠어."

그제야 태경은 스르륵 주저앉고 말았다.

"그렇게 느끼게 한 여자는 네가 유일해."

태경은 생각했다. 자신은 여태 32년을 살면서 기쁨이 뭔지도 모르고 살아왔구나. 이런 게 진정한 기쁨인 걸, 모르고 살아왔구나.

"네가 선택해서 내게 돌아온 이상, 난 더 이상 널 방관하고 있을 마음이 없어. 이미지가 나빠진다? 이미지니 회사니 하는 건 내가 처리할 일이지, 넌 네 할일을 하면 돼. 그저 내 아내로 내 곁에 있는 일을."

잠시 침묵의 장막이 두 사람을 감싸 안았다. 태경은 시혁을 보았고, 시혁은 태경을 보았다. 두 사람의 시선은 조금도 어긋남이 없었다.

시혁이 서서히 입을 열었다.

"선택해. 결혼인지, 정부인지."

태경은 대답하려고 했다.

드르르르륵! 쾅!

엄청난 속도로 열어젖혀진 방문만 아니라면.

"이 녀석!"

장지문이 굉음 소리를 내며 열어젖혀지는 동시에 우레와 같은 고함이 방 안을 쩌렁쩌렁 울렸다. 태경은 놀란 듯 토끼 눈을 하고 방문 쪽을 돌아보았고, 시혁은 귀가 아파진 듯 얼핏 미간을 찡그리며 귀를 막았다.

"프러포즈를 그렇게 하는 녀석이 이 세상 천지에 어디 있느냐!"

야차와 같은 형상으로 나타난 석용은 이글이글 불타는 시선으로 시혁을 쏘아보았다. 하지만 완전히 당황해서 더듬더듬 물은 것은 시혁이 아니라 태경 쪽이었다.

"드, 듣고 계셨어요?"

설마 시혁이 베갯머리에서나 속삭일 만한 말을 노골적으로 내뱉고, 자신이 당신과 자는 것은 어쩌고 하는 것까지 모두 듣고 있었단 말인가?

석용은 '응?' 하며 다소 누그러진 표정으로 태경을 돌아보았다. 시혁이 당황할 리 없다는 건 알고 있었지만, 태경이 과하게 놀라자 의아해진 듯했다.

"아니, 잠깐 다른 데 갔다가 다시 왔는데…… 아, 멋대로 들어서 미안하구나."

"아뇨, 아니에요."

태경이 손을 내젓자, 석용은 다시 불타는 시선을 시혁에게 던졌다. 하지만 시혁은 여전히 느긋했다.

"다시 해! 이 할애비는 널 그렇게 키우지 않았다. 뱃속에 있는 아이가 들으면 이런 놈이 아버지인가 하고 개탄할 일이구나!"

석용의 말이라면 콩으로 메주를 쑤는 게 아니라 메주로 콩을 쑨다고 해도 뭐라고 할 수 없는 시혁은 한숨을 내쉬었다. 그리고 드물게 조금은 난감해 하는 듯, 어쩔 수 없다는 얼굴로 다시 말했다.

"결혼해 주겠어?"

이벤트가 없다는 건 둘째 치고 가장 이상적인 프러포즈였지만, 정말 그에게는 어울리지 않는 말이었다.

석용 역시 다복한 백발노인의 모습에 어울리지 않게도 자신이 프러포즈를 들은 양 설레는 표정으로 태경을 바라보았다.

두 남자의 시선을 한 몸에 받게 된 태경은 잠시 말없이 앉아 있다가, 드디어 입을 열었다.

"아뇨."

석용은 기절할 듯 기함했고, 시혁의 이는 악 다물리기 시작했다. 하지만 웬일인지 하등 당황한 구석이 없는 태경이 이어 말했다.

"이번에는 시혁 씨가 선택해 주세요."

두 남자의 얼굴에 의문이 피어났다.

"아, 하지만 이건 선택권을 떠넘기는 게 아니에요. 2년 전에 제가 했던 말을 고쳐야 하니까요."

태경은 흔들림 없는 시선으로 시혁을 바라보았다.

"2년 전에 저는 파혼해 달라고 말했죠. 하지만 다시 말할게요."

2년 전처럼 태경은 시혁을 마주하고 있었다. 두 사람 모두 그때와 외모도 거의 변하지 않았지만, 다른 게 있다면 태경의 시선은 죄를 지은 것처럼 바닥을 향하고 있지 않다는 점이었다.

2년 전 그날, 태경은 말했다.

[파혼…… 해 주세요.]

지금 이 순간, 태경은 말했다.

"결혼해 주세요."

2년 전 그날, 시혁은 대답했다.

[그러지.]

지금 이 순간, 시혁은 대답했다.

"기꺼이."

눈물과 오해로 얼룩진 그와의 4년. 버진 로드를 걸어 다른 남자의 아내가 되었던 2년. 그 끝에, 그녀는 진정한 의미에서 그를 만났다.

석용은 웃기 시작했다. 처음에는 허허로이, 곧 나직하고 힘 있는 웃음으로 변모하여 기쁨을 참을 수 없는 듯 껄껄 웃었다. 그리고 자리에 앉으며 시혁의 등을 아프도록 퍽퍽 쳤다.

"암! 그래, 그래야지. 바로 이거야. 이제야 제대로 되었구나."

시혁은 아무리 그라도 멍석말이 두들기듯 맞은 등이 아픈지 살짝 미간을 찡그렸고, 태경은 수줍게 미소 지었다.

"자, 그럼 일도 일단락되었고 일단 허기진 배를 채워 볼까? 아, 이런. 음식이 다 식었구먼. 다시 시켜야겠어."

모락모락 맛깔 나는 김을 피워 올리던 음식들은 이미 플라스틱 음식모형처럼 딱딱하게 굳어 있었다. 그래서 석용이 종업원을 부르려고 하는데, 시계를 확인한 시혁이 말했다.

"전 회사에 다시 들어가 봐야 합니다."

따라서 시계를 확인한 석용은 쯔쯔쯔, 혀를 내찼다.

"벌써 시간이 그렇게 되었나? 저녁 약속으로 잡을 걸 잘못했구먼."

"그럼 나중에 다시 보죠."

"뭐, 어쩔 수 없지."

시혁은 먼저 가보려는 듯 자리에서 일어섰다. 아쉬웠지만 회사에 돌아가 봐야 한다는 사람을 잡을 수는 없어 태경도 배웅을 하고자 따라 일어섰다. 그러자 시혁이 그녀를 돌아보았다. 그리고 오랜 길을 돌아서야 겨우 자신의 아내로 맞이할 수 있게 된 그녀를 빤히 보더니, 말했다.

"나중에."

아주 짧고, 뒷말도 다 말하지 않은 약속. 그것을 끝으로 그는 먼저 자리를 떴다. 하지만 2년 전과 달리 돌아올 그를 맞이할 수 있는 자리에 남겨진 태경은 뭐라 이루 형용할 수 없는 기쁨에 사로잡혔다.

태경이 시혁이 사라진 방향을 보며 멀거니 문가에 서 있기만 하자, 석용은 껄껄 웃었다.

"아가, 일단 앉지 그러느냐. 조금만 있으면 다시 만날 수 있는데 계속 거기 서 있을 게야?"

태경은 멋쩍게 웃으며 석용의 맞은편 자리에 앉았다. 그러자 석용은 다시 종업원을 불렀고, 음식을 다시 시켰다.

"아가, 넌 소식을 하는 편이었지? 이제 홑몸도 아니니 잘 먹어야지."

그 말에 태경은 가만히 자신의 배에 손바닥을 대었다. 이런 순간에도 아직은 아이의 태동이 느껴지지 않았다. 하지만 알 수 있었다. 시혁과 자신을 이어준 매개체가, 그 누구보다 사랑받으며 살아갈 작은 생명이 이 안에서 여린 숨을 새액새액 내쉬고 있다는 걸.

"할아버님."

태경이 운을 띄우자, 석용은 '응?' 하며 그녀를 보았다.

"한 가지만…… 여쭤 봐도 될까요?"

"물론이지. 얼마든지 물어보려무나."

"할아버님께서는 왜…… 모든 걸 포용해 주세요?"

석용은 잠시 곤란한 듯한 표정이었다. 그러면서 턱을 몇 번 쓰다듬더니, 답했다.

"글쎄다, 왜 포용해 주느냐고 물으니 뭐라고 대답해야 할지를 모르겠구나."

"이런 저도 받아주시고, 저…… 그러니까…… 혼전에 임신한 것도……."

사실 요즘에야 아기가 혼수품목 중 하나라는 우스갯소리도 있지만, 보수적인 어른들이 보기에 혼전임신은 그다지 좋지 못한 일일 것이다. 물론 석용은 보수적인 성격이 아닐뿐더러 웬만한 젊은 사람보다 신세대적인 감각을 가지고 있는 멋쟁이 할아버지였지만, 혼전임신은 아직 자랑스레 말할 만한 게 아니지 않은가. 하지만 석용은 그 어떤 것도 힐책하지 않았다.

"글쎄, 이성간의 사랑만이 아니라 사람간의 애정도 굳이 이유가 있겠느냐? 시혁이가 네게 첫눈에 반했다면, 나는 첫눈에 널 예뻐하게 된 것뿐이겠지. 친손녀처럼 말이다. 게다가 네가 한 번은 그릇된 선택으로 내 눈밖에 날 만한 행동을 하긴 했지만, 그렇다고 해서 우리가 함께 웃고, 대화하고, 좋은 시간을 나누었던 기억까지 모두 무상으로 돌아가는 건 아니지 않느냐? 시혁이는 아무 의미 없는 시간은 아무리 길었어도 중요하지 않다고 말했지만…… 물론 지금 보니 그 녀석도 괜히 한 번 해본 말인 것 같긴 하다만, 너와 내가 함께했던 4년은 결코 헛된 게 아니었잖느냐."

석용은 안심하라는 듯 후덕하게 미소 지었다.

"아가, 넌 나에게 진심을 주었고, 나도 너에게 진심을 주었다. 그걸 알기 때문에 난 아가 널 미워하고 싶지 않았단다."

어린 자신의 머리를 다정하게 쓰다듬어 주었던 친할아버지가 돌아온 것만 같아, 태경의 눈에 그렁그렁한 물길이 가득 차올랐다.

"임신에 관한 건, 요즘은 거의 혼수로 아이를 가져간다는데 뭐 그리 죄스러울 게 있다고. 허허허."

괜스레 소리 높여 웃던 석용은 눈물을 삼켜 보려고 노력하는 태경을 조금 진지해진 눈으로 보았다.

"그리고 잠깐 아가, 네가 이야기하는 걸 문 밖에서 들었는데…… 그래, 나와 시혁이에게 누가 될 것 같다고?"

"네……."

"물론 처음에는 좀 그럴지도 모르겠지만, 그렇다고 해서 누가 가족을 버리겠느냐? 넌 이미 오래전부터 우리의 가족이었어. 시혁이도 말했다만…… 그건 네가 걱정할 게 아니야. 사람은 누구나 할당량이 있으니까. 자신의 몫이 아닌 것까지 짊어지려고 한다면 제대로 살 수 있는 사람이 얼마나 되겠느냐? 넌 그저 너의 몫으로, 시혁이를 잘 내조해 주면 된단다."

조금 다른 의미로 가슴이 답답해진 태경은 탄식하듯 숨을 토해냈다. 더 이상 치밀어 오르는 눈물을 참을 수가 없었다.

태경은 손바닥으로 입을 막고, 울음기가 잔뜩 배어나는 목소리를 겨우 흘려내었다.

"저…… 조금만…… 울어도 될까요?"

"저런, 저런. 임신하면 눈물이 많아진다더니……."

따뜻한 감정으로부터 솟아난 샘물이 태경의 눈을 타고 후두둑 후두둑 떨어져 내렸다.

"감사해서, 너무도 감사해서……."

"그래, 울어. 이런 날 울어야지, 이렇게 기쁜 날 울어야지."

석용이 허락하자마자 거짓말처럼 많은 눈물이 폭포수가 되어 하얀 얼굴을 잔뜩 적셨다. 물에도 번지지 않는다는 마스카라마저 젖어 내릴 듯 한없이 흘러내렸지만, 태경은 신경 쓰지 않았다.

"자, 어떠냐?"

문득 석용은 의기양양하게 물었다.

"늙은이 꾀에는 음흉한 호랑이도 당할 수 없는 법이지?"

태경은 순간 멍해져서, 칭찬받기 원하는 악동처럼 웃고 있는 석용을 한동안 바라보기만 했다. 하지만 곧 태경의 얼굴에 만개하는 해바라기 꽃처럼 화사한 웃음꽃이 피어나기 시작했다.

"정말 그러네요."

태경은 눈물에 얼룩진 얼굴로도 활짝, 아주 활짝 웃었다.

에필로그 상

집 안에는 기묘한 긴장감이 떠돌고 있었다. 그야말로 일촉즉발이라고 해야 할까. 살짝만 건드려도 팅 튕겨오를 듯 땅땅하게 당겨진 긴장감과 누구든지 절로 입을 다물 것처럼 엄숙한 침묵. 그 가운데 두 남녀가 팽팽하게 맞서고 있었다. 지금이 서부시대라면 탁한 모래바람만이 분위기도 모르고 휘이이 소리를 내며 불어갈 듯했다.

편안한 폴로티셔츠와 바지를 입은 남자는 위압적인 눈을 부리부리하게 빛내고 있었고, 그 앞에 앉은 여자는 울상인 얼굴을 하고 개구리처럼 볼을 한가득 부풀리고 있었다. 게다가 역시 가벼운 주름치마와 카디건을 편안하게 걸친 여자는 무언가 굉장히 고통스러운 듯 눈에 눈물까지 그렁그렁했다.

여자는 부연 순막에 감싸인 눈으로 필사적인 무언(無言)의 부탁을 보냈다. 그러나 애석하게도, 아내의 그런 눈빛이 안쓰러울 만도

하건만 숟가락을 들고 있는 남자는 강철처럼 단단한 포커페이스를 지우지 않았다. 오히려 어디서 앙탈이냐는 듯 위협적으로 숟가락을 아내의 입 쪽에 들이밀었다.

"먹어."

숟가락 위에 소복이 쌓인 밥을 내려다본 아내는 곤란색이 역력한 표정을 지었다. 하지만 일에 있어서도 타협이 없기로 유명한 남편은 결코 물러설 생각이 없어 보였다.

"입."

남자는 무뚝뚝하게 말했다.

"열어."

그 말에 여자는 혼신의 힘을 다해 입 안에 든 음식을 씹어 보려고 노력했다. 그리고 신물이 치밀어오를 듯한 고통도 겨우 이겨내고 음식을 목구멍 뒤로 꿀꺽 삼켜 넘겼다. 하지만 더 이상은 때려 죽인다고 해도 불가능했다.

"더 이상은 안 돼요."

이미 포화상태가 되고도 한참이 지난 위장은 터질 듯했고, 억지로 꾸역꾸역 삼킨 밥이 그야말로 역류할 것 같았다.

"돼."

태경의 반박을 한 마디로 일축한 시혁은 잔말 말고 입을 열라는 듯 숟가락을 들이댔다. 태경은 이제 밥 냄새만 맡아도 올라올 것 같아 '우웁' 소리를 내며 고개를 돌려버리고 말았다.

"이건 고문이라구요."

그제야 시혁은 작은 한숨과 함께 밥그릇과 숟가락을 내려놓았다.

"또다시 그렇게 소식하면 내가 직접 떠먹일 거라고 했지."

그랬다. 태경은 굉장히 소식을 하는 편이었고, 임신을 하고 있을 때를 제외하고는 결혼을 하고 나서도 결코 위장 허용량 이상은 먹을 수가 없었다. 시혁의 눈에는 그게 못 참게 못마땅한 듯했다. 그래서 많이 좀 먹으라고 몇 번이나 타박을 주었는데, 30년 이상 소식에 길들여진 위장이 갑자기 늘어날 리는 없었다.

그랬더니 어느 날 시혁이 말하길, 또 그렇게 감질나게 먹으면 밥 먹을 때마다 옆에 앉혀 놓고 떠먹일 거라고 하는 게 아닌가. 태경은 설마 했지만, 시혁이 허언을 할 사람은 아니었다. 더 먹어 보려고 노력은 했지만 도저히 되지 않아서 숟가락을 내려놓자, 시혁은 말한 대로 시행하기 시작했다.

태경이 몇 번이나 더 이상은 안 된다고 고개를 내저었지만, 굽히지 않았다. 오늘도 그 연장선이었다.

"사람마다 허용량이 있는 거예요."

태경의 볼이 팅팅 불어났다.

"먹으면 먹을수록 위장은 느는 거지."

그래도 일단 한 그릇은 거의 다 비웠으니 시혁은 이쯤에서 타협해 주려는 듯 식탁에서 일어섰다. 그리고 거실로 나갔다.

뒤에 남겨진 태경은 잠깐 동안 더 자리에 앉아 터질 듯한 배를 추스른 다음에야 먹고 난 식기를 정리하기 시작했다. 창동댁이라고 불리는 입주 가정부 아주머니가 있긴 했지만 오늘은 아들 졸업식이라고 해서 집에 없었기 때문에 태경이 직접 하는 수밖에 없었다. 하지만 물론 직접 하는 버릇이 들어 있는 태경은 보통 때도 창동댁의 손을 빌리기보다 스스로 하는 편이었다.

"이리 와."

태경이 대충 설거지를 마치고 부엌에서 나오자, 거실 소파에 앉아 있는 시혁이 그녀에게 손짓했다. 태경은 순순히 그의 곁에 다가가 앉았다.

"왜요?"

시혁은 위기감이 들 정도로 빤히 태경을 주시했다. 그 시선에 태경이 저도 모르게 주춤하자, 그녀의 잘록한 허리를 감싸 안아 당기더니 말했다.

"또 임신을 하면 많이 먹으려나?"

태경 스스로도 놀라운 일이지만, 임신했을 때의 식욕은 정말 말 그대로 괴물 같은 식욕이었다. 자신이 어떻게 그렇게 먹어댔는지 불가사의하게도, 삼겹살을 구우면 3인분은 순식간에 뚝딱이고 비빔밥은 거의 세숫대야에 비벼 먹는 수준이었다. 자다가도 배고파서 일어나는 건 비일비재한 일이었다. 게다가 새벽에 몰래 일어나서 냉장고를 뒤적거리다가 무슨 일인가 싶어 따라 내려온 시혁에게 들킨 적도 있었다.

즉, 한입으로 2인분의 밥을 먹어야 한다는 게 역시 보통 일은 아닌지 임신 당시에는 시혁보다 배는 먹어댔다.

한 번은 아무리 결혼을 했어도 흠모하는 남편에게 걸신들린 듯한 모습을 보여주고 싶지 않은 마음에 설움이 왈칵 치밀어 올라 엉엉 울어 젖혔는데, 울고 있자니 배가 고파져서 눈물에 젖은 만두를 집어먹은 적도 있었다. 그때 태경은 시혁이 어깨까지 간헐적으로 떨며 웃는 모습을 처음 보았다.

"글쎄요……."

확실한 목적을 가지고 배를 쓸어오는 손바닥에 태경은 애매모호하게 웃었다. 그리고 슬그머니 자리에서 일어서려고 하는데, 옷 안으로 불쑥 밀고 들어온 손이 한쪽 가슴을 와락 움켜쥐었다. 여전히 얼음조각처럼 서늘한 손이 얇은 브래지어 옷감 너머로 여실히 느껴졌다.

"자, 잠깐……."

태경은 시혁이 잠깐이라는 말을 싫어하는 걸 알면서도 저도 모르게 내뱉으며 몸을 바르작거렸다.

"가만히 있어."

역시 시혁은 일언지하에 그녀의 말을 막고 옷 안으로 꼬물꼬물 파고든 손으로 브래지어를 젖혀 내렸다. 그리고 촉감으로만 느껴지는 가슴 둔덕을 간질이듯 쓸며 벌써부터 반쯤 일어서 있는 유실을 빙글빙글 매만졌다.

"으음……."

능수능란하게 자극해 오는 손길에 태경은 몸을 뒤틀었다. 그러자 유두를 손가락 사이에 끼우고 꾹꾹 누르던 손이 떨어져나가고, 그의 다른 손이 거추장스러운 껍질을 벗기듯 카디건을 홱 들어 올렸다. 그리고 탐스러운 가슴을 숨기고 있던 브래지어가 아래로 끌어내려졌다. 그에 태경의 가슴은 위로 올려진 카디건과 아래로 내려진 브래지어 사이에서 뽀얗게 드러난 형상이 되고 말았다. 마치

귤껍질을 양 옆으로 까둔 것처럼.

시혁은 달콤한 귤의 속살을 맛보듯 덥석 한입에 가슴을 깨물었다.

"아……!"

시혁은 탐욕스러운 어린아이처럼 한쪽 가슴은 입에, 다른 한쪽은 손에 쥐고 자극하기 시작했다.

습한 마찰음이 둘밖에 없는 집 안에 가득 울려 퍼졌다.

태경은 받기만 했던 예전과 달리 가슴께에 있는 그의 머리카락 속으로 손을 묻었다. 그러자 아무것도 바르지 않은 머리카락이 손가락 사이에서 살랑거렸다.

좀 어울리지 않은가 싶지만, 시혁은 머릿결이 굉장히 좋은 편이었다. 그리고 가지런히 뻗은 직모에 사람의 손이 닿지 않은 숲처럼 울창했다.

반듯한 이마 위로 살며시 드리워지는 흑발이 보기에도 부드러울 것 같다고 예측하고 있었지만, 막상 만져 보니 예상보다 부드러운 느낌에 중독 될 것만 같았더란다.

그에게 좋지 않은 부분이 어디 있으랴마는, 머리카락을 만지고 만지기를 허락한다는 건 서로 가까운 사이에게만 허용되는 면모가 있어서인지 한없이 만지고 싶어졌다.

한참 가슴을 맛보던 그가 태경의 손을 치워내고 고개를 들었다. 흐트러진 머리카락 아래 진한 초콜릿색으로 깊어진 그의 눈동자가 명백한 욕망을 담고 태경을 내려다보았다.

이내 열은 숨결을 내뱉는 그의 입술이 태경의 입술로 내려왔다. 태경은 살며시 눈을 감으며 질감 좋은 입술이 와 닿는 순간을 고대했다. 그러나 두 입술의 합일이 1cm도 남지 않은 순간이었다.

"오마아!"

현관문이 벌컥 열리는 소리와 동시에 카랑카랑한 미성(美聲)이 두 사람의 귓속에 찌르듯이 파고들었다. 태경의 위에 올라타 있던 시혁이 슥 옆으로 비켜서고 태경이 벌떡 몸을 일으켜 세운 것은 동시였다.

이런 일이 예전에도 종종 있었던 듯, 태경은 당혹스러워진 표정과는 다르게 엄청난 속도로 옷차림을 정상적으로 되돌렸다.

"이런, 이런. 녀석아, 넘어진다."

시혁이 흐트러진 머리카락을 쓸어 넘기고, 옷차림을 정리한 태경이 소파에서 일어서기 무섭게 한 꼬마가 거실로 거의 뛰어들다시피 달려왔다. 그리고 새끼 멧돼지처럼 직선으로 돌진해 태경의 다리에 와락 달려들었다.

"오마아! 오마!"

고목에 매달리는 매미인 양 태경의 다리를 끌어안은 꼬마는 정신없이 혀 짧은 소리를 내다가, 태경이 머리를 쓰다듬어 주었을 때야 멈추었다.

"왔니?"

"앙!"

태경의 치마 속에 얼굴을 폭 파묻고 있던 꼬마는 함박웃음을 활짝 지어 보였다. 태경은 어린 아들을 내려다보며 빙그레 웃었다.

"쯔쯔, 기운도 좋은 녀석."

석용은 느긋하게 뒷짐을 지고 늦게야 거실로 들어왔다.

"오셨어요?"

"그래, 저 기운 좋은 녀석 때문에 늙은 몸이 남아나질 않겠구나."

그 말을 증명이라도 하듯, 태경의 한 다리를 꼭 끌어안고 있던 꼬마는 소파에 앉은 시혁을 발견하고 벌써부터 야생본능을 발휘하는 어린 사자처럼 번쩍 눈을 빛냈다. 그리고 그 작은 몸 어디에서 그런 에너지가 솟아나는지, 다다다다 달려가 시혁의 무릎 위로 거의 다이빙을 했다.

"아바아! 아빠! 아빠!"

아들이 무릎 위에 엎드린 채 정신없이 허우적거리다가 순간 떨어지려는 듯 휘청거리자, 시혁은 얼른 아들의 등을 손으로 짚었다.

"김지한, 떨어진다."

한순간 식겁하긴 했지만, 지한은 아버지가 자신이 떨어지도록 내버려 두지 않을 거란 걸 깨달았는지 까르륵 웃었다. 그리고 솟구쳐 오르듯 벌떡 일어서서 시혁의 허벅지를 두 다리로 짚고 섰다. 시혁이 허리를 잡아주자 재주도 좋게 균형을 잡고 서서는 한참 깔깔거리다가 그제야 아버지에게 인사하려는 듯 시혁의 목을 폭 끌어안았다.

"다녀왔습니다!"

시혁은 한 손으로도 다 덮어질 듯 작은 아들의 등을 도닥여 주었다.

이 휘몰아치는 모습만 봐도 알 수 있듯, 지한은 김가(家)의 작은 폭풍 같은 존재였다. 크기는 작지만 힘만큼은 그 누구도 통제하기 힘들어, 시혁이 화난 눈으로 볼 때만 찔끔 입을 다물며 조용해지곤 했다.

태경은 두 남자의 친근한 모습을 다정하게 지켜보다가 다시 석용에게 고개를 돌렸다.

"늘 지한이 데려오느라 힘드시죠? 제가 가도 되는데."

"아니다, 늘그막이 얻은 즐거움인데 이 할애비의 즐거움을 뺏어서야 쓰나."

다섯 살 난 지한은 집에만 있기에는 넘치는 에너지를 주체할 수 없는 듯해 올해부터 어린이집에 다니고 있었다. 그리고 어린이집이 끝나는 시간에 맞춰 지한을 데리러 가는 건 늘 석용의 몫이었다. 처음에는 태경이 할아버님께 그런 일을 시킬 수는 없다고 극구 만류했지만, 석용은 기원(棋院)에 다니는 것보다 더 즐거운 일이라고 괜찮다며 껄껄 웃을 따름이었다.

"아빠! 지한이가 그림 그렸어요!"

이제 시혁의 무릎 위에 엉덩이를 깔고 앉은 지한은 '희망 어린이집' 이라는 총천연색의 로고가 쓰여 있는 어린이집 가방을 뽀스락거리며 꾸깃꾸깃한 도화지를 꺼내 들었다.

"그래?"

시혁이 흥미를 보이자, 지한은 자랑스럽게 도화지를 펼쳐 보였다. 그러자 석용이 절레절레 고개를 내저었다.

"저 녀석 좀 보게. 그림 그렸다고 하도 자랑을 하기에 좀 보자고 했더니 극구 안 된다고 하더니만 제 아비한테만 쏙 보여주는구나. 원, 배신감이 느껴지는구먼."

정말 섭섭한 듯한 어조에 태경은 석용의 겉옷을 받아들며 작게 웃고 말았다. 하지만 지한은 석용의 말을 듣지 못한 듯 시혁에게 다시 말했다. 물론 들었다고 해도 배신감이라는 말이 무슨 뜻인지 몰랐겠지만.

"아빠, 엄마, 지한이~."

지한은 허연 도화지 위에 종종종 그려져 있는 사람 형체 비스무리한 것들을 가리키며 설명했다.

"그럼 이쪽이 할아버지?"

시혁이 가장 위쪽에 그려져 있는 형체를 짚으며 묻자, 지한은 방실방실 웃었다.

"앙!"

"그럼 이건 누구지?"

시혁은 지한이 자신이라고 말한 인물 옆에 그려져 있는 신원미상(?)의 형체를 가리키며 물었다.

"앙, 이 사람은요~ 아빠 친구!"

순간 냉기가 세 어른을 휘감고 지나갔다. 떠들썩하던 말소리가 일순간에 잦아들고, 육중한 침묵만이 남았다. 지한은 갑자기 어른들이 심각한 표정으로 침묵하자 의아해진 듯 세 사람을 하나하나 둘러보았다. 하지만 아직 5년밖에 쌓이지 않은 지식으로는 세 어른이 동시에 입을 다물어 버리는 이유를 도통 알 수가 없었다.

태경은 설마 하며 얼른 시혁의 무릎 위에 앉아 있는 지한에게 다가갔다.

"지한아, 아빠 친구 누구?"

지한은 어리둥절한 얼굴이었다. 하지만 엄마의 표정이 심상치 않다 느꼈는지 작은 머리통을 이리저리 갸웃거리며 기억해 보려 애썼다.

"으응…… 이름은 모르겠어요."

"언제 한 번 본 적 있는 사람이었어?"

지한은 절레절레 고개를 내저었다. 이제는 아이의 직감으로도 뭔가 이상하다 느꼈는지, 불안한 얼굴이었다.

"오늘 처음 본 사람이야?"

지한은 고개를 끄덕였다.

"그럼 그 사람이 뭐라고 말했어?"

"지한이 예쁘다고 했어요."

태경은 잠시 말간 눈으로 자신을 올려다보는 어린 아들을 보았다.

지한의 성별은 분명한 남자였지만, 태경의 유전자를 더 강하게 받았는지 남자아이치고는 지나치게 예쁘장한 외모를 가지고 있었다. 어린아이 특유의 솜털처럼 보들보들한 피부에 아카시아 꽃처럼 해사한 얼굴, 총명하게 반짝거리는 눈동자는 큼지막했고, 정세 모형의 입술은 분홍빛이었다.

통실한 젖살이 빠지고 나면 굉장한 미소년이 될 거라는 건 굳이 예측해 보려고 하지 않아도 알 수 있었다.

성격은 웬만한 남자아이 못지않게 터프함 그 자체지만, 복사꽃처럼 작고 귀여운 외모로만 보면 한눈에도 유괴범들의 표적이 되기 십상이었다. 게다가 지한은 H&J 회장 가(家)의 외동아들이었다. 즉, 지한만큼 검은 손들의 위협을 받기 딱 알맞은 대상도 없다는 의미였다.

유괴대상인 어린아이에게 '난 네 아버지 친구인데……' 라고 말하면서 꾀어내는 건 유괴범들의 전용 레퍼토리가 아니던가!

"설마…… 그런 건 아니겠죠?"

태경은 불안하게 파동 치는 눈으로 시혁을 바라보았다. 시혁은 잠시 뭔가를 생각하는 듯 묵묵한 표정이었다.

"경호원이라도 붙여야 할까? 하지만 경호원이 붙으면 지한이가 불안해할 것 같은데……."

석용도 여러 가지로 생각해 보는 듯 중얼거렸다.

"엄마, 엄마, 왜 그래요?"

지한이 태경의 무릎 위로 옮겨 타며 묻자, 태경은 살짝 고개를 흔들었다.

"아무것도 아니야. 우리 지한이가 너무 예뻐서 누가 데려갈까 봐."

"우웅, 하지만 지한이는 사탕 싫어해요."

지한은 자못 심각하게 말했다. 태경이 항상 '누가 사탕 준다고 해도 절대 따라가지 마' 라고 말했기 때문에, 사탕만 조심하면 된다고 생각하는 듯했다. 그것도 그렇지만, 어린아이치고는 특이하게도 지한은 사탕이나 초콜릿 같은 캔디류를 별로 좋아하지 않았다. 대신 태경이 지한을 임신하고 있을 때 먹은 게 대부분 한식이라서 그런지 어쩐 건지, 다섯 살 난 꼬마가 청량고추도 우적우적 잘만 먹었다.

군것질거리도 달콤한 과자나 그런 것보다 어른들의 술안주를 더 좋아해서, 육포를 손에 쥐어 주면 하루 온종일 들고 다니면서 씹어 먹고는 했다.

소녀처럼 야들야들한 외모에 속은 완전히 아저씨 같으니 시혁이 '그램린을 낳아 놨군' 이라고 말하는 것도 무리는 아니었다.

"그래, 지한이는 사탕 싫어하지. 하지만 육포 준다고 해도 따라가면 안 돼."

태경은 지한을 안아 올리며 당부했다. 하지만 육포라는 말이 나오자 지한은 심하게 갈등이 되는 듯한 얼굴이었다.

"땅콩을 준다고 해도 따라가면 안 돼. 김도 안 되고, 물오징어도 안 돼. 모르는 사람이라면 무슨 말을 해도, 뭘 준다고 해도 따라가면 안 돼. 알겠지?"

태경이 재차 신신당부하자, 지한은 하는 수 없이 고개를 끄덕였다. 부모님과 할아버지 말을 잘 듣는 착한 어린아이 되기가 오늘 어린이집에서 내려준 미션(?)이기 때문이었다.

"근데 엄마."

문득 지한은 부담스러울 정도로 큰 눈을 초롱초롱 빛내며 태경을 보았다.

"응? 우리 지한이, 왜 그럴까?"

지한은 그 누구도 거부할 수 없게 만들려는 듯 샐쭉 웃었다.

"지한이, 땅콩 먹고 싶어요."

둘의 대화를 듣던 시혁은 피식 웃어 버렸다. 어디서 이런 영악한 꼬맹이가 나왔는지, 석용도 마찬가지였다.

"윤태경."

태경은 가만히 볼을 쓸어내리는 감촉에 부스스 눈을 떴다. 흐려진 수면 위에 비친 그림자처럼 시혁이 흐릿한 형상으로 보였다. 점점 정신을 차리고 보자, 하늘과 비행기 일색인 방 안 풍경이 가장 먼저 눈에 들어왔다.

지한은 유독 하늘과 비행기를 좋아하기 때문에 태경과 시혁은 지한의 방에 하늘이 그려진 벽지를 발라 주었고, 여러 국가의 비행기 모형이 달린 모빌을 천장에 걸어 주었다. 그러다 보니 방 안이 전부 하늘과 비행기로 가득한 것이었다. 다섯 살 나이 치고 무엇이든지 취향이 참 확실하다고 할 수 있었다.

지한은 태경의 품속에서 먼 꿈나라로 호기 어린 여행을 떠난 듯 새액새액 규칙적인 숨소리를 내뱉으며 잠들어 있었고, 태경은 아들의 작은 침대에 함께 누워 있었다.

지한을 재울 요량으로 동화책을 읽어 주다가 저도 모르게 짧은 단잠이 들어 버린 모양이었다.

"아…… 잠깐 잠들었나 봐요."

태경은 지한을 살며시 돌려 눕히며 상체를 일으켜 세웠다. 그러자 지한은 '으응, 비행기……' 라고 웅얼웅얼 잠꼬대를 하며 옆으로 돌아누웠다. 그리고 다시 스윽 깊은 잠에 빠져 들었다.

그런 아들을 바라보는 태경의 눈은 참으로 다정한 색에 물들어 있었다.

비행기를 타고 날아가는 꿈이라도 꾸는 걸까.

"나와."

시혁은 파란 비행기가 그려진 잠옷을 입고 잠든 아들을 가만히 쓰다듬어 주고 먼저 방에서 나섰다. 태경도 제 아버지를 닮아 몹시 부드러운 지한의 머리칼 위에 살포시 키스해 주고는 몸을 일으켰다. 그리고 훈훈해진 공기만이 적막하게 가라앉아 있는 아들의 방을 다시 한 번 확인하고 조심히 문을 당겼다.

끼익, 달칵.

평화로운 하루의 막을 내리듯 문이 가만한 소리를 내며 닫혔다.

복도의 불을 끄고 안방으로 가자, 시혁은 화장실에 갔는지 보이지 않았다. 그래서 태경은 옷장으로 가서 옷을 갈아입기 시작했다.

시혁을 제외하고 원래 김가(家)의 하루는 보통 12시면 끝나지만, 태경은 내일 일찍부터 나갈 일이 있기 때문에 잠이 아직 다 달아나지 않은 김에 어서 침대에 들어야 할 듯했다.

잠옷으로 갈아입은 태경이 안으로 말려들어간 머리카락을 빼낼 때쯤 시혁이 안방 화장실에서 나왔다. 하지만 그는 아직 잠자리에 들지 않으려는지 잠옷이 아닌 평상복을 입고 있었다.

"아직 할 일 있으세요?"

"응."

"그럼 전 좀 씻을게요."

시혁을 스쳐 지나 화장실로 들어가 이를 닦고 세수한 후에 나왔는데, 어째서인지 당연히 서재로 갔을 거라 생각한 시혁이 침대에 앉아 책을 보고 있었다. 태경은 의아해졌지만 별달리 여기지 않고 화장대에 앉아 기초화장품을 바르기 시작했다. 그런데 문득 이상한 느낌에 화장대의 거울을 바라보자, 뒤에 있는 시혁이 책을 든 자세 그대로 빤히 태경을 주시하고 있었다.

부담감이 느껴질 정도로 힘 있는 시선에 태경은 어색하게 고개를 돌리고 물었다.

"왜 그렇게 보세요?"

시혁은 대답 대신 책을 옆 탁자에 내려놓았다. 그리고 태경에게 손짓했다.

경상도 출신도 아니고 서울토박이인데, 결혼을 했어도 여전히 필요할 때를 제외하고는 과도하게 말이 없는 남자였다. 하지만 약혼 기간 4년을 포함해 결혼생활 5년 동안 그 과묵함에 익숙해질 대로 익숙해진 태경은 대충 얼굴만 두드리고 침대로 다가갔다. 그러자 시혁은 누우라는 듯 자신의 옆자리를 탁탁 쳤고, 태경은 군말 없이 이불 속에 들어가 앉았다.

"왜 그……."

더 이상 질문할 필요는 없었다. 아까 낮에 피치 못하게 방해받았던 일을 속행하려는 듯 시혁이 태경의 몸을 타고 올랐기 때문이었다.

태경은 눈을 동그랗게 떴다.

"할 일 있다고 하지 않으셨어요?"

"있어."

"그럼……."

"하고 나서."

시혁은 잔말 말라는 듯 태경의 목덜미에 입술을 묻었다. 하지만 태경은 얼른 그의 어깨를 밀어냈다. 그에게 행동할 시간을 조금만 더 주면 자신은 거부할 의사를 아예 잃어버린다는 사실을 잘 알고 있기에, 그가 행동을 개시하기 전에 막아야 했다.

"저 내일 일찍 나가야 해요."

시혁은 대답을 바라는지 눈을 치켜떴다.

태경은 자신의 대답 여하에 따라서 그가 오늘 밤은 그냥 넘어가 줄 것인가 말 것인가 하는 갈림길에 서 있다는 걸 직감적으로 깨달았다.

"스튜디오에 일이 있거든요."

태경의 대외적인 직업(?)은 H&J의 안주인이었지만, 실질적인 직업은 플로리스트였다. 정확히 말하자면 플라워 코디네이터라고 할 수 있었다.

포괄적으로 플로리스트라고 칭하는 플라워 코디네이터는 광고 연출, 공공장소, 모델하우스, 방송국 스튜디오, 무대, 호텔, 레스토랑, 예식장, 파티장 등등, 꽃으로 디스플레이 또는 디자인이 필요한 공간을 찾아다니면서 디자인을 하는 직업이었다.

시혁과 결혼하게 되긴 했지만, 한 번 지한을 홀로 키우자 결심했던 태경은 H&J의 안주인 자리에 안주하고 싶지 않아졌고, 한 남자의 아내나 한 아이의 어머니, 재벌가의 며느리만이 아닌 진정한 의미에서 '윤태경'이 되고 싶었다.

너무 늦었다고 생각할 때가 가장 빠른 것이라고 하던가.

대학에서 원예과를 이수한 태경은 전공을 살리고 적성에도 맞을 만한 직업을 찾았고, 심심치 않게 보아왔던 플로리스트라는 직업을 발견했다. 그래서 태경은 임신 5개월이 되자마자, 여태 없었던 게 신기할 정도로 급작스럽게 시작된 입덧과 씨름하면서 화훼장식기사 자격증을 따기 위해 공부했다.

임신 당시 태경의 생활을 단적으로 말하라면, 먹고, 토하고, 공부하고, 토하고, 먹고, 먹고, 토하고, 공부하고, 이 세 가지 패턴의 무한반복이었다. 보다 못한 시혁마저 출산을 하고 하든지 하라고 했으나 태경은 결심했을 때 하지 않으면 안주하고 싶어질까봐 안 되겠다고 말했다.

솔직히 스스로도 인지하고 있건대, 자신은 그다지 악독하지 못한 성격이기 때문에 틈을 주면 퍼질러 앉아 버릴 게 분명했다.

그리하여 현재, 플로리스트 4년차인 태경은 재벌가 사모님에게는 어울리지 않게도 아직 여기저기 발로 뛰고 있었다.

그런 자신이 부끄러울까 싶어 시혁에게 혹시 마음에 들지 않느냐고 조심히 물어본 적이 있는데, 역시 시혁이 남의 시선에 신경을 쓸 리가 없었다. '네가 원하는 거라면 그것으로 된 것 아닌가?' 라고 일축해 버려, 물어본 태경이 부끄러워지고 말았다.

"몇 시에 나가야 하지?"

시혁은 선뜻 포기할 수 없는지 물었다.

"아침 6시요. 그러니까 적어도 5시에는 일어나야 해요."

태경도 늘 시혁이나 석용이 일어나는 시간에 비슷하게 일어나긴 하지만, 내일은 하루 종일 뛰어다녀야 하는 걸 생각하면 시혁도 더는 어쩔 수가 없었다.

시혁은 불만족스러운 기운을 온몸으로 내뿜으며 태경의 옆자리에 털썩 누웠다.

"미안해요."

"아니, 일이니까."

하지만 시혁은 곧 생각을 고쳐먹은 듯 몸을 태경 쪽으로 돌려 머리를 괴고 말했다.

"위에 벗어봐."

"예?"

"가슴 정도는 허락해."

순간 태경의 얼굴에 짙은 곤란색이 퍼져갔다. 하지만 물끄러미 바라보고 있는 시혁의 단호한 눈을 보아하니, 그도 이 선까지는 타협하지 않을 모양이었다.

태경은 하는 수 없이 잠옷의 앞섶에 손을 대었다. 그리고 조금 주저하며 느릿느릿하게 풀어 내리는데, 시혁은 그 동작을 일거수 일투족 빤히 바라보고 있었다.

잠옷의 앞섶을 모두 풀어낸 태경은 이 정도면 됐냐는 눈으로 시혁을 보았다. 하지만 시혁의 눈은 속옷까지 벗으라고 말하고 있었다. 태경은 '끙' 작게 신음하며 브래지어의 앞에 있는 후크를 풀어냈다. 그러자 은은한 주황 조명등만이 빛나는 아래 소담한 가슴이 말갛게 모습을 드러내었다.

결혼한 지 5년이 되었는데도 태경은 괜한 수줍음에 볼을 발긋하게 붉혔다. 하지만 뻔뻔해 보일 정도로 얼굴색이 전혀 변하지 않는 시혁은 태경을 눕히고 마치 제 것인 양 젖가슴에 얼굴을 묻었다. 민들레 씨앗처럼 보슬보슬한 살결이 볼을 스치고, 만족스러운 신음이 절로 흘러나올 만큼 몰캉한 감촉이 전해졌다.

"그래, 요즘 일은 어때?"

에로틱하게도 시혁은 그 상태로 대화를 하려는지 물었다.

그의 입술에서 흘러나온 옅은 숨결이 민감한 유두를 스치자 태경은 어깨가 살짝 떨려왔다.

"그냥 그렇죠, 뭐. 아, 근데……."

"음?"

"요즘 이상한 곳에서 의뢰가 많이 들어와요. 일단 들어오니까 수주를 받고는 있지만……."

시혁은 태경의 가슴 둔덕에 아프지 않게 턱을 괴었다.

"이상한 곳?"

태경은 처음 그 이상한 곳에서 의뢰를 받았을 때가 기억나는지 모호한 웃음을 지었다.

"정확히 어디라고 말할 수는 없는데, 예를 들자면 주현 건설 기념식이나, 백산 물산, 유베이 호텔, 유하 화장품 회사 셋째 딸이 결혼하는 예식장…… 뭐 이런 곳이요."

시혁은 그 이상한 곳 리스트를 듣자마자 눈치 챈 듯 훗 하고 웃었다.

"H&J의 사모님이 플로리스트라는 소문이 퍼졌나 보지."

"아마 그렇지 않을까 하긴 했는데…… 저라면 일단 백안시하고 봤던 사람들이 웬일인가 모르겠네요."

좀 미묘한 차이긴 하지만, 윤가(家)의 이혼녀와 H&J 김가(家)의 총각이 결혼한다는 이야기가 퍼지자 세상은 예상한 대로의 반응을 보였다. 매스컴은 연일 그들의 결혼 소식을 보도하며 은근히 씹기 바빴고, 한동안 사교계의 모임에서는 두 사람의 결혼 이야기를 모르면 대화가 되지 않을 정도였다.

태경이 시혁의 전 약혼녀였다는 사실은 더욱 소문에 부채질을 가할 뿐, 루머의 불길이 잦아들게 하는 데는 하등 도움이 되지 않았다.

태경은 어떤 이야기가 들려와도 울지 않으려고 했지만, 마음이 갈가리 찢겨 넝마가 되는 듯한 기분에 한없이 초연할 수만은 없었다. 태경보다 더 많은 말들에 시달리고 돌아와서도 평소와 다를 바 없었던 시혁이 미묘하게 웃으며 한 말이 아니었다면, 견디기 힘들었으리라.

[강한 사람이 살아남는 게 아니라 살아남는 사람이 강한 법이지.]

어떻게 보면 처절하기까지 한 생존전략이었지만, 이제 와서 보니 딱 맞는 말인 듯했다. 태경을 가장 무난하게는 계산적인 여자, 가장 나쁘게는 창녀로까지 보며 피하기 바빴던 사람들이 이제는 은근슬쩍 다가오려고 하고 있으니 말이다.

아마 거기에는 태경과의 결혼과 상관없이 연일 승승장구 하는

H&J의 힘이 가장 컸겠지만, 태경이 플로리스트로 서서히 커리어를 쌓아가고 있기 때문이기도 할 터였다.

"그럼 내일 가는 곳도 그 '이상한 곳' 인가?"

"아뇨, 내일은 계속 함께 일해 온 방송국 스튜디오예요."

"그렇군."

그 말을 끝으로 시혁은 잠에 든 것처럼 말도, 움직임도 없었다. 그저 아이가 어머니의 품에 안겨 있는 것처럼 가슴에 가만히 얼굴을 기대고만 있었다.

평온한 침묵 속에 태경은 시혁을 내려다보았다. 일단 정상적인 남자라면 당연히 여자의 가슴을 좋아하겠지만, 시혁은 은근히 좀 더 집착하는 면모가 있었다.

애정결핍이 있는 남자일수록 여자의 가슴에 더욱 집착한다던가.

시혁도, 이젠 과거의 일이 상처가 아니라고 할지언정 어렸을 때 부모님을 모두 떠나보낸 아이에게 애정결핍이 없을 수는 없는 이야기였다. 물론 지금의 그를 아이라고 하자면 아주 심각하게 어폐가 있고, 부모님을 잃을 당시에는 그랬다는 의미였다.

태경은 잔잔한 파도처럼 밀려드는 애틋함에 그의 머리카락을 살짝 매만졌다. 한 번, 두 번, 하프를 연주하듯이 아주 가만히. 시혁은 그 손길이 기분 좋은지 조용히 눈을 감은 채 반응이 없었다. 그러자 태경도 서서히 졸음이 밀려오기 시작했다.

아스라하게 번지는 주홍 스탠드 빛이 점차 아늑해지고, 고요한 잠의 파도가 그녀를 소리도 없이 쓸어가려 하고 있었다. 그런데 그때, 태경의 허리를 끌어안고 있던 손이 은밀하게 기어오르는가 싶더니 둥그스름한 젖가슴의 윤곽을 덧그리고 와락 움켜쥐었다.

가슴 계곡 쪽에서 규칙적인 숨결을 내뱉고 있던 입도 살결을 잘근잘근 씹으며, 하얀 언덕의 고지로 향해 왔다.

"아……."

이제는 버릇이 될 정도로 익숙한 손길에도 태경은 착실하게 반응을 보였다. 그러자 숨바꼭질을 하듯 음밀한 동작이 좀 더 노골적으로 변하기 시작했다. 짜르르한 전류가 퍼져 나가도록 살짝 유두 끝을 핥아 올리고, 통이 큰 잠옷바지 속으로 슬금슬금 파고들었다.

팬티 속에 감춰신 꽃잎을 넘보는 손길에야 태경은 번뜩 정신을 차렸다. 그리고 얼른 그의 손을 잡고 만류했다.

"이제 자야 해요."

태경이 곤란하다는 듯 말하자, 빤한 눈으로 그녀를 올려다보던 시혁은 후, 낮게 한숨을 내쉬었다. 그리고 태경의 속옷과 잠옷을 모두 여며준 후에 침대에서 일어섰다.

"자라."

그의 손이 포근하게 머리를 덮어 왔다. 그 느낌이 좋은 태경이 배시시 웃자, 그의 촉촉한 입술이 그녀의 입술 위로 소프트 아이스크림처럼 아주 부드럽게 잠깐만 닿았다가 떨어져나갔다.

"곧 주무세요."

"그래."

간결하게 대답한 그가 안방의 문을 닫고 나서자, 방 안의 어둠을 두 쪽으로 쪼개며 새어 들어왔던 빛이 완전히 사그라졌다. 그

평온한 어둠 속에서 태경은 아무런 두려움 없이 잠을 청했다.

에필로그 중

"이앙! 엄마! 엄마!"

지한은 시혁의 품에 안겨 정신없이 두 팔 다리를 파닥거리며 엉덩이를 들썩거렸다. 보통 때는 혼자서도 참 잘 놀면서 막상 엄마가 먼저 가려 하자 불안해지는 모양이었다.

"지한아, 잘 놀고 있어야 돼. 엄마 곧 올게."

태경은 어린 아들을 떼어 놓고 일하러 가자니 마음이 짠해졌지만, 더 이상 미적거리고 있을 수 없었기에 지한의 오동통한 손을 작게 흔들며 인사했다. 하지만 지한은 하얀 달걀 두 개를 넣어 놓은 것처럼 통통한 볼을 샐쭉하니 부풀릴 따름이었다. 그러자 시혁이 손으로 지한의 머리를 비비며 말했다.

"김지한, 인사."

김가(家)의 작은 폭풍 김지한이 가장 좋아하면서도 가장 무서워하는 유일한 이가 있다면 그의 아버지 김시혁이었으니, 아버지의 말에는 감히 토를 달 수 없는지 지한은 울상인 얼굴을 하면서도 순순히 인사했다.

"다녀오세요."

"그래, 우리 지한이 착해."

태경은 칭찬하듯 지한의 보드라운 뺨에 살짝 베이비키스를 해주었다.

"그럼 다녀올게요."

시혁에게도 인사하고 가려는데, 문득 지한을 한 팔로 안은 시혁이 태경의 손목을 잡아왔다. 의아해진 태경이 '무슨 일?' 하고 눈으로 물으며 돌아보자, 시혁은 여전히 무섭도록 무표정한 얼굴로 조금은 볼멘 듯 말했다.

"지한이한테만 해주는 건가?"

태경은 순간 푭 하고 웃을 뻔했지만, 처음 보는 모습도 아니었기에 웃음기가 가득한 표정으로 시혁의 볼에도 살짝 키스했다.

"엄마 아빠 뽀뽀했대요. 얼레리 꼴레리~."

지한은 깔짝깔짝 웃어댔다. 그러자 시혁은 피식 웃으며 지한을 안고 다시 차에 올라탔다. 그리고 차가 출발했지만, 지한은 엄마의 모습을 조금이라도 더 보려는 듯 차의 뒤창에 달라붙어 끝없이 손을 흔들어댔다.

차가 사라질 때까지 함께 손을 흔들어 준 태경이 어깨를 으쓱거리며 몸을 돌리려는 순간이었다.

"유우우우우—운 실장님!"

"어머!"

어깨 너머로 불쑥 치고 들어오는 목소리에 태경은 펄쩍 뛰어오르듯 놀라고 말았다.

"희란 씨!"

홱 고개를 돌려 보자, 한 여자가 '두둥!' 하는 배경음이 들려올 듯 위풍당당하게 선 채 허리에 양손을 얹고 있었다.

"깜짝 놀랐잖아."

한순간 간담이 서늘했던 태경은 가슴을 쓸어내리며 매섭지 않은 질책을 내뱉었다. 하지만 전혀 주눅 들지 않은 여자는 쯔쯔쯔, 혀를 내차며 손가락을 까딱거렸다.

"역시 새가슴이시라니까요. 그나저나 아침부터 이별영화 찍는 것도 아니고 뭐예요, 정말."

희란은 그것이 못내 못마땅한 듯 볼을 부욱 부풀리며 투덜거렸다.

"노처녀 가슴에 장렬히 불길을 싸지르시는 것도 어느 정도지, 이래서야 되겠어요?"

태경은 자못 천진난만하게 눈을 끔뻑거렸다. 희란이 왜 그러는지 도통 알 수 없다는 눈이었다.

"그냥 인사를 했을 뿐인걸?"

"어우~ 정말 타고나셨다니까. 인사를 하셨으면 됐지, 뭘 그렇게 보고 계세요? 바라만 봐도 황홀한 낭군님 누가 납치해 갈까 봐요?"

태경은 얼핏 미간을 찡그렸다.

"납치당할 만한 사람이 아닌데?"

희란은 펄쩍 뛰며 경악했다.

"말이 그렇다는 거죠! 윤 실장님 남편분이 찡그리기만 해도 공기가 다 얼어 버릴 것 같은데 납치해 가긴 누가 납치해 가요? 우와, 윤 실장님은 진짜 유머를 몰라."

태경은 언제나 에너자이저처럼 힘이 넘치고 동작 하나하나가 역동적인 자신의 어시스턴트를 보며 피식 웃고 말았다.

"희란 씨야말로 언제나 기운이 넘치네."

희란은 입술 위로 뚜렷한 곡선을 그리며 씩 웃었다.

"힘차게 살자가 제 인생 모토거든요. 어쨌든 가실까요, 사모님?"

희란은 자못 익살스럽게 말하며 태경을 에스코트하려는 듯 팔을 내밀었다. 태경은 까르르 소리 높여 웃어 버렸다.

"희란 씨를 누가 말려. 근데 사모님 소리 좀 하지 말아줘. 사람 민망하게……."

희란은 무슨 소리냐는 듯 눈을 동그랗게 떴다.

"H&J의 사모님이 사모님 아니면 누가 사모님이에요? H&J의 회장님께서 손수 바래다줄 정도인데 이제 와서 그런 말 하기는 좀 늦은 것 같지 않아요?"

희란은 1년 정도 전에 태경이 어시스턴트로 고용한 신진 플로리스트였다. 사실 말이 어시스턴트지, 태경도 고작 4년차 정도밖에 되지 않았기 때문에 거의 동업자라고 할 수 있었다. 하지만 이제 서른일곱 살인 태경에 비해 올해로 서른한 살인 희란은 나이나 경력 면에서도 조금 뒤처지기 때문에 현재는 일단 대내외적으로 어시스턴트라 알려져 있었다.

플로리스트가 되기 전에는 작은 복사기 회사에서 근무했다는 희란은 굉장히 다혈질적인 성격의 소유자로, 다같이 월급 받고 사는 팔자에 회사의 남자들이 커피 심부름만 시키는 상황에 신물이 나, 어느 날 커피 심부름을 시키는 상사의 머리에 뜨거운 커피를 들이붓고 회사를 박차고 나왔다……고, 태경이 들은 바에 의하면 그랬다.

플로리스트가 된 경위를 듣다가 그 이야기가 나왔을 때, 태경은 기함하고 말았다. 태경으로서는 도저히 상상할 수 없는 행동이기 때문이었다.

"역시 사람의 인연이란 어떻게 될지 알 수 없는 거라니까요."

갑자기 무슨 생각이 났는지, 희란은 태경과 함께 스튜디오로 들어가며 피식 웃었다.

"무슨 말이야?"

"아뇨, 뭐. 상사의 머리에 커피를 들이부을 때까지만 해도 제가 어떻게 H&J의 사모님과 아는 사이가 될 줄 알았겠어요?"

참 절묘하게도, 희란이 대학을 졸업하고 5년간이나 근무했다는 작은 복사기 회사는 H&J의 하청업체였다. 덕분에, 태경의 어시스턴트가 되고도 약 반년 간 그녀가 H&J의 사모님이라는 걸 몰랐던 희란은 그 사실을 알게 된 순간, '악—!' 비명을 내지르고 말았다. 이젠 커피 냄새만 맡아도 살의가 치밀어 오른다는 희란의 원한을 생각하면 당연한 이야기일지도 몰랐다.

여기에는 더 재미있는 이야기가 숨겨져 있었다. 희란에게서 모든 전말(?)을 듣게 된 태경은 사람 인연이라는 게 참 재미있다 싶어져서 시혁에게 지나가는 투로 이 이야기를 들려주었다. 하지만 시혁은 '흐음' 하는 소리만 흘리고 더 이상 언급하지 않았다. 태경도 그것으로 그 이야기를 까맣게 잊어버렸다. 그런데 나중에 알고 보니, H&J의 계열사를 포함해 하청업체에 모두 '커피는 스스로' 라는 남녀평등의 목표를 위장한 명령이 내려졌다는 것이었다.

시혁이야 가타부타 말을 하지 않는 남자이니 정확한 전말은 알 수 없지만, 태경은 시혁이 명령했을 거라고 확신할 수 있었다.

"아니지."

태경은 생긋 웃었다.

"그냥 아는 사이가 아니라, 소중한 사업 파트너이자 친구지."

희란은 잠시 멍하니 태경을 보더니, 그녀로서도 듣기 좋은 말이었던지 덩달아 빙그레 미소 지었다.

"아아, 메르헨, 메르헨. 윤 실장님의 박애주의에는 못 당하겠다니까요."

"됐어, 공치사는 그 정도로 해두자. 어쨌든 무대의 세트 가장자리는 그린 어레인지먼트[2]로 하고……."

"갈란드[3]가 낫겠죠?"

"그래, 씨큐어링 메튜[4]로 힘 좀 넣고."

"아아, 오늘도 하루 종일 앉아 있을 틈이 없겠어요."

희란은 기지개를 쭉 펴 올리며 노곤한 몸에 힘을 주었다. 그러

---

2)어레인지먼트(Green Arrangement): 꽃을 쓰지 않고 잎, 가지, 덩굴 열매 등으로 디자인 하는 것.

3)갈란드(Garland): 꽃이나 잎을 길게 연결해서 늘어트리는 것.

4)씨큐어링 메튜(Securing Method): 줄기가 너무 가늘거나 줄기를 곡선으로 사용하고 싶을 때 철사를 이용하여 꽃을 지탱하거나 줄기를 보강해 주는 기법.

자 태경은 희란의 등을 가볍게 두드리고 빙긋이 웃었다.

"힘내자."

"네, 괜찮아요. 지하철 타고 갈게요. 신경 쓰지 말아요. 네, 조심하세요."

태경이 휴대폰의 종료 버튼을 누르자, 옆에서 걷고 있던 희란이 가자미눈으로 태경을 흘겨보았다.

"노처녀 서글퍼집니다."

요번에는 태경도 지지 않고 샐쭉 희란에게 눈을 흘겼다.

"희란 씨는 매일 그 말이야."

"실장님이 매일 닭털을 날려대니까 그러죠. 회장님은 바쁘시지도 않대요? 시간만 나면 전화하는 것 같네."

"아니꼬우면 희란 씨도 결혼해."

희란은 놀란 듯 짝, 양손을 맞부딪혔다.

"어머나! 실장님이 아니꼽다는 말도 아시네!"

"또 놀리는 거야?"

하루 종일 발에 땀띠가 나도록 뛰어다닌 희란은 후줄근하게 풀어진 머리카락을 다시 한 가닥으로 꽉 묶으며 피식 웃었다.

"이게 다 질투가 나서 그러는 거랍니다. 실장님 보세요. 얼굴 예쁘지, 몸매 좋지, 시집 잘 갔지, 애는 귀엽지, 남편은 돈 많고 잘생겼지! 신데렐라 드림을 그대로 이루었잖아요. 아아— 조희란, 31세. 요즘 인생에 회의감이 듭니다. 전 뭡니까."

태경의 얼굴에 알 듯 말 듯한 씁쓸함이 배어났다.

"그러게. 사람은 자기도 모르는 새에 참 죄를 많이 짓는 것 같아."

80%는 농담으로 말했던 희란은 태경의 얼굴에 어두운 그림자가 드리우자 다소 당황한 듯했다.

"에이— 뭐예요, 갑자기 심각해지고. 농담이에요. 행복하게 사는 게 죄는 아니잖아요? 이왕 한 번 태어난 거, 남이 질투할 정도로 행복하게 살아야죠. 사람을 죽인 살인자만 아니라면 행복하게 살 권리가 있는 거죠."

하지만 태경의 얼굴에는 다시 웃음꽃이 피어나지 않았다.

"글쎄, 과연 내가 한 사람을 죽이지 않았다고 할 수 있을까……?"

희란의 얼굴에 놀라움이 퍼져 나갔다. 하지만 곧 태경이 그럴 만한 사람이 아니라는…… 아니, 그 전에 그렇게까지 독하지 못한 사람이라는 걸 알고 있으니 만큼 또 뭔가 쓸데없이 깊은 생각을 하고 있구나 싶어졌다.

"실장님은 생각을 너무 깊게 하신다니까요. 그렇게 일일이 배려하고 슬퍼하고 죄스러워하면 누가 살 수 있겠어요? 너무 깊이 파고들지 말아요."

그럼에도 태경은 수심의 그림자가 모두 지워지지 않은 얼굴로 희미하게 웃을 따름이었다. 그 가만한 미소에 희란은 문득 그녀가 보기만큼 평탄하게 살아온 건 아닐 것 같다는 생각이 들었다.

하긴 보이는 게 전부인 세상이 아니니 아무렇지 않아 보이는 사람에게도 얼마든지 상처와 아픔이 있을 수 있었다. 하지만 희란은 굳이 묻지 않았다. 아무리 가까운 사이라고 해도 자신이 파고들 권리 같은 건 없어 보인 탓이었다.

"어이, 거기! 앞에 가는 아가씨 둘."

그때, 지하철역으로 가고 있던 태경과 희란의 뒤를 따라온 누군가가 말을 걸어왔다. 태경은 의심 없이 뭔가 싶어 고개를 돌렸고, 온화한 인상도 아닌데 이상하게 도인(道人)들의 그물망에 수시로 걸려드는 희란은 설마 또인가 싶어 얼굴을 확 찌푸린 채로 돌아보았다.

"시간 있어?"

뜻밖에도, 뒤에 서 있는 두 남자의 옷차림하며 말을 들어 보아하니 헌팅인 모양이었다. 태경과 희란은 크게 뜬 눈으로 서로 시선을 교환했다.

"어머, 실장님. 저 헌팅 처음 당해 봐요."

"아, 나도……."

"우와, 이거 기분 꽤 좋은데요? 하루 종일 빡세게 굴려지고 난 절 보고 헌팅을 하다니, 조희란 31세 아직 죽지 않았다 이거예요!"

희란은 흥분한 듯 주먹까지 불끈 쥐어 보였지만, 태경은 웃을 수도 울 수도 없었다. 그러자 희란도 문득 태경에게 생각이 닿은 듯 흥분으로 인해 붉은 기가 돌던 얼굴이 확 식어 버렸다.

"그런데 이거 웃을 일이 아니네? 실장님은 완전히 사기잖아요? 아무리 동안이라지만!"

서른일곱 살에 다섯 살 난 아이 엄마에게 헌팅이 들어오다니, 태경과 마찬가지로 이제는 희란도 웃어야 할지 울어야 할지 알 수가 없었다.

어쨌든 남자들은 희란의 반응이 호의적이자 이거 되겠다 싶었는지 몇 걸음 더 다가섰다.

"둘이 지나가는데 딱 보니까 우리 이상형이더라고. 아, 이거 지금 놓치면 안 되겠다 싶어서 말을 걸었지. 어때? 내가 잘 아는 곳이 있는데……."

"그래, 그래, 끝내줘."

희란은 열심히 물밑작업에 들어간 남자들을 돌아보고 화사하게 웃었다. 그에 남자들은 성공이구나 싶어 속으로 쾌재를 불렀다. 화장기 없는 희란의 입술이 열리고, 얼굴 만면에 퍼진 미소와 전혀 다른 말을 내놓기 전까지는.

"닥쳐라, 꺼져라, 지랄 마."

휘이이이이— 봄기운이 푸근한 날씨에도 엄청난 한기가 마녀의 웃음소리처럼 싸늘하게 스쳐 지나갔다. 남자들은 그야말로 쩍 소리를 내며 굳어 버렸다.

"희란 씨!"

거칠 게 없는 희란의 말에 깜짝 놀란 태경이 만류했지만, 희란은 멈추지 않았다. 오히려 척하니 손을 허리에 얹고 새끼손가락까지 세워 가며 호호호호 웃었다.

"감히 너 따위가 이 조희란 님에게 수작을 거는 게냐! 게다가 옆의 이분으로 말할 것 같으면……."

"희란 씨, 그만해."

태경은 말하지 말라는 듯 희란의 팔을 끌어당겼다. 그런데 희란의 말이 끝나기도 전이었다.

"그래, 옆의 분에게는 무서운 남편님이 계시지."

희란은 유쾌한 중저음의 목소리에 '응?' 하며 고개를 돌렸다. 방금 말한 목소리의 주인공인 듯, 탁한 쥐색의 양복을 입은 남자가 그들과 멀지 않은 곳에 서 있었다.

"오랜만이야."

희란은 아무리 봐도 자신에게 하는 말 같지 않아 '실장님?' 하고 작게 부르며 태경의 옷깃을 끌어당겼다. 하지만 아까 자세로 동결해 버린 태경은 돌아보지 않았다.

"에이, 젠장. 뭐야? 유부녀였어?"

헌팅남들은 쥐색 양복을 입은 남자가 둘 중 한 명의 남편이라고 생각했는지 욕지거리를 뇌까리며 가버렸다. 하지만 그 후로도 태경은 반응이 없었다.

"저, 실장……."

왜 그러나 싶어 고개를 뒤로 젖히며 태경을 본 희란은 말을 도로 삼켜 버렸다. 굳은 채 서 있는 태경의 얼굴이 새하얗게 질려 있었기 때문이었다.

쥐색 양복의 남자는 죽은 사람이라도 살아 돌아온 것 같은 반응에 작게 실소를 내뱉었다.

"그렇게 놀랄 것까지는 없잖아. 꼭 못 올 데를 온 것 같네."

그제야 태경의 몸이 서서히 돌아오기 시작했다. 하지만 시체처럼 창백하게 변한 얼굴색은 여전했다.

태경은 벌어지지 않으려고 반항하듯 뻑뻑한 입을 겨우 열었다.

"혹시…… 지한이에게 아빠…… 친구라고 말한 사람이 당신이었나요?"

"맞아, 나였어. 멋대로 만나 봐서 미안해. 궁금했거든."

어리둥절하게 상황을 지켜보고 있을 수밖에 없었던 희란은 태경에게 조심히 물었다.

"아는…… 분이세요?"

태경은 왠지 두려움에 질린 눈으로 희란을 한 번 보고, 다시 남자를 돌아보았다.

"응, 전…… 남편."

희란은 합 하며 손으로 입을 막았고, 진석은 고개를 내리 숙이며 입매에 긴 웃음을 퍼트렸다.

"여전하구나. 차라리 말을 하지 않으면 않지, 거짓말을 하지 않는 건."

희란은 한때 매스컴을 떠들썩하게 달구었던 태경의 속사정을 떠올렸다. 한 번 이혼 후에 재혼을 했으며, 지금의 남편은 초혼을 하기 전에 파혼했던 전 약혼자였다는 속사정을.

그건 TV를 볼 수 있는 한국인이라면 모르려야 모를 수가 없는 사정으로, 희란도 잘 알고 있는 이야기였다. 그래서 희란도 처음에는 색안경을 끼고 태경을 볼 수밖에 없었지만, 사람은 겪어 봐야 아는 법이라고 태경은 사람들의 입에 오르내리는 것만큼 악녀가 아니었다. 아니, 악녀이기는커녕 재벌가의 사모님이 맞나 싶을 정도로 수수하고 은은하니 난초(蘭草) 같은 여자였다.

가끔은 답답한 구석도 있지만 그거야 개인의 성격차이라고 무난하게 넘어갈 수 있었고, 전생에 무슨 죄를 그리 많이 지었다고 이리 덕(德)을 베풀려고 하는지 의아할 정도였다. 플로리스트로서 태경이 하는 일만 보아도 4할은 고아원이나 유치원, 양로원에 무료 봉사하는 일이었다. 그 점이 희란과 맞아서 함께 일하게 된 것이긴 했지만.

"잠깐…… 이야기 좀 할 수 있을까?"

진석이 묻자, 태경은 어렵사리 고개를 끄덕였다.

"희란 씨, 미안해. 먼저 가볼게."

"아, 아뇨. 전 신경 쓰지 마세요."

희란이 얼른 손을 내저으며 말하자, 몇 걸음 차이를 두고 두 사람은 함께 걸어가기 시작했다. 혼자 남겨진 희란은 전혀 여성스럽지 못하게 뒷머리를 긁적였다.

"괜찮으시려나?"

"귀엽더라."

인근의 카페에 앉아 한참의 시간이 지나고 난 후에 진석이 가장 처음 한 말이었다.

"이름이 지한이라고 했던가? 시혁이보다는 널 많이 닮았던데?"

"예, 좀. 그래도 속은 참 남자다워요."

태경은 혀를 똑 쏘며 시큼하게 퍼져 나가는 레몬차로 입술을 축이고 대답했다.

"당돌하기도 참 당돌하더라. 대뜸 나한테 '사탕 있어요?' 라고 묻는 거야. 사탕 먹고 싶으냐고 했더니 사탕 있으면 유괴범이라지

뭐야."

'왕눈이 그램린' 이라는 별명이 딱 맞을 정도로 큰 눈에 의심을 가득 품고 말했을 지한을 상상하니 태경의 얼굴에도 미소가 떠올랐다.

"사탕을 별로 안 좋아해요."

"그래? 어린애 치고 특이하네. 뭘 좋아하는데?"

"술안주 같은 거요. 육포를 손에 쥐어 주면 하루 종일 들고 다니면서 먹어요."

진석은 다섯 살짜리 꼬마가 육포를 들고 다니면서 야금야금 갉아먹는 장면을 상상했는지 피식 웃음을 터트렸다.

"그건 시혁이를 닮았네. 그 녀석, 술안주처럼 짠 음식을 좋아하잖아."

침묵이 흘렀다. 예전과 다름없이 두 사람 사이에서는 아직도 시혁의 이름이 금기(禁忌)인지, 어색하고 불편하기 짝이 없는 침묵이 길게 흘렀다.

카페 안에는 흥얼흥얼 콧노래를 부르는 듯한 재즈곡이 유순하게 흐르고, 저마다 옹기종기 모여 앉은 사람들은 담소를 나누며 떠들썩하게 구는데, 유독 두 사람의 자리에만 아르바이트생도 슬쩍 피해갈 정도로 무거운 공기가 내려앉아 있었다.

진석은 커피 잔의 손잡이를 만지작거리며 창밖으로 시선을 던졌다.

"김지한이라…… 만약 내 아들이었으면 안지한이었겠지. 하긴, 아예 다른 아이가 태어났을지도 모르겠지만."

태경은 대답하지 않았다. 아니, 잠시 동안은 그랬지만 예전처럼 침묵만으로 일관할 게 아니라 결심했는지 의연하게 고개를 들었다.

"아마 그랬을지도 몰라요. 하지만 지한이는 제게로 와주었고, 전 그 아이를 누구보다 사랑해요."

지한이 까르르 웃을 때마다 태경의 가슴에는 더없이 따스한 훈풍이 불었다. 그리고 지한이 엄마라고 부르며 달려올 때마다 감격이 치밀었다. 이토록 사랑스러운 생명이 또 어디 있을까 싶어, 가끔은 울고 싶어졌다.

"그래, 시혁이도 그런 것 같더라. 멀리서 봤는데, 그 녀석이 아이를 안고 다닐 줄은 상상도 못 해봤어. 그런데…… 이상하게 어울렸어. 정말 아이 아빠 같아 보이더라. 그 녀석이 말이야."

독백하는 듯한 어조에 태경은 결국 다시 말하고 말았다.

"미안해요."

진석은 그 사과에 대답하지 않았다. 대신 다른 이야기를 꺼내었다.

"네가 모르는 이야기를 하나 들려줄까?"

"네?"

"아마 넌 아직도 모르고 있겠지. 시혁이가 시시콜콜 말할 녀석은 아니니까. 난 한 번도 녀석을 친구라고 생각해 본 적 없어. 녀석도 마찬가지일 거야."

"무슨……."

"잘난 동성에 대한 적개심이라고 해야 하나? 녀석에겐 부모님이 없었지만 대신 멋진 할아버님이 계셨고, 외적 조건도 좋은데 돈까지 썩어날 정도로 많았지. 난 항상 열등감에 사로잡혀 있었던 것 같아. 아, 그렇다고 해서 널 사랑했던 것까지 녀석을 향한 반발심이었다는 건 아니야. 하지만 너와 결혼했을 때는 녀석이 가지지 못한 걸 쟁취했다는 승리감은 있었지. 뭐…… 나도 인간이니까 그 정도는 이해해줘."

태경은 더 이상 질문이나 말을 하지 않고 조용히 진석의 말에 귀를 기울였다.

"녀석과 내가 친구가 된 경위? 우리 아버지는 국회의원이잖아? 선거에 나가려면 자금줄이 필요했지. H&J만큼 좋은 먹이는 없었어. H&J를 잡기 위해서라면 아이 손까지 동원해야 하는 판국에 나도 찬물 더운물 가릴 게 없었지. 녀석은 분명 그걸 알고 있었을 거야. 그런데도 아무런 말 하지 않았겠지? 확신하는데, 녀석은 한 번도 네게 내 욕을 한 적이 없을걸. 그렇지?"

태경은 말없이 고개를 끄덕였다. 확실히, 시혁도 차라리 말을 하지 않으면 않았지 시시콜콜 진석에 대해 욕을 하거나 한 적은 없었다. 아니, 시혁의 입에서 진석의 이름이 나오는 일도 거의 본 적이 없는 것 같았다. 시혁의 입에서 진석의 이름이 나온 것은 5년 전 요정 풍림의 국실에서가 마지막이었다.

그러고 보니 그때 그는 석용에게 진석에 대해 무어라 말하려다가 이 이야기는 그만두자며 화제를 돌리지 않았던가.

"그렇게 잘난 척하는 점도 짜증났어. 같은 인간이면서 자기가 뭐라고?"

태경은 가만히 입을 열었다.

"비열해지려고 하지 말아요."

"뭐?"

진석은 놀란 듯 눈을 조금 크게 떴다.

"당신은 충분히 좋은 남자예요. 애써 비열해지려고 할 필요 없어요."

진석은 목이 타는지 넥타이를 느슨하게 풀어 내리며 미지근한 커피를 벌컥벌컥 들이켰다. 그리고 핫, 짧은 웃음을 토해내듯 뱉었다.

"못살겠다, 정말. 김시혁이 널 그렇게 변하게 한 건가? 무슨 일이 있어도 입을 꾹 다물고 있던 네가 할 말을 하게?"

진석이 막 나타났을 때는 세상이라도 무너진 것처럼 피가 사악 식어 버렸지만, 이제 태경은 고요한 수면처럼 차분해져있었다.

태경은 옅게 웃었다.

"당하고만 사는 게 능사가 아니라는 걸 깨달았거든요."

"그래…… 그렇구나."

진석은 스스로를 타이르려는 듯 몇 번이고 '그래' 라는 말을 중얼거렸다.

"하지만 사실은 사실이야. 난 진심으로 녀석을 친구라고 여길 수 없었고, 녀석도 마찬가지였겠지. 인간이란 참 웃겨. 마음 가는 대로 행동하지도 못하다니."

"그건 꼭 제 이야기를 하는 것 같네요."

"조금은 그렇지."

잠깐 후에 진석은 조금 누그러진 어조로 중얼거렸다.

"그래도 잘 됐어. 이것으로 난 정말 널 잊을 수 있을 테니까."

태경은 서서히 눈을 크게 떴다.

"설마 그건……."

진석은 웃으며 대답했다.

"이 나이 먹어 주책이지만 나도 결혼한다, 다음달에. 이 이야기를 하고 싶어서 찾아왔어."

"아, 어머…… 그렇군요. 축하해요."

진석은 머쓱하게 뒷머리를 긁적거렸다.

"전처에게 축하한다는 소리를 들으니까 기분이 이상하네. 하긴 가끔 우리 결혼은 무효화했어도 충분했을 텐데 하는 생각이 들 정도였지만 말이야."

"아뇨. 축하해요, 정말. 신부 될 여자는 어떤지 물어봐도 될까요?"

"응…… 뭐, 좋은 여자지. 서른다섯 살인데, 그쪽도 재혼이야. 그래서 서로 새시작하는 사람끼리 이번엔 정말 잘 살아 보려고. 네가 배 아파할 정도로."

태경은 진심으로 미소 지었다.

"정말요. 그래야 해요."

함께 카페에서 나온 진석은 '아' 하는 소리와 함께 태경을 돌아보았다.

"악수 한 번 할 수 있을까?"

태경은 옷에 살짝 손을 문지르고 앞으로 내밀었다.

"그럼요."

두 사람은 손을 맞잡았다. 이미 엇갈려 버렸고, 이제 다시 이어질 수 없는 인연이지만 마지막으로 '이제 됐어' 라고 말하듯.

"너와 악수하는 건 이게 처음이자 마지막이네."

"그러네요. 당신과는 처음 해보는군요."

"있잖아……."

진석은 태경의 손을 맞잡은 채로 운을 띄웠다.

"네 성격상, 내가 계속 마음의 짐이었을 거란 거 알아. 그걸 알면서도 이제야 찾아오는 건 조금 보복심리가 있었어. 좀 더 힘들어 해 봐라, 라는 그런 거. 하지만 이제 짐을 내려놔. 난 이제 너에게서 아예 잊혀지길 바라니까."

진석은 홀가분하게 태경의 손을 놓았다. 그리고 몸을 돌려 가며 마지막으로 말했다.

"안녕, 윤태경."

태경은 발작적으로 그를 불렀다.

"진석 씨."

"응?"

"고마워요."

진석은 척, 손을 들어 보이고는 이내 인파의 파도 속으로 서서히 모습을 감추었다. 과거 속으로 사라지듯.

이혼 후에 시혁을 만나러 가던 날과 전혀 다른 기분으로 사람들의 강줄기가 유유히 흘러나는 속에 서 있던 태경은 옅은 미소와 함께 몸을 돌렸다. 그런데 그 순간.

"윤 실장님! 괜찮아요?"

서프라이즈 상자에서 튀어나오는 인형처럼 옆쪽 기둥에 몸을 숨기고 있다가 불쑥 나타난 사람이 있었으니, 희란이 아까 헤어졌을 때와 똑같은 차림으로 날쌔게 다가왔다.

"어? 희란 씨? 안 갔어?"

"아, 가려고 했는데 아무래도 걱정돼서 말이에요. 아까보다 분위기가 부드러워 보이던데, 괜찮은 거예요?"

태경은 걱정스러운 기색이 가득한 희란을 빤히 바라보았다. 그러다가 희란이 부담감을 느끼는 듯 어깨를 주춤거릴 때야 입을 열었다.

"희란 씨, 착하네."

희란은 살짝 미간에 금을 그었다.

"순수한 의미의 칭찬이 아닌 것 같네요?"

태경은 고개를 내저었다.

"설마. 희란 씨는 안 그런 척하는데 본성이 참 착해. 마녀로 불리는데 희열을 느끼는 것 같지만 불쌍한 사람은 그냥 보아 넘기질 못하잖아? 희란 씨, 참 좋은 남자를 만날 거야."

희란은 깔깔거리며 웃어 버렸다.

"아, 정말 메르헨. 윤 실장님 때문에 못살아요. 이상한 덕담하지 마시고 어서 바라만 봐도 황홀한 낭군님과 악마 같은 그램린 꼬맹이에게 돌아가시죠."

"그래, 그럼 가볼게. 희란 씨도 수고했어. 나 카페에 꽤 있었는데 오래 기다렸겠다."

"뭘요, 제가 멋대로 기다린 걸요. 조심해서 가세요. 일찍 들어가시고! 윤 실장님 다른 데로 새면 실장님의 무서운 남편님이 저한테 전화하신단 말이에요."

희란은 힘차게 손을 흔들고는 태경과 다른 방향으로 걸어가기 시작했다. 태경은 문득 생각이 나서 희란을 붙잡았다.

"희란 씨."

"네이—?"

"우리는 그래서 인간인가 봐."

건성으로 고개를 돌렸던 희란은 알쏭달쏭하다는 표정이었다.

"그래서라뇨?"

태경은 빙그레 웃었다.

"다시 시작할 수 있어서."

그 말을 끝으로 태경은 먼저 가버렸다. 뒤에 남겨진 희란은 도대체 뭔 신소리인가 싶어졌지만, 메르헨틱한 아줌마가 또 알 수 없는 생각을 했구나 하고 어깨를 으쓱거릴 따름이었다.

에필로그 하

"저……."

태경은 자신보다 아주 조금 더 일찍 집에 도착했다는 시혁이 옷을 갈아입는 모습을 보며 은근슬쩍 운을 띄웠다. 그러자 시혁은 뭐냐는 듯 시선으로만 그녀를 바라보았다.

"아무것도 아니에요."

시혁은 말을 하다 마는 게 마음에 들지 않는지 얼핏 미간을 찌푸렸다.

"그냥요. 오늘 정말 과거와 작별을 한 것 같아서요."

시혁은 무심하게 넥타이를 모두 풀어냈다.

"싱겁긴."

"그러게요."

태경은 피식 웃으며 옷장 안에 시혁의 양복상의를 걸어 넣었다. 그리고 넥타이도 달라는 듯 옆으로 손을 뻗었는데, 손에 느껴지는 감촉은 넥타이가 아니라 남편의 손이었다. 하지만 고개를 돌려 보기도 전에 시혁의 단단한 팔이 태경을 감싸 안아 왔다.

명백한 유혹의 몸짓.

어제 차마 속행할 수 없었던 것을 오늘은 기필코 하고 말겠다는 듯, 시혁의 입술이 태경의 어깨 위로 안착했다. 태경은 마치 받아들인다는 것처럼 시혁의 손을 살포시 그러쥐고, 미안함을 담아 말했다.

"내일도 일찍 나가야 해요."

모든 동작이 우뚝 멈추었다.

"또 뭐야."

시혁은 거의 폭발 직전에 다다른 듯 나직하게 으르렁거렸다.

"오늘 스튜디오에 촬영이 다 안 끝나서 내일까지 연장하기로 했거든요."

시혁은 태경을 홱 돌려세우고 잡아먹을 것처럼 키스해 왔다. 허기진 야수가 달콤한 먹이를 탐식하는 것처럼 태경의 혀를 휘감아 빨아 당기고, 입 안을 진탕하게 속속들이 맛보았다. 그리고 입맛을 다시듯 태경의 입술을 길게 핥는 것으로 키스를 끝냈다.

"오늘까지는 봐주지. 하지만 내일은 절대 안 돼."

태경은 시혁의 가슴에 폭 머리를 기대며 그의 허리에 팔을 감았다.

"알았어요."

시혁은 태경의 머리를 가만히 쓰다듬었다.

"하, 일을 그만두게 하든가 해야겠군."

태경이 일하길 바라는 이상 시혁이 그럴 리는 없겠지만, 태경은 정말 내일도 안 된다면 폭발하겠구나 싶어 준비를 해두자 결심했다.

옛말인지 어느새 생겨난 말인지는 모르겠지만, 그런 말이 있다. 인생은 예측불허, 그리하여 삶은 의미를 가진다……고. 태경은 정말 그 말이 딱 맞는다고 실감하는 중이었다.

예측불허라 삶이 의미를 가지는지 아닌지는 알 수 없지만, 마음먹은 대로 흘러가지 않는 게 인생이고 그리하여 예측불허일 수밖에 없는 듯했다. 그건 현재 태경의 생활만 봐도 단적으로 알 수 있었다.

준비를 해두자 결심한 날로부터 열흘 이상이 지났지만 두 사람은 한 번도 섹스를 하지 못했다. 이유인즉, 갑자기 봇물 터진 듯 밀려들어 오는 의뢰에 태경이 날마다 거의 파김치가 되어 집에 돌아오거나, 회식 자리에 억지로 끌려갔다가 잘 마시지도 못하는 술을 마시고 돌아오거나…… 물론 술을 마시고 들어온 다음날은 시혁의 싸늘한 분노를 온몸으로 견뎌야 했지만.

한 번은 지한이 갑자기 열이 올라 밤새 돌보느라 도무지 틈이 나지 않기도 했다. 언제 어떻게 될지 알 수 없는 게 어린아이들 몸 상태라지만, 고 건강하던 녀석이 하필 이 시기에 딱 맞춰 아픈 걸 보면 '머피의 법칙'이 정말 존재하긴 존재하는 모양이었다.

결국 자제력의 화신 같은 시혁이 폭발한 날은, 다음날 지한이 다니는 어린이집에서 학부모 참관회를 한다고 가정통신문이 날아와 태경이 지한에게 꼭 가겠다고 약속한 날 밤이었다.

"꺅!"

풀썩!

시혁에게 거의 납치당하듯 끌려와 침대 위로 내팽개쳐진 태경은 저도 모르게 새된 비명을 내지르고 말았다. 그렇다고 아프다거나 시혁이 난폭하게 내던졌다거나 하는 것은 아니었다. 시혁의 동작은 난폭하다기보다 이제는 1초도 더 참을 수 없다는 무언의 항변 같은 것이었지만, 반사적으로 놀란 비명이 입에서 튕겨져 나간 것이었다.

욕구불만의 아우라인지 분노의 아우라인지 알 수 없는 기운을 전신으로 내뿜고 있는 시혁은 빠르게 그녀의 몸 위를 점령했다.

"자, 잠깐…… 지한이 아빠! 잠깐 기다려요!"

시혁이 유일하게 꼼짝 못하는 호칭을 외치며 말려 보려고 했지만, 오늘만큼은 그것도 소용이 없는 듯했다.

"또 내일 뭐가 어떻다 말하려면 아무 말도 하지 마."

"내일은 지한이 어린이집에…… 읍……."

으름장을 놓는 듯한 목소리에도 태경이 말하려고 하자, 시혁은 그녀의 뒷말을 먹어 버렸다. 침대와 시혁의 몸 사이에 짓눌린 그녀의 이마를 한 손으로 내리짚고 사납게 입술을 맞부딪혔다.

깊이 파고드는 듯한 키스를 하는 와중에도 그의 손은 퍽이나 조급하게 태경의 옷을 벗기기 시작했다. 잘 여며진 블라우스의 단추를 거의 뜯어 버리듯이 풀어내고, 얇은 천 조각에 감싸인 가슴을 그 채로 와락 움켜쥐었다.

이제는 질릴 만큼 익숙해졌으련만 시혁은 손 안에 가득 잡히는 감촉이 만족스러운지 아직 맞닿아 있는 입술 사이로 나직한 신음을 흘렸다. 그리고 꾹꾹 내리눌렀던 욕구불만 때문에 평소보다 빠르게 반응이 오는 듯, 태경의 배에 닿은 중심도 부지불식간에 딱딱해졌다.

이제 내일모레면 마흔인 남자가 주책이라면 주책이지만, 신기하게도 시혁은 여러모로 결혼 당시와 그다지 변한 점이 없었다. 조금은 우스갯소리긴 하나, 그가 몸 안에 품고 있는 냉기가 노화마저 멈추게 했는지 외모는 아직도 서른에서 서른다섯 부근이었고, 정력적인 면에서도 그랬다.

누군가는 이 사실을 알면 태경이 복 받았다고 할지도 모르겠지만, 그를 쉴 새 없이 받아들여야 하는 그녀의 사정은 약간 달랐다. 끝없이 자신에게 반응해 주는 건 기쁘긴 하나, 막상 모두 감당하자면 태경의 체력으로는 무리를 해야 할 때가 많았다.

그에게 몸을 내어준 다음날이면 임신했을 때 그랬듯 병든 닭처럼 꾸벅꾸벅 졸기 일쑤였고, 침대만을 애절하게 갈망하며 하루를 보내는 게 대부분이었다.

게다가 내일은 지한이 다니는 어린이집에 가야 하지 않은가! 지한이 저녁 내내 방방 뛰어다닐 정도로 기대하는 날이기도 했지만, 지한을 가르치는 선생님 앞에서 고개를 꺾어가며 졸아 버릴 수는 없었다.

결국 태경은 최선의 해결책을 사용하기로 했다.

"제가, 제가 해드릴게요."

시혁의 눈이 치켜떠지는 걸 본 태경은 그가 거부할 새라 얼른 그의 아래쪽으로 내려갔다. 어느새 두 사람은 실오라기 하나 없이 깨끗하게 알몸이 되어 있었다.

반쯤 일어서 있는 그의 남근을 내려다본 태경은 꿀꺽 굵은 침을 삼켰다.

펠라를 처음 해본 건 결혼하기 전이었지만 그때는 정말 분위기에 취해 뭐가 뭔지도 모르고 해본 것으로, 결혼하고 나서는 괜한 부끄러움에 제대로 해본 적이 없었다. 하지만 이것으로 그의 기운을 조금이나마 뺄 수 있다면 부끄러움은 잠시 묻어두어야 할 듯했다.

태경은 수북한 음모 사이에서 당당하게 솟아나 있는 남근을 손으로 살짝 감싸고, 매끈한 선단을 입 안에 머금었다. 그러자 부드러운 입술 사이로 민감한 해면체가 미끄러지듯 모습을 감추었다.

예민한 부위를 녹녹하게 감싸오는 습한 점막이 느껴지자, 시혁은 낮게 목을 울렸다.

태경은 생경한 물체를 가늠하듯 둥그스름한 끝을 혀로 쓸어보았다. 그 끝은 희미하게 젖어 있었고, 소금처럼 짠맛이라고 하기에는 좀 다른 것 같지만 꽤 짭조름한 맛이 느껴졌다.

어디 한번 해보라는 듯 시혁이 가만히 있자, 태경은 물건을 양손으로 감싸 쥐고 좀 더 깊이 이끌었다. 그리고 갈증 난 사슴이 호숫가에서 목을 축이듯 입 안에서 혀를 할짝거렸다. 그러자 타액과 점액이 부딪히는 소리가 민망하게도 크게 들려왔다. 하지만 입 안에 담기까지 했으면서 물러날 수 없어진 태경은 다시 마음을 다잡고 좀 더 깊게 빨아 당겨 보았다.

조금은 비릿한 냄새와 입 안 가득 느껴지는 음탕한 맛.

"음……."

시혁은 허스키해진 목소리로 신음하며 태경의 머리카락 사이로 손을 집어넣었다. 그리고 두피를 마사지하듯 차가운 손끝으로 느릿느릿 매만졌다. 예민한 두피를 타고 내려오는 한기와 머리를 쓰다듬는 것만으로도 느껴지는 전율에 태경은 작게 몸을 떨었다.

곧 태경의 혀가 진득하게 선단을 쓸어갔다. 그리고 땀이 배어나는 손이 불편한 듯 가볍게 쥐었다 폈다 하자, 본의 아니게 강약을 조절하는 자극이 느껴지는지 그의 물건이 입 안에서 무섭게 부풀어났다.

뭐랄까, 마치 부드러운 가죽에 감싸인 강철 같은 느낌이었다. 분명 딱딱하긴 무척 딱딱한데 꼭 딱딱하다고만 할 수 없는 게 탄력적이고, 신축성이 있는 듯한 표피는 손에 착착 감겨왔다.

새삼스러울 것도 없으면서 이런 물체(?)가 있다는 사실이 신기해진 태경은 호기심에 편승해 부쩍 용기를 얻었다. 그래서 선단에 옴폭 파인 부분을 뾰족한 혀끝으로 쓸고, 자잘한 주름까지 혀를 옮겨갔다.

그때, 시혁이 상체를 일으키는가 싶더니 손을 뻗어왔다. 그리고 옆으로 비스듬하게 누워 있는 태경의 한쪽 허벅지 아래로 불쑥 손을 집어넣었다. 하지만 무릎 부분을 잡는 걸 보니 아직 샅 사이에 자리 잡은 꽃잎을 원하는 것은 아닌 듯했다.

물건에서 입을 뗀 태경은 그가 왜 한쪽 다리를 들어 올리고 나머지 손으로 다른 쪽 다리도 들어 올리는지 의아했다. 하지만 그 사이에 태경은 하반신이 그에게 번쩍 들어 올려져 몸이 뒤집히고, 순식간에 그의 위에 올라탄 자세가 되고 말았다. 그것도 그의 얼굴 쪽에 엉덩이를 대고 엎드린 자세.

"헉! 시혁 씨! 이 자세는……!"

당황하면 예전에 부르던 호칭이 그대로 튀어나오는 태경은 그의 이름을 부르며 경악했다. 이루 말할 데 없이 노골적인 자세에 머리가 다 아뜩해졌다. 하지만 태경의 허벅지를 단단히 고정한 시혁은 두말 하지 않고 검은 수풀에 감싸여 있는 비밀스러운 샘에 입을 대어왔다.

"읏!"

뜨겁고 물컹한 무언가가 까슬까슬한 수풀을 헤치고 들어와 그 안에 수줍게 숨은 꽃잎을 탐식하기 시작했다.

그가 반사적으로 꼭 닫혀 버린 꽃잎을 어르는 것처럼 부드럽게 핥자, 후끈한 열기가 새어져 나오는 꽃잎이 개화하는 양 사르르 벌어졌다. 정확히는 짜릿하고 음란한 자극에 녹아 버렸다는 게 맞았다.

"아…… 흐윽……."

질척질척, 뜨거운 혀가 갈라진 협곡 사이를 아슬아슬하게 비행하는 비행기처럼 꽃잎 사이를 기민하게 파고들고, 흥건한 연못에서 헤엄치는 물고기처럼 탄력적으로 유영했다. 그러자 배가 그의 가슴에 맞닿을 정도로 태경의 허리가 낭창하게 휘었다.

겨우겨우 자세를 지탱하고 서 있는 손이 무너져 내리고, 서로

국부를 보이고 있는 민망한 자세 때문에 그녀의 볼이 위용을 뽐내고 있는 그의 남근에 비벼졌다. 하지만 눈을 질끈 감고 있는 태경은 자세 때문인지 전율 때문인지 어디가 천장이고 어디가 바닥인지도 헷갈렸다. 그래서 자신의 볼에 비벼져 오는, 말캉하면서도 단단한 질감과 가늘면서도 뻣뻣한 감촉이 무엇인지, 그것도 잘 알 수 없었다.

"계속 그러고 있을 건가?"

솟아난 꿀물에 젖어 더욱 질척하게 들리는 그의 목소리가 뒤에서 들려왔다. 그에 태경은 힘겹게 눈을 뜨고 안개가 낀 것처럼 부옇게 흐려진 시야를 똑바로 잡아 보려고 노력했다. 그러자 색부터 어딘지 두렵게 만드는 물건이 눈에 들어왔다.

태경은 파들파들 떨리는 손을 짚고 겨우 일어나, 한 손은 침대에 지탱하고 다른 손으로 그의 것을 감싸 쥐었다. 그리고 두 사람이 제조해낸 열기에 취한 듯 스스럼없이 그것을 입 안에 담았다.

더없이 야한 상황에 아예 이성이 마비되기라도 한 듯 입술을 꼭 죄며 진하게 빨아올리고, 때로는 음란한 맛을 음미하는 것처럼 가만히 핥기도 했다. 그 역시 꽃잎 끝의 야무진 돌기를 아프지 않게 잘근잘근 씹거나, 혀로 담금질을 하듯 열탕 속을 드나들었다.

시혁이 먼저 움직임을 멈추었다. 그리고 그녀의 몸을 전혀 힘겹지 않게 자신의 위에 앉혔다. 태경은 그제야 정신을 차린 듯 '아?' 하는 단말마를 흐릿하게 흘렸다.

시혁은 태경의 볼을 부드럽게 쓸며 속삭였다.

"어떻게 해야 하는지 알겠지?"

태경은 그 중후한 목소리에 최면이라도 걸린 듯 뒤로 손을 돌려 그의 남근을 쥐고 슬쩍 엉덩이를 들었다. 그리고 제법 자연스럽게 통통한 엉덩이 사이에 자리 잡은 습지로 이끌었다. 동시에 살짝 몸을 내리자, 타액에 젖어 미끌미끌한 끝이 쿠욱, 틈새 사이로 눌려졌다. 이내 태경이 몸을 내릴수록 슬슬 안으로 진입하기 시작했다.

발갛게 달아오른 태경의 가녀린 목 줄기를 타고 굵은 침이 덩어리째 꿀꺽 넘어갔다.

피부 위로 도드라지는 그 움직임에 시혁은 태경의 목 줄기를 흉포하게 씹어 버리고 싶어졌지만, 아직은 움직이지 않고 그녀의 적극적인 동작을 음미했다.

곧 태경의 허리가 쑥 내려앉자, 그의 남근이 빨려 들어가듯 그녀의 안으로 사라졌다. 그리고 예민하기 그지없는 부위를 꽉 여며 쥐는 내벽이 느껴졌다.

"아…… 하아……."

태경은 그 동작만으로도 모든 기력을 소진한 듯 가쁜 숨을 그의 가슴 위로 토해냈다.

"움직여봐, 네 스스로."

시혁은 조금이라도 더 참을 수 없다는 듯 성마르게 요구했다. 하지만 이제 그 요구는 태경에게 있어서 더 이상 무리한 요구가 아니었다. 게다가 지배본능이 있는 남자들은 후배위를 더 좋아한다는데, 의외로 시혁은 이런 체위 역시 기꺼이 즐겼고 태경이 적극적으로 나서주면 더할 나위 없었다.

태경은 뜨거운 가슴과 탄탄한 내벽으로 그를 품고 서서히 허리를 움직여 갔다. 찰박찰박, 땀이 배인 살결이 맞부딪히며 젖은 소리를 울렸지만 멈추지 않고 널뛰기하듯 힘차게 엉덩이를 들썩거렸다. 그럼에도 조금은 어색한 동작이었지만 시혁은 그런 자극에도 간헐적으로 불쑥불쑥 중심을 때려오는 극치감에 절로 미간이 좁혀졌다.

감질 나는 타격감을 참다못한 시혁은 날름 그녀의 허리를 끌어안고 자세를 전환했다. 그녀의 등이 침대에 닿게 하고 위로 올라가 본격적으로 공격을 가하기 시작했다.

"음, 으음, 읏…… 하아!"

두 몸을 아예 한 몸으로 섞어 버리려는 듯 그가 치고 들어오자 그 동작을 따라 오싹오싹한 환희가 치솟았다. 온몸에 한기가 서린 듯 피부가 부슬부슬 곤두서고, 정수리 끝부터 발끝까지 쾌감 어린 감각이 꼬챙이처럼 쫙쫙 뚫고 들어왔다.

그와의 섹스는 늘 그랬지만, 꼭 잡아먹히는 듯한 기분이었다. 그가 예전에 씹어 먹어 버리고 싶어진다고 말했던 대로 그라는 야수의 입 안에 통째로 털어 넣어져 아득아득 씹히는 듯한…… 그런 기분. 살 한 조각 남기지 않고, 쾌감의 장작불 속에 던져진 듯 들끓어 오르는 혈액 한 방울도 남김없이, 뼛조각에 붙어 있는 살점까지 쪽쪽 빨아먹는 것 같은 섹스.

침대 위에서만은 차가운 손과 대비될 만큼 열정적이기 때문인지도 몰랐다. 하지만 침대 위에서나 침대 밖에서나 그는 언제나 격하게 그녀를 갈구해 왔다. 평소의 냉기 흐르는 모습에 가려져 잘 보이지 않을 뿐, 결혼한 지 5년이 되었어도 그의 눈에 담긴 격정은 그녀마저 단번에 달아오르게 했다. 그렇기 때문에 그녀는 언제나 그를 단호하게 거절할 수 없었다.

그의 눈에 담겨 있는 걱정을 본 사람이라면 누구나 그러리라.

차갑고 차가워서…… 더더욱 뜨거운 남자. 차가운 손과 뜨거운 가슴을 품은, 그런 남자.

태경은 본능처럼 그의 목을 꽉 감싸 안았다. 그는 아까부터 태경을 아프도록 꽉 끌어안고 있었다. 마치 그 품 안에 모두 숨겨 버리려는 듯, 그 누구도 볼 수 없게 하려는 듯, 절대 놓지 않겠다고 온몸으로 말하듯.

시혁은 사랑이란 게 참 우습다고 생각했다. 처음 만난 순간부터 이성은 안 된다고 그리도 외쳐댔는데, 울부짖는 듯한 이성의 주장도 향하는 마음마저 통제할 수는 없었다.

그런 단순한 화학작용이 대체 뭐기에 사람을 이토록 옴짝달싹 못하게 만들고 마는 것일까.

잘라내려고 해봤지만, 막상 잘라내려니 마치 펄떡이며 뛰고 있는 심장을 생채로 잘라내는 듯했고, 떨쳐보려고도 해봤지만, 살점을 도려내는 것만 같았다.

그런 감정을 모두 겉으로 드러낼 만큼 어수룩하지 않아 침묵과 냉기로 일관했을 뿐, 사랑이란 무형의 존재가 지닌 구성성분이 대체 무엇이기에 이토록 이성과 따로 놀게 하는지 시혁은 아직도 그게 불가사의했다. 게다가 이성적이라면 그를 따를 자가 또 없지 않던가. 하지만 사랑에 있어 이성은 그 어떤 권력도 발휘하지 못하는 존재였다. 평소에는 그 아무리 대단한 권력을 지니고 있었다한들.

그런 게 사랑일 터였다. 언젠가 생각한 적 있듯이, 안 된다고 할 수록 될 수밖에 없는 것.

아직도 그의 성격상 아내는 답답할 때가 많았다. 예전보다 몇 배는 나아졌다고 하지만, 천성적으로 타고난 성격이 완전히 뒤바뀔 리는 없으니까.

그럼에도 시혁은 차분히 미소 짓는 아내를 귀애했다. 생각처럼 다정히 대해 주진 못해도, 귀애함을 행동으로 전부 옮겨 주진 못해도, 그건 사실이었다. 때론 그녀가 답답해도, 살짝 짜증이 치밀 때가 있어도, 그러지 좀 말라고 소리치고 싶을 때가 있어도 말이다. 그런 의미에서 누군가가 왜 그녀 같은 여자를 사랑하느냐고 이해할 수 없다는 반문을 해도 상관없었다. 어차피 시혁도 이해할 수 없는 일이니까.

"시혁…… 시혁 씨……."

태경이 어떻게 좀 해달라는 것처럼 애원하듯 그를 꽉 끌어안아 왔다.

"윤태경."

시혁은 비릿한 정사 향 가운데서도 콧속 깊숙이 찔러 들어오는 그녀의 난향(蘭香)을 느끼며 그윽하게 목을 울렸다.

태경은 그 목소리에 이끌린 듯 무거운 눈꺼풀을 가까스로 밀어 올렸다. 그러자 어쩐지 조금 복잡한 심경인 것 같은 그의 표정이 눈에 들어왔다. 휘몰아치는 쾌감의 폭풍에 그 역시 정신이 혼미한 듯했지만, 일면에 보이는 표정은 그랬다.

뇌가 녹아내리는 듯한 전율 속에 시혁의 중추신경이 명령을 하달해 왔다. 아니, 그것은 스스로에게 하는 부탁과 같았다.

이제는 말해 줘.

시혁은 그녀의 목덜미에 깊숙이 입술을 내리찍으며 나직하게 속삭였다.

"사랑해……."

순간 태경의 눈이 번쩍 크게 뜨였지만, 말을 토해내기도 전에 피스톤 운동이 피치에 올라 말 대신 교성만이 터져 나왔다.

"하악…… 앗…… 시, 시혁 씨! 지금…… 흐읏."

간간이 되묻고 싶은 말이 섞인 속절없는 교성. 울음기가 배인 신음이 흐트러지는 가운데 극치감이 거대한 해일처럼 몰려오고, 두 사람은 함께 절정으로 치달았다. 육체적인 포만감과 정신적인 포만감이 한 덩어리로 뒤섞여 두 사람의 눈앞에 화려한 빛줄기를 선사했다.

"큭."

이내 새하얀 토정이 태경의 윤택한 자궁 안으로 장렬한 물줄기처럼 쏟아져 나갔다. 그리고 초야(初夜)에 드리워지는 초롱불처럼 후르륵 후르륵 흔들리는 숨결 속에 시혁의 몸이 태경의 위로 무너졌다.

시혁은 잠시 동안 정사의 여운을 음미하는 듯 그대로 태경의 위에 엎드려 있었다. 하지만 곧 자신의 아래에 깔린 그녀에게 무리가 간다고 생각했는지 그녀의 안에서 빠져나와 옆에 몸을 누였다.

태경은 그렁그렁한 눈으로 그를 바라보았다. 그러자 시혁이 그녀를 품 안에 가두듯 깊이 끌어안아 왔다. 태경은 자연스럽게 그의 허리를 감싸 안으며 그의 어깨에 고개를 기대었다.

"있잖아요."

태경이 운을 띄우자, 시혁은 말없이 그녀의 머리를 쓰다듬어 왔다. 젖은 머리카락이 축축하니 기분 나쁠 법도 한데, 더없이 다정한 손길로 훑어 내렸다.

"제가……."

그런데 그 순간이었다. 편안한 듯 베개 속에 푹 파묻혀 있던 시혁의 고개가 설핏 들렸다. 하지만 태경의 말에 더욱 귀를 기울이기 위해 그런 것은 아닌 듯했다. 태경 역시 그것을 느끼고 의아한 눈으로 말을 멈추었다.

시혁은 여전히 그녀를 끌어안은 채 고개만 돌려 꾹 닫힌 문 쪽을 보았다. 태경도 뭔가 싶어 문 쪽에 주목했다. 그리고 계속 그쪽에 귀를 기울이고 있으려니, 타박타박 작은 발걸음 소리가 들려왔다.

설마 싶어 깜짝 놀란 태경이 몸을 일으키기도 전에 시혁이 섬광 같은 속도로 이불을 끌어올리더니 그녀의 얼굴까지 홱 덮어 버렸다. 그리고 바닥에 너절하게 흩어져 있는 옷가지 중 검은 잠옷바지를 집어 올려 엄청난 속도로 꿰어 입었다.

시혁이 바지를 다 입은 찰나, 호러 영화에 나올 법하게 문고리가 끼익 돌아가더니 어두운 방 안에 새어 드는 한줄기의 빛과 함께 문이 찰칵, 하고 열렸다.

"엄마? 아빠?"

아니나 다를까, 분명히 먼저 재우고 나서 깊이 잠든 것까지 확인했는데 지한이 문고리를 잡고 빠끔히 얼굴을 내밀었다. 부스스한 얼굴을 보니 막 자다 깬 것 같았다.

지한은 불룩하게 솟아오른 이불과 침대 옆에 서 있는 시혁을 보더니, 반짝 총기 어린 눈을 더욱 총명하게 빛냈다.

"엄마 아빠 또 레슬링 하는구나!"

산소가 희박한 이불 속에 두더지 땅굴 파듯 숨어 있는 태경은 '헉' 하고 날숨을 들이켜 쉬었다.

그렇게 말한 지한은 금세 뭔가 이상해졌는지 고개를 갸웃하고 젖혔다.

"우웅? 하지마안…… 선생님이 레슬링은 옷을 벗고 하는 게 아니라고 했는데?"

태경은 행여 머리카락이라도 보일까 싶어 꼭 쥔 이불을 더욱 세게 그러쥐며 눈을 질끈 감았다.

대체 뭐라고 물어봤기에 어린이집 선생님이 그런 말을 했단 말인가!

드물게도 난감해진 시혁은 호기심 많은 아들에게 다가가 번쩍 안아 올렸다.

"안 잤어?"

시혁은 아들에게만은 평소와 다른 말투로 물었다. 그러자 스스럼없이 아빠의 품에 안긴 지한이 잘레잘레 고개를 내저었다.

"잤어요."

저 내키는 대로 예사말과 존댓말을 섞어 하는 지한은 존댓말로 대답했다. 하지만 다음 순간에는 또 말이 반 토막이 되어 버렸다.

"근데에— 이상한 소리가 들려서 지한이 깼어."

시혁은 자신의 팔 위에 토실토실한 엉덩이를 대고 앉은 아들의 머리를 슥슥 쓰다듬었다.

"존댓말과 반말 중에 하나만 하라고 했지."

성격과 달리 시혁은 그다지 권위적인 가장이 아니었기 때문에 아들이 존댓말을 하지 않는다 해도 상관없었다. 오히려 그 자신이 부모님에게 존댓말을 하며 멀찍한 거리감을 느꼈기 때문인지 친근한 예사말 쪽을 선호했다.

"아앙— 근데 엄마는 이불 안에서 뭐 해요오?"

지한은 자신이 어떻게 하면 깨물어 주고 싶을 정도로 깜찍하게 보이는지 본능으로 알고 있는 듯, 말끝을 길게 늘이며 짐짓 애교스럽게 물었다.

사내 녀석이 이렇게 교태가 있어서야.

하지만 시혁도 알고 있었다. 이건 지한이 본연에 지니고 있는 교태가 아니라, 원하는 대답을 얻기 위해 데골데골 굴러가는 영악한 머리에서 오는 술수라는 걸. 그렇게 보면 정말 자신과 판박이인 듯했다.

외모는 자신보다 태경을 닮았지만, 이 무슨 오묘한 유전자의 힘인지 역시 씨 도둑질은 못한다는 말이 괜히 있는 게 아니었다.

"이 그램린 녀석."

시혁이 한숨처럼 말하자, 지한은 부욱 볼을 부풀렸다.

"지한이 그램린 아닌데에."

처음에는 아빠가 그램린이라고 부르는 게 좋은 말인 줄 알고 마냥 좋다고 웃더니, 애매하게 웃는 엄마를 졸라 그램린이 귀여운 얼굴을 하고 있는 패악한 동물인 진실(?)을 알고는 그램린 소리만 나왔다 하면 앙칼지게 볼을 부풀렸다.

"귀엽다는 의미인데, 싫어?"

"그램린 안 귀여어워어어!"

"쉿, 조용. 엄마 잔다."

태경은 아주 살짝 이불을 젖히고 빠끔히 눈만 내밀어 두 남자를 바라보았다.

지한이 켜놨는지, 옅은 주홍색으로 보이는 복도의 조명이 두 남자가 서 있는 문가에 아련하게 스며들고 있었다. 그래서 역광을 받은 두 남자, 그녀의 남편과 어린 아들이 마치 은은한 주홍빛으로 발현하는 듯했다.

따스한 온도를 지닌 듯한 빛이 포스스 번져나가는 중심에, 사랑하는 남편이 소중한 아들을 안아 들고 있었다. 그 장면에 태경은 왠지 눈물이 날 것만 같았다. 그것은 보슬비가 추적추적 내리는 것처럼 아련하고, 가을 들판에 부는 바람처럼 고요하며, 세상 그 어떤 장관보다 아름다웠다.

시혁은 검은 잠옷바지만 입고 있었고, 지한도 잠자리에 들 때늘 그렇듯 위아래 파란 비행기가 그려진 잠옷을 입고 있었는데, 편안한 모습을 마주한 모습이라 더 그런지 온화한 물결이 태경의 가슴속에서 일렁였다.

만약 혼자서 지한을 낳았다면, 지한이나 자신이나 이런 행복을 누릴 수 있었을 것인가. 그렇게 생각하자 새삼 감격까지 치밀었다.

"내일 힘내려면 자야지."

시혁은 태경 대신 지한을 재워 주려는 듯 걸음을 움직였다. 지한은 궁금증을 풀지 못한 게 아쉬운 듯 미련이 철철 흐르는 눈으로 태경 쪽을 바라보았다. 그러다가 미처 숨지 못한 태경을 발견하자 '앗!' 소리를 내질렀다.

"엄마 깨어 있어!"

"잘못 본 거다."

아빠의 능청에 지한은 당황한 듯 '엣?' 하는 외마디를 흘렸다.

"아니야아! 엄마 눈 뜨고 있었어어!"

지한은 태경에게 가려는 듯 뭍에 끌어올려진 물고기처럼 파닥거렸다. 하지만 한시라도 빨리 아들을 재우려는 시혁은 완강했다.

"김지한, 내일 엄마랑 어린이집에 가고 싶지 않아?"

"엣……."

12시가 지났으니 엄밀히는 내일이 아니지만 어린아이의 상식으로는 자고 일어났을 때가 내일이기 마련이었다.

"아빠 미워!"

지한은 진심인 듯 볼을 탱탱하게 부풀리며 볼멘 말을 삐악삐약 내뱉었다.

"나도 너 밉다."

"앗! 그건 안 돼! 아빠는 지한이 좋아해야 해요!"

"넌 싫어하는데, 내가 왜?"

"아빠는 아빠니까!"

"그럼 네 아빠 안 해."

"아빠 미워어어어!"

"나도 너 밉다니까."

지한은 이 수렁에서 빠져나갈 구멍이 없는 듯 샐쭉 눈 꼬리를 접더니 이내 시혁의 목을 폭 끌어안으며 비비적거렸다.

"아냐, 지한이는 아빠 좋아해요. 세상에서 제~일."

시혁은 쯧, 혀를 내찼다.

"어린 게 벌써부터 술수를 쓰는군."

지한은 시혁이 그러거나 말거나 방싯방싯 웃으며 기대감이 잔뜩 묻어나는 어조로 물었다.

"아빠도 지한이 좋아하죠?"

시혁은 피식 웃고 말았다.

"그래, 좋아한다. 세상에서 두 번째로."

"엣! 그럼 첫 번째는 누구!"

"네 엄마."

"그럼 지한이도 아빠 두 번째로 좋아할 거야!"

"그러든가."

"지한이는 엄마를 세상에서 제일로 좋아해요~ 엄마를 제일로~ 제일로~"

지한은 허공에 달랑거리는 발을 차며 시혁을 약 올리려는 듯 이상한 노래를 불러댔다. 하지만 시혁은 어서 자라는 듯 지한을 침대에 눕힐 따름이었다. 그렇지만 지한의 동그스름한 이마를 다정하게 쓰다듬어 주고 나갈 때에는 말해 주었다.

"널 사랑한다. 네 엄마와 함께 내게로 와준 널."

이런 밤에는 김시혁이란 남자도 사랑한다는 말에 관대해지는 법인 듯했다.

말로는 애정표현에 인색하기 그지없는 아빠지만, 지한은 배시시 웃었다.

"지한이는 그럴 줄 알았어요."

시혁은 피식 웃고는 지한의 방문을 닫았다. 그리고 몸을 돌리는데, 시혁과 지한이 함께 나가고 대충 잠옷만 챙겨 입고 나온 듯한 태경이 다가왔다.

"제가…… 저도 정식으로 말한 적은 없죠?"

아직 전부 가시지 않은 열기에 감싸여 있는 태경은 어쩐지 울 것 같은 표정이었다. 실제로 목이 메는 듯 칼칼한 목소리를 천천히 흘려내었다. 살포시 그의 손을 맞잡으며.

"당신을 사랑해요."

시혁의 시선과 태경의 시선이 허공에서 얽혀들었다. 잔잔하게 녹아들듯이…….

시혁의 입이 열리기 시작한 순간.

"녀석들아."

이번에 훼방을 놓은 것은 잠기운이 잔뜩 묻어 있는 석용의 목소리였다. 역시 잠옷을 입은 석용은 2층에서 나는 소리를 듣고 잠에서 깬 듯, 2층으로 올라오다 말고 계단에 서서 둘을 보고 있었다. 꽃피는 춘삼월을 맞아 방방 날아다니는 민들레씨앗처럼 붕 뜬 헤어스타일을 하고, 제법 근엄하게 뒷짐을 진 채.

"결혼하고 한 세월 보낸 부부가 이 시간에 아들 방 앞에서 뭐

하는 짓들인지…… 지금 청춘영화 찍는 게냐? 콩을 볶든 깨를 볶든 너들 방에서 볶아!"

석용은 전혀 안 그런 척하면서도 늘 콩기름 냄새를 풍겨대는 두 사람이 매우 흡족했지만, 이제 와서 보자니 먼저 간 아내가 떠올라 괜한 심술을 부리며 다시 1층의 제 방으로 돌아갔다. 그러자 뒤에 황망히 남겨진 시혁과 태경에게서 동시에 나직한 웃음이 번져 나왔다.

"방으로 가지."

"그래야겠네요."

그렇게 두 사람은 방으로 돌아갔다. 처음 연애를 하는 풋풋한 커플처럼 다정히 손을 잡고.

그의 손은 여전히 차가웠지만, 맞잡은 온도만큼은 더 이상 차갑지 않았다.

— The end —

작가후기

안녕하세요. 폭주 마타—마타는 제 닉네임의 줄임말입니다—인사드립니다. 네, 사실 약간(?) 폭주했습니다. 제 안의 또 다른 제가…… 쿨럭.

어떤 의미에서 〈차가운 손〉은 제 나름의 새로운 시도입니다. 여러모로 그렇지만, 특히 여주인공의 성격적인 면에서 그렇습니다. 아시는 분은 아시다시피 저는 강한 여주인공을 매우 귀애합니다. 하지만 태경은 아무리 좋게 봐줘도 '강하다' 라는 말과는 조금 거리가 있죠. 사실 처음에는 싸늘한 냉기로 남주인공의 권위에 도전하는 캐릭터였습니다만, 남주인공을 흠모한다는 설정에서 불가피하게 성격을 좀 죽이게 되었습니다. 그리고 여태 써왔던 여주인공과 좀 다른 여주인공에 도전해보고 싶다는 생각이 들었습니다. 그래도 시작할 때는 과연 소심한 여주인공을 쓸 수 있을까 걱정했는데—쓰다가 답답해서 다 뜯어고치는 게 아닐까 하는 걱정이. ^^—의외로 꽤 신이 나서 썼습니다. 게다가 '온실 속의 난초 같은 여자' 라는 컨셉으로 시작을 하긴 했지만, 에필로그에 가서는 결국 제 여주인공답게 일하는 여성이 되어 버렸네요. 역시 저는 일하는 여성을 좋아하나 봅니다. 여담인데, 플로리스트에 관한 이야기는 다시 한 번 다뤄보고 싶습니다.

〈차가운 손〉을 쓰면서 가장 많이 들었던 말이 호러물 같다는 것이었습니다. 〈차가운 손〉이라는 제목 자체가 그런 쪽으로 상상이 가게 만드는지 몇몇 분께 호러물 같다는 말을 들었는데, 글 중 시혁의 대사로 토막 내서 먹어버릴지도 모른다는 말이 나오자 그 의견은 더욱 강해졌습니다. 그때는 '그런가?' 싶었지만, 이제는 정말 그런 것도 같네요. 제가 굉장히 깜짝깜짝 잘 놀라고—갑자기 울리는 핸드폰 벨소리에도 잘 놀라서 늘 진동으로 해둘 정도—겁이 많아서 개인적으로 호러물을 좋아하지 않는데 말이죠. ^^

빠지지 않는 Thanks to. 러블리(?) 하나 언니와 주희 언니. 사랑합니다! 하지만 말하지 않아도 제 마음을 잘 아시리라 믿습니다. 언니들이 그래주셨던 것처럼, 저는 언제나 이곳에 있습니다. 그리고 항상 감사한 부모님, 늘 모니터링 해주시는 당컹 님, 이것저것 많이 도움주시는 진 님, 항상 기운을 북돋아주시는 P님, 제가 완전히 반해버린 미녀 J님, 전은아 실장님, 단발의 의정 님과 스칼렛 로맨스의 유경 님, 인연에 감사합니다. 제게 영감을 주는 시게루 우메바야시의 Polonaise, Acoustic Cafe의 Last Carnival, 이런 음악을 만날 수 있었던 것에도 감사를 전합니다.

사실 〈차가운 손〉은 수위 면에서 여태까지의 제 글과 좀 다르기도 하고, 독자 분들께서 어떻게 보실지 다소 걱정도 되고 하는 글입니다. 하지만 물결처럼 잔잔한 사랑이 있는가 하면, 발랄하게 톡톡 튀는 사랑이 있는가 하면, 이런 사랑도 있지 않을까 생각합니다.

글을 쓰게 되었고 쓰는 이유에는 여러 가지가 있지만, 로맨스를 쓰는 궁극적인 이유는 하나입니다. 여러 가지 사랑을 노래하고 싶다는 것. 그리고 궁극적으로 바라는 것도 하나입니다. 언제나 바라듯이, 독자 분들께서 짧으나마 즐겁게 읽으셨기를.

부디 즐겁게 읽으셨기를 바라며, 저는 이만 물러가도록 하겠습니다. 모두 건강하세요.

2007년 봄기운이 완연한 길목에서

조례진 드림

S C A R L E T R O M A N C E N O V E L

내가 선택한 사랑

설이나 장편 소설

휘령은 자신의 방에 들어와 자리에 누웠지만 잠이 오지 않았다.
아직도 그의 키스의 여운이 남아 있는지 가슴이 떨리고, 다시 그의 품에 안겨
그의 키스를 받고 싶다는 갈망에 온몸이 떨려 왔다.

"아저씨, 당신의 여자가 되어 드릴 테니 저에게 돈을 주세요."
"휘령이 네가 원하는 것이 그것이었니? 후후후……."
"아저씨, 안 되나요?"
"돈을 주면 내 여자가 되겠다? 네 가치가 어느 정도 된다고 생각하지?"
"가치요?"
"그래, 가치. 얼마나 주면 되지?"
"삼천만 원을 주세요."
"으하하하, 하룻밤에 삼천만 원이라, 네가 그런 값어치가 있다고 생각을 하나?"
"그렇게 말하지 말고 원하는지 아닌지만 말해 주세요."
"하룻밤에 삼천, 내가 너무 손해를 보는 것 같아서……."
"아저씨가 원할 때까지 아저씨의 곁에 있을게요. 그러니 돈을 주세요."
"더러운 계집……."

벨미디어

S C A R L E T   R O M A N C E   N O V E L

공작의 노예

이서연 장편 소설

러시아의 새로운 개혁을 꿈꾸는 18세기,
운명의 소용돌이는 그녀를 그에게로 보냈다. 수많은 政敵의 위협과
모함 속에서 냉혈한이 되어야만 했던 유리 알렉세예비치 돌고루키 공작,
그리고 살기 위해 性마저 바꾸어야 했던 지혜.

저의 사랑을 모르셔도 괜찮아요. 평생 당신의 곁에만 있게 해주세요.
당신의 노예가 되어 당신을 지켜드리겠습니다 영원히.

"레오니드."
"예, 전하."
"좀 전의 일 말인데, 사과할 생각이 없다."
"예?"
"사과하지 않겠다고 했다. 하지만 이것 하나는 분명해. 난 널 원한다."
"전하! 그, 그건."
"그래, 너와 난 둘 다 남자지. 하지만 어찌된 일인지 널 안고 싶은 마음을 주체할 수가 없어. 제기랄, 남색을 좋아하지 않지만 넌 예외란 말이다."
"……."
"싫으면 싫다고 해. 나는 권력을 이용해 상대를 강제로 안는 취미는 없으니까."
"저, 전하…… 실은……."

S C A R L E T R O M A N C E N O V E L

뫼비우스의 띠

김윤희 장편 소설

국내 최정상의 여배우

김규연.

스타가 되고 싶은 남자들은 그녀와의 스캔들을 꿈꾼다.
이용당하는 줄 알면서도 남자들의 거짓 사랑을 받아주는 여자.
진정으로 그녀에게 사랑은 없는 것인지.

연극계의 황태자

강인하.

그는 태어날 때부터 1인자였기에 김규연의 후광 따윈 필요 없는 남자였다.
그랬기에 인하는 김규연이란 여자의 진실을 볼 수 있었다.
그녀의 과거, 그녀의 숨은 눈물과 두려움을…….

뫼비우스의 띠 안에 있는 거짓은 띠 밖에 있는 진실을 만나 사랑이 되는 것을
남자는 여자에게 가르쳐 주고 싶었다.

벨미디어

S C A R L E T R O M A N C E N O V E L

별장의 연인

하서린 장편 소설

"요리하기 싫으면 지금 당장 돈을 내놔."
"뭐, 뭐?"
"돈을 내놓든지 자신의 요리 솜씨가 어떤지 나에게 맛을 보여주든지 둘 중에 하나 하라고."
"당감해 주기 전까지는 요리도 할 수 없고 돈은…… 아까 말했잖아. 나 돈 없으니까 배 째라고."
"그래? 좋아."
"조, 좋다니."
'지금 상황은 좋다는 말이 나올 상황이 아니잖아, 이놈아!'
"아줌마 말대로 배를 째고는 싶지만 그럼 내 손에 피를 묻혀야 하니 그건 안 되겠고 결론은 하나뿐이네."
"하나?"
"내 노리개 해라."
"뭐, 뭐?"
"이 눈이 그치고 제설작업이 원활히 이루어져서 이 별장을 빠져나갈 때까지 꽤 따분할 것 같았는데 잘 됐네. 그때까지 내 노리개 해. 600만 원에 아줌마 내가 살게."

제길! 뭐 이런 뭐 같은 경우가 있어?

쌍팔년도 순정소설 여주인공 역할 착실하게 6년 했던 나, 유수경.
나를 비련의 여자로 만든 놈은 다른 여자랑 딴따다단!
나는 그놈 때문에 회사에서 뎅가당!
큰맘 먹고 빌린 별장에서 술 몇 병 마셨건만 뭐라?
별장 주인은 뭣이고 술 몇 병에 수백만 원은 뭣이다냐!

불쌍한 나, 유수경.
술값 대신 196일 동안 요리사? 까짓, 한다고!
그런데 나 요리만 하는 거 아니었어?

청어람미디어

S C A R L E T R O M A N C E N O V E L

그해, 오사카에 내리던 봄비

이혜경 장편 소설

"안 됐지만 난 자네와 혼인을 해야겠네."

보송보송 솜털도 가시지 않은 장다리꽃 여진 애기씨.
이 애기씨 뭘 자셨기에 이리도 장하게 크시고 강건하신가.
저는 양반이오, 나는 상인이라 법도가 그렇지 아니한데,
정신대 끌려갈 위기의 애기씨가 부리부리한 눈으로 혼인하자 하네.

이리 봐도 저리 봐도 애기씨는 애기씨인데
어찌하여 애기씨는 낯선 오사카에서 이리도 잘 사시는가.
강제 혼인이나 애기씨는 내 부인이오, 내 의무인데,
저 미싱 돌리는 것 좀 보소.
벌건 대낮에 장딴지 내놓고 사뿐사뿐 걸어가는 우리 애기씨.

빼앗긴 조국은 애처롭고, 받아줄 수 없는 사랑은 서글프니
애기씨, 나의 여진 애기씨,
이 오사카에 내리는 봄비는 내 사랑이라오.

뿔미디어

S C A R L E T   R O M A N C E   N O V E L

노란 병아리와 까만 늑대

호리이 장편 소설

"좋아, 결정했어."
"뭘 말이야?"
남영이 긴장한 어조로 묻자, 그는 날카로운 시선으로 민하를 돌아보았다.
그의 눈빛에 잡힌 소녀가 움찔한다.
그녀의 얼굴에는 그가 이번엔 또 뭐가 맘에 안 들어서 무슨 트집을 잡을 것인지
걱정하는 빛이 역력했다.
덜덜 떨고 있는 그녀에게 규현은 태연한 어조로 말했다.
"앞으로 꼬맹이 너를 병아리라고 부르겠어."
"무슨 소리야, 그게?"
"머리색이 노랗잖아. 병아리같이."
"이건 밝은 갈색인데?"
어이가 없어서 민하가 대꾸하자, 그래도 그는 고집 피우듯이 반박했다.
"햇빛에서는 노란색이니까, 노란 병아리. 어때?"

별미디어

http://www.bbulmedia.com

http://www.bbulmedia.com